公元787年，唐封疆大吏马总集诸子精华，编著成《意林》一书6卷，流传至今

意林：始于公元787年，距今1200余年

意林®

新武侠

出门即江湖，
归来仍少年

胭脂将

YANZHI JIANG

破梦

王琛 作品

吉林摄影出版社

·长春·

图书在版编目（CIP）数据

胭脂将·破梦 / 王琛著. -- 长春：吉林摄影出版社，2018.6
（意林“新武侠”）
ISBN 978-7-5498-3630-7

Ⅰ.①胭… Ⅱ.①王… Ⅲ.①长篇小说－中国－当代 Ⅳ.①I247.5

中国版本图书馆CIP数据核字(2018)第117443号

胭脂将·破梦 YANZHI JIANG·POMENG

出 版 人 孙洪军
主　　编 顾　平　杜普洲
责任编辑 施　岚　胡晓路
总 策 划 蔡　燕
丛书统筹 黄　磊
策划编辑 黄　磊　赵　军
设计总监 资　源
特约编辑 赵　军
封面设计 资　源　徐　丹
美术编辑 金　宇
发行总监 王俊杰
开　　本 880mm×1230mm 1/32
字　　数 200千字
印　　张 8.25
版　　次 2018年7月第1版
印　　次 2018年7月第1次印刷

出　　版 吉林摄影出版社
发　　行 吉林摄影出版社
地　　址 长春市泰来街1825号
　　　　 邮　编：130062
电　　话 总编办　0431-86012616
　　　　 发行科　0431-86012602
网　　址 www.jlsycbs.net
经　　销 全国各地新华书店
印　　刷 北京嘉业印刷厂

书　　号 ISBN 978-7-5498-3630-7　　定　　价：32.80元

胭脂将
破梦
YANZHI JIANG

目 录
CONTENTS

风月无情

FENG YUE WUQING

第一卷

谁说夜色清风避恩仇？白云苍狗，余生茫茫，纵然夜色清风常有，但恩仇，又岂是说逃避就能逃避的呢？

·第一章·

踏花人

盛春时节的慧极山，千红争艳，万树竞绿，若有雷电风雨，山色便尽显豪迈狂放；若是有清辉明霞相伴，细致婉约的情态又一览无余。和第九荒的灵魂浮罗山相比，慧极山少了一分大气，却多了一分娇柔。浮罗山是大家闺秀，慧极山如小家碧玉。而今，这小家碧玉正饱受战争的摧残。

自从墨玉江失守，荒越族军队退守慧极山，死守山前的第一要塞应天谷，他们在谷里驻扎已经有两个多月了。

这两个多月，冬尽春来，山中万物都奔着蓬勃的生机而去，但战场上总弥漫着鲜血和死气。

白渊族由于拿下了墨玉江，士气高涨，作战比以前更勇猛了。他们在忠威将军唐烈峰的带领下，乘胜追击，好几次战败荒越军。但即便如此，他们还是有点儿头痛。因为荒越族有大将军华天凝坐镇，虽然吃了几次败仗，但应天谷依旧被她守得死死的。双方僵持，战争并没有实质性的进展。

这大概会是荒越和白渊两族之间最漫长的一场战役，其实早在战争打响的第一天，就有人这样预言了。

更加有人意识到，这场战争不仅仅是第九荒最大的两个民族之间的内战，它还会影响到整个七海十荒。所有七海十荒的人都在关注着战争的进展。甚至有的族群已经做好了两手准备：假如荒越族取胜，他们应该如何自处和与之相处；假如白渊族取胜，他们又该如何自处和与之相处。

荒越城主厉朝欢还听说，两手准备做得最积极的，就是第八荒的项族。

第八荒毗邻第九荒，不论谁当了第九荒的老大，都会影响到两荒之间的交往。荒越族人温和，崇尚仁德，而白渊族好战，喜欢靠武力解决问题，其实项族百姓更倾向于和荒越族打交道。但是，项族的首领却偏偏是个亲白派。有传言说，首领是被白渊族许下的丰厚回报给迷惑了；也有传言说，迷惑他的不是物质回报，而是白渊族女皇哥舒意的美色。而现在，又有新的传言说白渊族想跟项族借兵，至于项族答不答应，目前还不得而知。

荒越城主厉朝欢读完探子送回来的情报，便把情报烧掉了。他望着火苗上蹿出的细缕黑烟，思考着战事。

不多时，营外传来熟悉的脚步声。他一听就知道来人是谁了。

大将军华天凝掀起门帘，微微猫了一下腰走进来："城主，今日的密报你看了？"

她的视线扫过桌上那堆还残留有余温的纸灰。

厉朝欢挑眉看向她："你就这样大剌剌地进来了，万一我在洗澡怎么办？"

华天凝回答得一本正经："你若是在洗澡，我在门口便能听到水声，也能闻到水汽，自然不会进来。”

她又说：“听说你现在洗澡都爱去杏林那边的一个水潭，是个好地方，但下次记得带些遮掩，别又吓到了初云。”

厉朝欢眉头一皱：“那个小妖，明明答应我不说的！”

天凝淡淡道：“她也没说什么。”

厉朝欢道：“她当然没说什么，我自然有好东西是不怕人说的，只是她没看见而已！”

天凝明白他话中的意思，低头道：“你是城主，说话别没分寸。”

厉朝欢笑道：“这儿又没有外人，更何况，你跟我说话还没分寸呢，我需要跟你讲分寸吗？”她知道他又在抗议自己在他面前不讲君臣礼数了，她玩心顿起，故意对他补行了个拱手礼：“见过城主。”

天凝的眼中有笑意，清清淡淡，从从容容的，这样的笑意会令厉朝欢觉得舒服，心中踏实。

他不禁想到，恢复了血肉之心以后，自己才真正意识到，死期将至是一种怎样的感受。仿佛在头顶悬了一把铡刀，只等百日期满、天光乍破之时，刀锋切破曙光，再连着他的头颅一道切下来，伤口整齐，满地鲜血。

他知道自己心里是有绝望的。但是，他不允许自己困囿于这种绝望。天凝告诉他不要放弃，他们还有时间，她会想尽一切办法救他，他便说服自己，要相信她。她是华天凝。她是荒越族的希望，也是他的希望。

天凝见厉朝欢虽然有笑容，但眉宇间也有愁绪，她猜到了他心中所想，便走到他对面坐下，道：“小师叔就快回营了。”

神医姜游是在一个月前离开的，去了第八荒拜访一位隐士。那位隐士名叫扈珍。扈珍年轻的时候是一名降魔者。对于妖魔鬼怪的脾性弱点，他如数家珍。他遇到过的最大的敌手，就是一只白鸦旎婳。

虽然扈珍直到暮年隐退也没能战胜白鸦旎婳，但他依然是当今世上唯一能和白鸦旎婳对抗并且留有性命的人。

姜游和慈航谷众人都相信，没有人比扈珍更了解白鸦旎婳，所以姜游便去拜访他，想从他那里得到有用的信息，救厉朝欢一命。

厉朝欢听天凝这样说，苦笑道："他若是有好消息，一定早就在信里说了，他什么都没说，就意味着这一趟是白走了。"

天凝的想法其实和厉朝欢一样，觉得事情并不乐观，但她还是抱有一线希望，她也不愿意看厉朝欢垂头丧气的样子，便安慰他道："或许是因为有些话在信里说不清，他想当面和我们说呢？"

厉朝欢道："也许吧……"

他想了想，又说："天凝，我有件事想和你商量……我族不可一日无首，尤其是眼下这种非常时期……我剩下的日子已经不多了，万一……"

天凝猜到厉朝欢想说什么，眼睑轻轻一垂，若有所思。

厉朝欢强调："我是说万一……你们救不了我……这一城之主的重责，总得有人担下来……"

天凝直言道："你觉得，这能够担下来的人……是我？"

"全族上下，没有人比你的能力更强，由你来做城主，必然也能服众。而且，你也是我最信任的人。"

厉朝欢严肃得仿佛此刻就在进行权力的交接一般。

天凝从来没有越俎代庖的野心，她只想陪在厉朝欢身边，守护他的平安周全。但是，她也是理智的人，她知道他们现在已经到了不可以盲目乐观的时候，厉朝欢说的，的确是他们有必要考虑的问题。她在他面前行事说话向来直接，于是便道："若真有那一天，你就放心地把荒越族交给我吧。你的江山，我会替你好好守护的！"

厉朝欢笑了："有你这句话，我就放心了。"为了缓和气氛，他又道，"这个时候我们应该好好地喝一杯吧？"

天凝道："一会儿用晚饭的时候，我叫人送些酒来。"

厉朝欢道："我想喝你酿的紫风露。"

天凝道："这里又没有风邪草，我上哪儿去给你酿紫风露？"

厉朝欢摸了摸嘴唇，道："你说让姜游那小子经过边境的时候顺路给摘一些带回来好不好？"

天凝道："那你自己找人带话给他吧。"

厉朝欢指着她："你看你，就这么跟我说话的？还当不当我是……"

"是一城之主了？"她接道。

他说："不，你还当不当我是荒越族最英俊的男人了？"

天凝被厉朝欢逗笑了，神情又放松了一点儿。

两个人随意聊着天，也讨论了战局，又过了一会儿，营帐外突然匆匆跑来一名巡逻的士兵，有点儿慌张道："城主，大将军，属下有要事禀报！"厉朝欢和天凝互看一眼，厉朝欢正色道："进来。"

士兵进来后向他们各自行了礼，便说："云姑娘好像有点儿不对劲儿。"

"初云？"天凝忙问，"她怎么了？"

"方才我巡逻时经过大将军的营帐，听见里面有怪声，就斗胆进去看了，原来是云姑娘在翻箱倒柜地找东西。而且云姑娘她……她的眼睛，猩红猩红的——"士兵越说越结巴，"问她话，她也不搭理，表情看起来还怪瘆人的，像着了魔似的。还是请大将军过去看看吧。”

天凝担心初云体内魔魂有异动，急忙起身告辞。

厉朝欢道：“我……”他其实想说和她一起去，但是，话一到嘴边，脑子里面就交替出现初云和虚晚庭的脸。

自从知道初云体内有晚庭成魔以后的魂魄寄居，他每次面对初云，都恍恍惚惚觉得自己看到的是晚庭。那种可望而不可即的感觉，令他纠结难受，他好像挺想看到初云，但又挺怕看到初云。

算了，他摆了摆手，道：“没什么了，你去吧。”

天凝也不多言，回了营帐，初云却已经不在里面了。营帐里被她翻得乱七八糟，衣箱全打开了，书简也散落在地，连天凝的紫原剑也倒在门边，剑身被拔出了一半。

天凝捡起紫原剑，发现剑鞘是温热的，她顿时意识到，紫原剑不是被人为拔出的，而是剑灵感应到邪气，企图冲出剑鞘，与邪气对抗。

这就说明刚才初云体内的魔魂的确是有异动，才会惊扰了紫原剑。

天凝转身对士兵道：“你出去问问，有没有人看见云姑娘去哪儿了。”

“是，大将军！”士兵退出。

天凝再检视帐内，走动间踩到了一个硬物。她掀开上面盖着的布块一看，原来是一个木盒。盒子里原本放了一枚耳环。但现在，耳环不见了。

木盒里面装的是一枚用苏尾鱼的鱼骨做成的耳环，和被唐烈峰抢走的那一枚本来是一对。

在玲珑苦海时，唐烈峰千方百计抢走耳环，以为这样就不会再受鱼丹的制约，说话可以肆无忌惮，但他没有想到，耳环通常都是成对的，他虽然抢走了一枚，天凝这里还有一枚。

这枚耳环同样可以惩治说谎之人，初云翻箱倒柜想找的，正是这枚耳环。

少顷，士兵回来通报，说有人看见云姑娘离营，往正东方向去了，而正东是敌军驻扎之地。

天凝不知道初云想干什么，但她知道，不管她想干什么，她都得阻止她。

她冲出辕门，翻身上马，两腿一夹马肚，马儿立刻飞奔起来。

天凝策马狂奔，初云则御风而行，她追上她时，她们离敌方的营地已经很近了。天凝抬头见半空人影如风，飘荡前行，她猛地挽手从指尖弹出一道玄光，玄光正中初云脚心，初云脚底真气一散，身体下坠，落入一片树林。待她站稳，天凝已经挡在她面前，从容而不失威严地看着她："你去哪里？"

初云面戴白纱，只露出眉眼。她的眼中果然有士兵所说的猩红暗光，光线闪烁明灭，并不稳定。她此刻说话的声音十分低沉，带了点儿幽幽的邪气："大将军，初云要去为您铲除心腹大患！"

初云说的心腹大患，指的是敌方的悍将唐烈峰。

初云向来温顺胆小，天凝不明白她怎么突然会有这样大胆激进的念头，她道："你对付不了他，跟我回去。"

"没试过怎么知道不可以？我现在才不是那个花拳绣腿的白蚁精初云呢，魔魂附在我身上，虚晚庭会的我也会，我还可以用她的越女心法！越女心法不是七海十荒最厉害的武功心法之一吗？"初云又拿出耳环炫耀道，"这枚耳环也可以帮我，大将军，唐烈峰我是赢定了！"

天凝有点儿后悔自己当初让初云得知这枚耳环的存在了，她反驳道："你忘了姜游是怎么警告你的？"

姜游说过，初云被虚晚庭的魔魂附体，随着时间的推移，魔魂的力量会越来越强，强到某个临界点，她就会鸠占鹊巢，彻底霸占初云的身体。到那时，魔魂便会强占初云的肉身，从无形化为有形，以凶残本性为祸人间，而初云则神魂俱灭，不复存在。

现在初云之所以佩戴面纱，就是因为她已经开始遭受魔魂的侵害，五官被魔魂同化了。面纱上有障眼法，她戴上面纱，容貌就能变回她自己的，但是，摘掉面纱，她的五官就会变得跟虚晚庭一模一样。等到魔魂彻底侵占了她，就不只是五官，她全身上下每一处都会变得跟虚晚庭一样，而且什么障眼法都没用了。

要把附身的魔魂从体内驱逐出去，是难于登天的事情。所以，魔魂盛而初云衰，魔魂生而初云死，这几乎是不可逆的了，只是时间早晚的问题。如果要拖延时间，初云就必须心态平和，少用武力。如果逼不得已和人动手，也要尽量不动杀心，不聚戾气。因为杀戾就是魔魂生长的沃土。

天凝道："你如果去了敌方阵营，必然有一番生死恶斗，恐怕魔魂就会趁这个时候侵吞了你。"

初云道："可我要是什么也不做，不也一样是在等死？我的身体被魔魂占据，根本就是迟早的事情。你们现在一心只想救城主，就连那个姜游大叔，他都没工夫管我了！"她又道，"与其坐以待毙，我倒不如在死之前轰轰烈烈做一件大事，也好让荒越族的人知道，我小妖初云也是和大将军你一样厉害的人物！"她说罢，眼里的红光又是一亮。

初云的情绪此刻起伏很大，一时慷慨激昂，一时却又愁肠百结，转而唉声叹气道："我知道，大将军当初救我回荒越城，觉得我来历可疑，并不信任我，但我是真心以大将军为榜样，对你仰慕敬重的！我也想成为像你一样的女英雄，我为什么不可以呢？我只要杀了唐烈峰就可以！”

说到激昂处，初云不但呼吸急促，就连身体都在发抖。

天凝好像忽然明白了什么，厉声质问：“初云，你午膳是不是在第二营那边和士兵一起用的？”

初云似乎还沉浸在她的个人情绪里，喃喃道：“我就要杀了唐烈峰，我可以的！”

天凝再次厉声质问：“是还是不是？”

初云瞪她一眼：“是又怎样？”说罢便绕过华天凝，打算继续往敌营而去。

天凝追上前，一掌扣住初云肩膀：“你冷静下来！你现在的想法只是心中的情绪被放大了，你要控制你自己！”

初云反手一推，逼天凝松开她，后退了两步，冷声道：“不用控制，我很好！”

说起来，已经有半个多月了，军营中类似的情况层出不穷。起初，有两名士兵在用饭的时候为了抢一个鸡蛋拔刀相向，后来，又有一名士兵因为犯了个小错，自责不已，差点儿以死谢罪。总是频繁有人内心的情绪被无限放大，做出失去理智的举动，造成混乱。

不久天凝便找到了罪魁祸首，正是那只白鸦旎婳。因为白鸦旎婳知道了他们在找办法对付自己，心生怨念，所以就用恶作剧报复，总是出去衔一些失心草的种子回来，丢在士兵的饭菜里。

失心草的种子是放大一个人内心情绪的药引，假如一个人原本只有少许的思乡之愁，但是如果服下了失心草的种子，这种乡愁就会立刻被放大，这个人或许会失去理智，不顾一切冲动返乡，假如有人在这个时候阻拦他，他甚至会杀了这人来达成目的，令自己的情绪得到安抚。

还好这种情绪的失控不是永久的，也不需要解药，两三天之后，效用消失，人就会恢复常态。

天凝对白鸦媿婳此举痛恨有加，但又拿它没有办法，只好吩咐士兵们对食物和饮水多加注意，尽量避免白鸦媿婳得逞。可是，前几天还是有一个士兵由于这个原因，失去了心智。而今天中午，第二营那边又有几个士兵吃到了失心草的种子，情绪爆发，其中有一个还因为痛恨战争想放火烧粮草，幸亏被及时阻止了。现在看来，就连初云也成了受害者。

初云的情绪很复杂，第一，魔魂侵体，令她获得了虚晚庭越女心法的功力，她的武功已经和天凝不相上下了，她心中难免有骄傲之情；第二，她的身体将会随时间的推移而被魔魂越来越多地占据，但现在大家的重心却放在如何挽救厉朝欢这件事上，她遭到忽略，心中既失落又慌乱；第三，她对天凝一直怀有崇拜之情，这种崇拜之情也受到了失心草种子的影响，被无限放大。所以她才会像着魔一般，想在自己余下不多的时间里，尽一切所能达到天凝的高度，和自己崇拜的人比肩。

放大的情绪令初云不能够理智思考，做出了冲动的决定。她认为，拿唐烈峰开刀是最能令她扬名立万的途径。而她的骄傲在此时也变成了猖狂，她认为自己有魔魂在身，普天之下没有什么人能与她抗衡。她现在这样情绪激烈，心态偏执，天凝说什么她都听不进去，天凝只好动了武。

敌方的军营就在树林对面的那座山头，此时，晚间的炊烟也已经袅袅可见。当一群青羽红冠的飞鸟穿破那些炊烟，半空飘来阴森森的鸟鸣时，天凝与初云同时各出一掌，掌风一撞，两人之间刹那爆开刺眼的白光。

天凝猛地意识到，初云这一掌，竟还掺杂了越女心法。她脸色一变，道："初云，立刻压制你体内的越女心法，你现在与魔魂是此消彼长的关系，你越使用她的心法，就越助长她的气焰！”

初云哪里肯听：“那你别阻拦我，我要去做一番轰轰烈烈的大事！”

天凝也绝不妥协，初云向前一步，她就追一步：“杀唐烈峰一事，我们要从长计议，这是军令！”

“我不听！”

初云突然暴怒，重击一掌，打在天凝胸口。天凝后退三步，撞在一根树干上，胸腔里一阵翻江倒海。她赶紧运功，稳住气息。

天凝原本不想过分激怒初云，增加她的杀戾之气，所以，出招有所保留，但此刻看来这并非良策。她索性把心一横，不遗余力地和初云打了起来。

而这时候，荒越军营里，那只原本安安静静的白鸦姽婳像是突然感应到什么，在厉朝欢的营帐里尖叫盘旋起来，顷刻之后还冲出营帐，飞到半空，一边高低乱飞，一边看向树林的方向，仿佛受到了某种惊吓。

天凝没有想到会跟初云动手，所以离营的时候没有带紫原剑。没有紫原剑相助，再加上已经受伤，她很快便落了下风。

初云体内魔魂的气势每增强一分，天凝便感觉受到掣肘，出招更困难一分。

两个回合以后，初云已然失控如脱缰的野马，脑海里也是混沌一片。她仿佛听见有人在对她说，“华天凝阻拦我，挡我者死！”但是，却有另外一个声音在提醒她，“不要伤害她，她是我敬重的大将军……”

初云觉得头痛欲裂，她突然大吼一声，闭上眼睛，胡乱出掌，掌风密密麻麻，激起沙尘飞舞，树干爆裂。

天凝躲闪不及，连挨了两掌，嘴里一口鲜血喷出，膝弯一软，跪倒在地。

初云却还在发狂，眼睛里的红光似要炸裂，一个不经意扫过来，锁定了她，脚一抬，身体已经向她飞移过来。

天凝想躲，无奈自己实在没力气了，竟然只能坐以待毙！千钧一发之际，背后忽然有一阵疾风刮过，一道人影落在天凝身旁。来人腰一弯，将她打横抱入怀中。同时挥出一掌，逼初云退开一丈。他再足尖一起，抱着天凝朝树林外飞去。

这几日并无战事，倒是军营附近总有猛兽出没，伤了几名士兵，唐烈峰是追击猛兽而来到此处的。他的衣袖上还沾着与猛兽搏击之后的鲜血，月白的衣袖，嫣红点点，犹如雪地上撒了妖艳的梅瓣。

天凝被他抱着，脸贴着他温热的胸膛，隐隐还能听见他强有力的心跳声。她不禁有点儿紧张，抿了抿嘴，将脸移开，低头不看他。只是她要保持这个姿势就必须脖子用力，这导致她看上去有点儿像个僵硬的呆头鹅。——唐烈峰的脑子里冒出这个比喻的时候，突然有点儿忍俊不禁。

天凝从他的鼻息间听出他在暗笑，她好奇地抬头看了他一眼。

她抬头时，他正好低头，四目相对，她急忙尴尬地将眼神飘向别处。

他道："你不抱紧点儿，不怕摔了？"

天凝心中一股倔气上来："为族征战，死都不怕，还怕摔？"

唐烈峰睨她一眼，手臂加了点儿力道，似乎是在说，既然你不抱紧我，只好我把你抱紧点儿了。

天凝觉得不自在，身体扭了扭。

唐烈峰戏谑道："没有人告诉过你，当一个女人被人抱着的时候，她最好不要乱动吗？"

天凝见这人自从恢复了血肉之心以后，对自己的态度越发轻佻不羁了，她厉声道："放我下来！"

唐烈峰似笑非笑地望着前方，脚底生风，大步不停："就快到了。"

唐烈峰在树林边上绕了一个弯，确定初云没有追上来，他便带天凝去了一个地势奇险的山涧。

山涧里有一间木屋。

木屋虽小，五脏俱全。桌椅床凳都有，墙上挂着字画，角落里还有米缸和漏刻。窗台上还养了一盆云竹。

唐烈峰将天凝放在木屋内的竹床上，天凝的背一触到床板，立刻挣开唐烈峰，还想打他一掌，却被他灵巧地避开了。他眉头一皱，冷冷道："还想和我动手？你还不清楚自己伤得有多重吗？"

天凝答非所问："这是什么地方？"

唐烈峰傲慢道："我也不知道。这间木屋不是我的。"

天凝质疑："可你明明来过这里。"她不等唐烈峰反驳，看向木屋门外。屋前是一片空地，长了些杂草，空地外有一条小溪。连接溪水两岸的是一些大块的鹅卵石，铺在溪水里，组成了一条石头桥。

"那溪水里面一共有二十块大小相近的鹅卵石，你刚才涉溪而过的时候，以你的速度和步长，你应该踩到第四块、第八块、第十二块、第十六块和第二十块。但是，你踩过第十二块石头以后，却忽然收小了脚步，踩的是第十五块石头。因为你知道第十六块石头是松动的，如果踩上去，我们可能会滑进水里。而我之所以知道，是因为我在低头看路，恰好看出了石头是松动的，但你没有，你不看也知道，是因为你已经熟悉那些石头了。"天凝一口气说完。

唐烈峰听她说了一大通，忽然失笑："我说不知道这是什么地方，是指我不知道这间木屋的来历，可我并不打算否认我来过这里，你不要太紧张了。"

天凝顿时觉得尴尬，生气地瞪了唐烈峰一眼。

唐烈峰发现，他似乎挺喜欢看她生气却又奈何不了自己的样子，即便他在别人面前通常不苟言笑，但见到她，他却并不吝惜和她调侃争论，最好还能多气她几回。他又道："我也是前几天无意间来到这里，觉得这儿风景不错，而且清静，就记下了这个地方。你还想知道什么？"

天凝说："我想知道你救我的目的何在。"

唐烈峰的神态严肃了一点儿，他道："如果我告诉你，我救你没有目的呢？"

天凝道："你觉得我会相信？"

唐烈峰昂首道："信不信是你的事。"他知道天凝一定会问他救她的目的，一个人做事总有目的，他刚才就已经想过，他的目的是什么呢？可是，他难道不是路过树林，发现一只入魔般的白蚁精正打算对一个已经被逼到没有还手之力的人痛下杀手吗？救她，或许是同情弱者，是人之本能？

哪怕这个人是自己的敌人？

唐烈峰又想了想，终于想到了一个不错的理由："或许是因为我曾经说过，要在战场上堂堂正正地打败你，这样才能向天下人证明我的实力吧。我可不希望你这么早就死在一个妖孽手里，对我来说，这是个遗憾。你只能是我的！"他又问，"你和初云为什么会动手？"

初云被魔魂附身一事，只有少数几个人知道，这个消息暂时还没有泄露到敌方阵营中去。

天凝不愿多言，道：“这是我和她之间的私事。”

唐烈峰看得出来事情并没有天凝说的那么轻描淡写，但他也知道她有心隐瞒，便走向门外，边走边说：“以你的细心，来时的路你应该记得很清楚了，这里没有任何陷阱关卡，要走要留，自己决定吧。”

就在这时，远处天空一枚流星飞箭忽然升起，那是白渊军中的信号，意味着军营受到了攻击。军营里还有都凛坐镇，连都凛都应付不了，需要放信号召唤救兵——天凝一想：“难道是初云？”

唐烈峰看向她：“初云？她为何闯军营？”

天凝几乎话到嘴边了，却还是没说。说什么呢？告诉他，初云手里还有一枚苏尾鱼骨耳环，她想对付他，好给他机会早做防备？不！他是敌人，就算这次他救了自己，他也是敌人。天凝这样一想，下意识咬紧了牙关，好像生怕自己少用了一分力气，嘴边的话就会冲口而出。

唐烈峰看天凝表情冷淡，坚决沉默，他眉头一皱，决定自己回军营查看究竟，便拔腿就走。虽然他走得很急，但他过溪之前，还是弯腰从溪水里捞了一颗石子，用力一弹，石子便嵌进了那块松动的石头底下，随后他一脚踩上去，顿了顿，确认石头没有再摇晃，他才快速离去。

唐烈峰弹出石子的时候，天凝忽然心间一软，他都走了好远，远至不见，她却还望着他离开的方向，久久回不过神。

回过神来以后，天凝开始运功疗伤。

不多时，落霞渐隐，天边换上一轮明月清辉。天凝连续调息了两个时辰，感觉气息已经转稳，身体也有力了，她想休息片刻继续，便走出木屋，在屋前的空地上散步。

这时候，一阵风吹过，不知从哪里带来了一些白色的花瓣，在半空打着旋儿，飘落在屋顶和檐前。

天凝突然看到溪水对面有一道人影飞过来，正好穿梭在这暗夜的花雨里，潇洒淡然，仿佛还带了些仙气。

待他来到面前，落脚处还溅开几片花瓣，画面很美。

天凝的眼中除了吃惊，还有一瞬间的惊艳："唐烈峰，你怎么又回来了？"

且说唐烈峰看见流星飞箭，赶回军营，果然看到前去寻衅的人就是初云。

初云一进军营，二话不说，见人就打，说要见唐烈峰。

初云来前线虽然已经有一段时间了，但是，天凝为了压制她体内的魔魂，平时不准她上战场，所以，白渊族的将士都没见过初云，不知道她的来历，他们还以为这疯疯癫癫的丫头只是来找唐将军寻私仇的。

初云有魔魂助力，已经难逢敌手，就连白渊族的大将军都凛也被她打伤，吐血不止。

有士兵看情势不妙，于是偷偷放了信号，通知唐将军。

初云一见到唐烈峰，便掏出了苏尾鱼骨耳环，质问他刚才是否有救走华天凝。

白渊族人一听，这丫头嘴里竟然提到华天凝，而且说他们的唐将军救了华天凝，都大吃一惊。

虽然唐烈峰现在只是忠威将军，官拜三品，地位远不及都凛这个一品大将军。但是，他骁勇善战，屡立战功，不仅在第九荒，甚至在整个七海十荒，都声名远播。都凛对他十分嫉妒，生怕他有朝一日建树和地位都超过自己。所以，如果能抓到唐烈峰的错处，都凛可谓求之不得。于是乎，他听初云那么一说，立刻两眼发光，对此表现出浓厚的兴趣。

初云为了挑拨众人对唐烈峰的信任，解释了苏尾鱼骨耳环的测谎作用，还说自己刚才跟华天凝交手，打伤了她，唐将军却把人救走了。

众目睽睽之下，对于初云的质问，唐烈峰若是承认救人，那他就是与敌人为伍；可他如果否认救人，那就是说谎，初云转动耳环，他一样会被识穿。他唯有缄口不言，假装急于擒敌，和初云动起手来。

初云一心想杀死唐烈峰，交手时全部精力都放在唐烈峰身上，以至于疏忽了其他人，被白渊军中最擅长偷袭的影将暗算，受了内伤。无奈，她只好暂时逃走，打算等稳住伤势再谋后动。

初云一走，都凛觉得，此事宁可信其有，于是立刻派出人手，兵分几路搜索，寻找华天凝的踪影，而且不许唐烈峰再插手此事。

唐烈峰不知道天凝是否还留在木屋，他想确认一下，便瞒过众人，离开军营，悄悄又来了木屋。

天凝听唐烈峰说完军营发生的事情，一时间猜不到他来此的用意。如果说他是后悔救了她，想来抓她，自证清白，但此刻的他，全身上下没有一丝戒备，全然没有即将与人展开搏斗的状态。除非他是因为知道她受伤，根本不是他的对手，所以轻敌瞧不起她，才会如此放松。

天凝索性直接问他："那你现在是要抓我，还是放了我？"

唐烈峰态度清高："是我救你在先，如果我现在只为自保，出尔反尔，我又觉得这样做太失君子之范了。"

言下之意，他不是来抓她的？天凝望着他，心中仍充满戒备。

唐烈峰又道："现在这山涧周围都是我们的人，就算我不抓你，你也未必有机会活着回去。"

天凝淡淡道："那就是我自己的事情了。"

唐烈峰又看了看天凝，皱眉道："我还以为华大将军是个光明磊落之人。"

天凝不服地问："我如何不磊落了？"

"你藏起了一枚苏尾鱼骨耳环，却令我以为耳环只有一枚。"

天凝一想，调侃他道："你是没见过女子戴耳环吗？耳朵有两只，耳环自然也有两枚。"

唐烈峰被这话一堵，无可反驳。他又问道："我见初云的次数虽然不多，但她以前的武功可没有这么好。"

天凝知道他起疑，说道："她是妖，妖自然有和我们常人不同的修炼方式，武功精进也不足为奇。"

唐烈峰唇角一勾，自是不信。

这时，又是一阵风起，吹乱了满地的白色花瓣，有一些宛如月下的流萤，飞舞在两人中间。

天凝忽然想起了她曾经说过的一句话："夜色清风避恩仇。"

以前，她和唐烈峰为了躲避百年兽的攻击，一起藏身于树上，相约以大树为庇护，共御外敌，暂且抛开彼此的国仇家恨，敌对立场。他们聊起了故乡，他还告诉她如何烹鱼。有那么一瞬间，她甚至觉得自己好像不再是背负着整个荒越族命运的铁血女将军，而是个胆大任性、偷偷出外游玩的闺秀，遇见了一个行走江湖的少年郎。当时的夜色，大抵也是如此温柔吧？

她收回了心思，无奈一笑，转身往木屋里走。

她回到屋内，盘腿而坐，继续运功疗伤。

她知道，此时她与其仓皇逃离此处，面对周围不太熟悉的地理环境，还有随时可能碰上的敌军，倒不如争取有限的时间，尽量使自己恢复体力，反而有更大的把握御敌和自保。

唐烈峰见天凝不是着急离开，而是回屋调息，便也猜到了她的打算。他一言不发地离开了。

他也深知，夜色清风避恩仇，是说今晚都凛既然不允许他再插手华天凝的事情，那这山涧里即便接下来有一场腥风血雨，也只能与他无关了。

这恩仇，他不想避，也得避。

只不过，白云苍狗，余生茫茫，纵然夜色清风常有，但恩仇，又岂是说逃避就能逃避的呢？

而初云逃离白渊军营以后，并没有走远。她躲在暗处，看着他们派出的几路人马离营，她悄悄地跟踪了其中一支搜索的队伍。这支队伍里领头的人是和唐烈峰官拜同级的忠威将军呼延汀。

丑时一过，这支队伍发现了山涧里的木屋。

呼延汀立刻命人给军营和其他几支搜索队伍报信联络，然后自己便带着人马悄悄地靠近木屋。

初云见状，再也按捺不住，纵身一起，如一道青烟飘过屋前溪水，稳稳地落在檐下，挡在队伍前面。

虽然她当众说出了天凝受伤藏匿一事，但那是为了离间士兵和唐烈峰的关系。她也知道自己要保护大将军，所以她跟来了。而且，由于失心草种子的效力，她依然浑浑噩噩，狂妄自负的状态也还在，她相信不管天凝受伤与否，只凭她一人之力已经足够掌控大局，击退敌人。

此时，天凝坐在屋内，虽然身未动，但外面情势如何，她已经了然于胸。

须臾间，原本晴朗的夜空乌云渐露。

乌云遮蔽了月光。

山涧里被打斗声充斥着，收到信号的其他几队白渊族士兵也赶来了。

天凝将内劲一收，停止调息，猛然以掌击地，身体借力从窗口飞出，几个旋身来到初云的背后。

“初云？”她想确定她此刻神志是否清醒。

初云微微回头，脖子动了动，神情高傲：“放心吧，大将军，我会保护你的，这里没人奈何得了我！”

看来这小妖的状态还是云里雾里的，天凝心下一沉，也不多说，加入了战斗。她们得尽快杀出重围。

不多时，一阵大风夹着浓雾卷地而来，吹得在场众人身体倾斜，睁不开眼睛。大家只听一声巨响，屋前空地炸起一片尘泥，众人散开倒地，碎瓦飞溅。天凝和初云也受到那爆炸气流的冲击，各自弹开，后退了几步。

众人抬头一看，半空之中，一道金光盘旋，在黑夜里异常分明，似云雾般缥缈，又像雷电般充满煞气。

呼延汀率先大喊一声：“女皇陛下？”惊疑不定。

在场众人一听，纷纷定睛再看，惊呼道：“是女皇，真的是女皇陛下！”

天凝屏息凝视，只见那道盘旋金光速度渐缓，果真依稀可辨一名女子的轮廓。

她正盘算着，忽然，金光之中又再分出两道，一道向她，一道向着初云而去。她们赶紧避开，初云更是两眼冒火，痛恨地瞪着那道金光，身体一转，竟直冲过去。

天凝大呼：“初云，不可！”

初云人已经冲上半空，两道红光从左右手射出，直刺入那团金色的光影。

霎时间，半空中金红两道，如霞似练，交织难解，竟把这黑夜照得如白昼般明亮。在场的大部分人都知道，凭自己的功夫，这一仗他们是插不上手的，便都站着没动。

天凝正欲出手，忽然，初云惨叫一声，金光红光，陡然分开。一道仍在半空，初云却重重跌落在地。

同时，她眼里的红光也减淡了不少。

随即，那道金光也降落下来，一个被金光笼罩的女子端端立在白渊族众人的阵前。

金光退去，在场众人除了天凝和初云以外，纷纷单膝跪地，恭敬低头。

来人果然是白渊族的女皇哥舒意。

·第二章·

情 意 动

至此，两族之间的战争已经持续了将近一年。这段时间，哥舒意坐镇白渊城，从未亲临过战场。此番前来，她微服简从，没有预先通知任何人，就连她的心腹——大将军都凛事先也毫不知情。

刚才，哥舒意一行人正好经过这附近，看见有人发射流星飞箭，她便好奇地循着飞箭的方向来了。一来，看到敌方的大将华天凝，便已经够让她吃惊了，而更让她震惊的是，和华天凝在一起的那个女子，她竟然会使用越女心法！于是，哥舒意二话没说，招招直逼初云而来。

由于初云的身体跟魔魂尚且没有很好地融合，遇到越强劲的对手，她就越不能把控自己的力道，神行混乱，反而容易暴露弱点。

哥舒意的武功又在华天凝和唐烈峰之上，初云跟她对战，不出十招她就知道自己不是她的对手了，她因此心生怯意，阵脚大乱。最后，被哥舒意一掌打在胸口，痛苦难当，倒在地上。

天凝想去帮初云，却被人缠住，脱不开身。

哥舒意看了看天凝，并不急于再出手和她正面交锋，因为她发现了一件更感兴趣的事情。

她盯着受伤倒地的初云，眼中阴气森森："你是什么人？为何会懂得越女心法？"

越女心法？

周围的人听女皇这样一问，纷纷变了脸色。难怪大家都觉得这疯丫头太过厉害，抵挡不住，原来她用的是越女心法！

听闻越女心法乃是七海十荒里最厉害的内功心法之一，近百年之内，只有荒越族的第六代守护者虚晚庭学会了这种心法。

大部分白渊族人都没有和虚晚庭交过手，包括唐烈峰、都凛等人在内，对越女心法也都只有耳闻，不曾亲见，所以不能辨认。唯有哥舒意和虚晚庭积怨已久，在公在私，虚晚庭都可以说是哥舒意这辈子最憎恨的人。所以，她一看见初云的招数中竟然掺杂了越女心法的内功，不禁大为激动，迫不及待地想把她制伏，弄清楚她和虚晚庭之间的关系。

初云还戴着面纱，有障眼法遮盖容貌，她嘴角一勾，一声冷笑："我说出来怕会吓到你！"

天凝听到初云说这话，心知不妙，猛地抓起一名挡在身前的士兵，像丢沙包似的往人群里一扔，砸退众人，她趁机一跃而起，奔向初云："初云！"她想阻止她说出自己体内有魔魂一事。

但天凝还是迟了一步。初云因为恼恨哥舒意打伤她，怒火更盛，理智再度迷失，她"噌"地站起来，将面纱一揭："连虚晚庭都在我体内，听我号令，我还会怕你这妖女？别忘了你可是她的手下败将！"

说话间，五官一变，已然是虚晚庭的模样。

哥舒意见此情形，不禁倒抽一口凉气。所谓宿敌相见，分外眼红，她立刻向初云使出了杀招。

无奈之下，天凝只得也加入两人的对战之中，和初云一起对付哥舒意。

刹那间，阴风四起，乌云蔽月，黎明未至，黑暗吞噬了整片山涧。

黑暗弥漫，宛如无底深渊。

直到拂晓时分，山涧里才重新得见微弱的天光。

拂晓时分，一场大战终于结束了。天凝拼尽全力，侥幸突围而出，初云则重伤难逃，被哥舒意生擒，已经没有还手之力。

哥舒意把初云押回了军营，同时也派了人继续追捕天凝。

回到军营，哥舒意立刻审问了初云。审问前，她还屏退了众人，只准都凛一人陪审。

审完初云，哥舒意又召集了军中所有将领，听大家汇报前线战事，直到夜深。

第二天天刚亮，唐烈峰便听士兵前来传话，女皇要单独召见他。

由于女皇御驾亲临，都凛让出了自己的主帅营，昨夜是睡在呼延汀的营帐里的。主帅营中，只有哥舒意一人。唐烈峰在门外站了站，低低地道了声“女皇”，得到许可，拨帘进去，白衣女子正对镜梳理着自己的长发。放下篦子，她与镜中的自己对视一番，眉眼间都是妩媚又深长的笑意。

她道：“唐将军，昨夜睡得可好？”

唐烈峰恭敬道：“好。谢过女皇关心。”

哥舒意起身：“唐将军，我昨日留在外面的那些人回来了，说看见荒越族来人接走了华天凝，看来这人我们是抓不到了。”

唐烈峰镇定道："来日方长。"

哥舒意打量着面前长身玉立的男子，问道："你以前就见过那只白蚁精吧？她的身份没有可疑之处？"

唐烈峰道："臣当初偷袭荒越城，就是利用她将花朝映雪之毒传给了华天凝。至于她的身份来历，臣不知。"

"你是几时知道她体内有魔魂的？"

"昨日女皇抓她回来以后，士兵们都在议论，臣方才知晓。"

哥舒意一笑："那你知道我审她的时候，她是怎么说的吗？"

"必然是说我救走了华天凝。"

这时，哥舒意摊开右手，唐烈峰才看见她手里拿着那枚苏尾鱼骨耳环。"我听那小白蚁精说，这耳环倒也有趣，就是不知道应不应该信她的话。"

唐烈峰气定神闲："初云所言非虚！"

哥舒意笑了笑，走近唐烈峰："那这么说，你现在不能对我说谎？"

唐烈峰略一低头，望着哥舒意："有没有耳环，臣都不会欺瞒女皇。"但他也知道，光凭自己三言两语表忠心，哥舒意是不会轻信他的。他便故意主动请求说："初云是想利用这耳环来动摇将士们对我的信任，所以臣恳请女皇，亲自测验臣的忠心，也好还我清白，令我服众！"

他这样一说，便是他为了自证清白而恳请女皇测验他，而不是女皇受人挑拨，质疑一个为自己出生入死的臣子了。哥舒意很满意他这样主动，她便问道："初云说她仗着自己体内有魔魂，想来杀你，华天凝不同意，被她打伤，是你把人救走了。可有此事？"

唐烈峰昂首挺胸："一派胡言。"

"可是军中传言，唐将军跟华天凝似乎……关系匪浅。"

“我与她虽然曾经有过合作，但个中曲直，我早已向女皇禀报过了。我和她是敌而非友，也绝无私交。”

唐烈峰不卑不亢。

哥舒意闻言，屈起手指，用中指轻轻捻压着耳环。

唐烈峰面不改色，丝毫不受影响。

哥舒意很满意，微微一笑又道：“唐将军，如今你既然已经是个有血有肉的人了，为什么跟我说话还是这么冷淡？”

唐烈峰垂首道：“大概我生性如此。”

“你对华天凝也是如此？”

“是。”

哥舒意神态暧昧地打量着唐烈峰：“好吧，那我再问你最后一个问题，问完你就可以走了。”

她脸上笑容渐隐，取而代之的是一种紧绷的肃然。

唐烈峰低眉表示同意。

哥舒意缓缓道：“我问你，唐烈峰，你……可有对华天凝动心？”

营帐内忽然鸦雀无声。

一只青铜云纹的香炉里，两行白烟轻轻逸出。白烟如云丝，飘过哥舒意那只慵懒地摊着鱼骨耳环的手，也飘到唐烈峰的眼前。

男子眉眼深邃，仍是凛然从容。他眼睑轻轻一抬，铿锵有力地回答道：“没有！”

这一问一答，哥舒意当着唐烈峰的面，又拨弄起鱼骨耳环来。

唐烈峰始终单手负在身后，昂首挺胸，泰然自若。

过了一会儿，哥舒意将耳环放到了桌上，对唐烈峰嫣然一笑：“唐将军果然没有令我失望。”

唐烈峰欠了欠身。

哥舒意道："行了，那你出去吧，我还想再休息一会儿。"她又用手指轻梳垂在胸前的头发，道，"不过你也可以留下来陪我一起休息，我当年对你的承诺，至今还是有效的。人前你可以做震慑三军的将领，但人后，你还可以做我最疼爱的皇夫。"

族人都知道女皇做派风流，贪好男色，正巧唐烈峰生得玉树临风，英伟不凡，哥舒意第一次见他，便动了想宠幸他的心思，可唐烈峰志在朝堂，不屑于做一个靠卖弄姿色来讨好君王的男宠，便一口拒绝了哥舒意。

此刻，唐烈峰一如既往，波澜不惊。他也知道，以自己现在的功业建树，哥舒意虽然嘴上还会调侃他，但她心里其实很清楚，后宫和战场，究竟哪里才是他的用武之地。除了调侃，她并不会真的留住他，他便别的不说，只恭敬地作了个揖，道："臣告退。"

唐烈峰回到自己的营帐中，见屏风后有一道人影在晃动，他并没有理会，径直走到一面铜镜前。

屏风后的人自己走了出来，是芒鞋翁。

芒鞋翁连蹦带跳伸着手过来扶唐烈峰："小木头，你怎么样了？你那个女皇，没看出什么吧？"

唐烈峰重重地呼出一口气，两肩一沉，先前还红润的气色顿时没了，额头上还有细密的汗珠。

"还好。"

"好什么呀？"芒鞋翁心疼，端起他事先预备好的一碗汤药，哄小孩儿似的，"来，赶紧喝了，这可是我老人家亲手熬的。喝了保准你很快就生龙活虎，伤口也不疼了。乖！"他又补充，"你放心，我是悄悄熬的，没人看见。"

唐烈峰接过药碗，一饮而尽。

随后，他对着铜镜，缓缓脱掉上衣。

铜镜之中，他裸露着的上身肤色古铜，肌肉紧实，胸口还有一道很明显的疤痕，长约一指，那是他毛遂自荐当死士的时候，换心之后留下的。而现在，他的腹部又多了一道同样的伤疤，被染血的纱布缠得紧紧的。

这是一道新鲜的伤口，就连血流也是刚刚止住不久。

他摸了摸伤口，掌心感觉到一阵寒气。

刚才喝的那碗汤药明明是热的，流过嘴里的时候是热的，滑过食道的时候也是热的，可是，到了胃里，却像冰瀑，飞流直下，寒气顿时扩散，从胃开始，返回食道，返回口腔，并且游遍全身。

那是一种唐烈峰曾经熟悉的感觉。

以前，他的身体里也有扩散的寒气，是源自他的黑木心脏。

而这一次，是源自胃部。

因为他的胃已经被芒鞋翁用万年黑木替换了。

芒鞋翁虽然曾经断言，解铃还须系铃人，唐烈峰体内那颗苏尾鱼丹，除了逼他服下鱼丹的华天凝本人，没有谁可以为他取出。但是，又想到唐烈峰曾经是死士，芒鞋翁忽然有了一个新的灵感。

既然白渊族可以用万年黑木为死士们换心，那么，换胃呢?

鱼丹停留在胃里，取不出，也化不开，但如果将整个胃都以万年黑木替换呢?

说来也是险，早在哥舒意到达军营之前，芒鞋翁就一直在琢磨此事。他还得知白渊城皇宫里便藏有现成的万年黑木，他甚至不用费时间到雾凇顶去找，于是，他悄悄地潜入了皇宫，神不知鬼不觉地偷走了一段万年黑木。

最初，唐烈峰听芒鞋翁说到换胃，他还很反对，觉得还不至于走到那一步，可是，先有初云闯军营，后有哥舒意的突然前来，他才意识到，这一步非走不可。他深知哥舒意的阴鸷多疑，就算明知道初云是在挑拨，她也一定要亲自验证才会罢休。

所以，就在昨夜，唐烈峰连夜让芒鞋翁给他换了胃，又靠着芒鞋翁给他的清明玉露，强行固元提气，暂时掩盖了换胃后的疲态，他才能在哥舒意面前保持面不改色，并且经受住鱼骨耳环的考验。

只是，心脏才刚恢复血肉不久，现在却轮到了胃。当芒鞋翁替他换胃时，因为麻醉药的关系，唐烈峰感觉不到疼痛，但他感到一种无力。极度的无力感，就像坠落悬崖，抓不到一条救命的藤蔓。

那是一种对命运的无力。

他明明已经摆脱万年黑木了，可是现在，一劫化去，一劫又生，兜兜转转，他还是没能摆脱和万年黑木共生的命运。

而力难从心的，包不包括他与华天凝之间的……

什么呢？感情吗？

他对她，有感情吗？

就像哥舒意问的，唐烈峰，你可有对华天凝动心？有吗？

即便有，难道不也只是清风过境、倏尔无痕的事情？不是早就已经决定放下，视她如黄粱一梦了吗？

如果那苏尾鱼丹还留在他体内，女皇问到时，他再回答“没有”，会立刻腹痛如绞吗？

他不知道……

……

唐烈峰思绪万千，端端地坐在榻前。芒鞋翁给他换了药，重新包扎了伤口，又为他输了一点儿真气，以促进他的身体与黑木的融合适应，他一直木讷地坐着，身体几乎不动。

不多时，营帐外有士兵低声请示：“芒鞋翁先生可在此处？女皇想见您。”

唐烈峰回过神来。

芒鞋翁看了他一眼，慈爱地笑了笑，拍拍他的头，示意他安心休养，然后便大步流星地走出营帐。

“来啦，来啦，女皇在哪儿呢？嘿哟……我小老头儿以后就是个见过大人物的人啦！”

芒鞋翁随士兵来到主帅营，他一进去，坐着的哥舒意起身相迎，态度还算恭敬。“芒鞋翁。”

芒鞋翁作揖：“女皇陛下。”

哥舒意客套道：“素闻芒鞋翁见多识广，对世间灵异精怪之事无所不知，我白渊军能得芒鞋翁相助，可谓如虎添翼。”

芒鞋翁心疼唐烈峰，对于哥舒意试探他一事正耿耿于怀，便道：“哼，你们是不是‘虎’我不敢说，但这‘翼’嘛……没错，有我帮你们，你可算是捡到宝了！不过我说女皇……我是看在唐将军的面子上才帮你们的，所以你可得对他好点儿，别不相信他，还要受人挑拨来试探他！”

哥舒意一听芒鞋翁这话，心中不悦，但表面依然和善，笑道：“芒鞋翁放心，唐将军对我族忠心耿耿，而且他骁勇善战，足智多谋，是不可多得的人才，我自然会重用他。”

芒鞋翁翻了个白眼：“听着吧！”

哥舒意以女皇之尊亲手为芒鞋翁斟了一杯茶递上，柔声道：“我今日是有件事情想请教芒鞋翁。”

芒鞋翁接过茶杯：“女皇但说……”

哥舒意道：“相信芒鞋翁对魔魂一定很了解吧？”

芒鞋翁假意谦虚：“略知一二。”

哥舒意道：“我想向您请教，如何降伏魔魂？”

芒鞋翁喝了一口茶：“女皇是指那白蚁精体内的魔魂？”初云体内有魔魂这件事，芒鞋翁自然也听说了。

"嗯。"

"但不知女皇说的降伏魔魂具体所指为何？"

哥舒意昂首挺胸道："我要令魔魂为我所用！"

哥舒意和芒鞋翁交谈时，荒越族那边，有一小队人马外出归来。骑马跑在最前面的，正是华天凝。

将军布寰紧随其后。

布寰的身后，还有几十名骑兵。

由于天凝去追初云以后便迟迟未归，厉朝欢担心她会遇到危险，便派了布寰将军带人出去找她。幸亏有布寰及时接应，天凝才能脱险，平安归来。

这一路上，天凝的体内时而真气逆行，时而五脏灼烧，十分痛苦，但她一直强忍着，撑到回了军营，进了辕门，到了主帅营前，厉朝欢得到通报，知道她回来了，正从营内出来，她一看见他，忽然觉得自己再也撑不住了，身子一歪，从马背上摔下来。

厉朝欢眼疾手快，上前接住。天凝倒进他怀里，顿时有了安全感，微微一笑："你在就好了……"说完，眼睛一闭，昏了过去。

厉朝欢急忙问布寰："她这是怎么了？"

布寰见周围人多，他不想贸然说出天凝是被哥舒意所伤，怕大家知道敌方来了个厉害的人物，会诸多猜疑，便对厉朝欢递了个眼色，道："有人打伤了大将军。"

厉朝欢接到布寰的眼色，有所领悟，便没再细问，只是吩咐身边士兵道："赶紧去找孙长老来！"说着便抱起天凝，进了主帅营。

由于姜游去了第八荒，慈航谷便派出二长老孙谈暂时顶替他，留在军营里照料伤兵。孙谈一来，先用内力护住了天凝的心脉，再以金针为她疏导，极为小心慎重。厉朝欢在旁边坐立不安，直到孙谈确定稳住了天凝的伤势，他才放心，又把布寰叫进来，询问他找到天凝的经过。

得知哥舒意来了前线，厉朝欢并不吃惊。因为他知道，这次白渊族举族来犯，早已有破釜沉舟之势，他断定哥舒意不可能袖手旁观，她出面只是时间早晚的问题。现在看来，她既然来了，往后的战况必然就会更凶险了。但眼下，厉朝欢更担心的还是天凝的伤势，希望她能快一点儿好起来。

天凝昏睡了几个时辰，天黑的时候，她隐隐觉得自己两肩胀痛，还微微发麻，这种感觉促使她渐渐清醒过来，她睁开眼睛，只见一个眉目清雅的男子坐在床边，专心地给她施针。

他轻轻地把金针扎在她的两肩，用手指捻着，转动着金针，胀痛酥麻的感觉就是这样来的。

天凝虚弱地笑了笑，道："我刚才迷迷糊糊好像还梦到你，你说，只要有你在，你就算只拍拍我的头，我的伤也能马上就好。"她如释重负地望着他，"你终于回来了，小师叔。"

姜游是傍晚才回到军营的，听说大将军受了伤，他连水都没来得及喝一口，便执意来照顾她。

他一边继续施针，一边说："你别以为说几句好听的话我就不骂你了，我现在以你小师叔的身份骂你，为什么这么不小心，把自己弄成这样？"话虽如此，但他说话的语气，全无责备，只是心疼。

天凝无奈道："我已经很小心了。"

她简单地把初云走火入魔，和她们遇上哥舒意的经过告诉了姜游，又道："初云现在落入白渊族手里，我们一定要尽快救她。"

姜游沉声说："救初云的事，我跟城主会想办法，你现在先养伤。"

天凝道：“我的伤没有大碍。”

“我是大夫，有没有大碍，我说了算。”

“我不也是大夫吗？”天凝柔声道，“我不也是慈航谷的弟子，是你的师侄吗？”

姜游道：“所以晚辈就要听长辈的，师侄要听师叔的，休息。”

……

天凝和姜游正说着，厉朝欢进来了。“刚才是谁说不许我跟来，怕我吵到她，自己却在这儿说个不停呢？”

姜游面带微笑，继续施针：“你还不是跟来了吗？”

厉朝欢毫不客气地走到床边坐下：“怕我吵到她，哼，我还怕你扎针把她扎疼了呢。”

姜游拔出天凝左肩头的最后一根金针，将金针收回羊皮袋里，温柔地说：“我扎针从来就不疼的，要不你试试？”厉朝欢扬扬得意地说：“你倒给我试试，你敢试，我就送你个犯上之罪……”

“只要城主高兴就好。”

“就安排你到山里天天挖草药去……”

“那倒也清闲自在。”

……

天凝看他们俩你一句我一句，她试图坐起身，说道：“你们俩怎么一见面就跟小孩子似的？”

“哪里像小孩子了？”

斗嘴的两个人忽然异口同声。天凝一听，忍不住笑了。

厉朝欢见天凝试图起身，伸手来扶，本来姜游也想扶，但伸出来的手却因为比厉朝欢慢了一步，在半空一顿，收了回去。

尴尬的神色一闪而过，姜游道：“我这两天会密集地为你施针，务求让你尽快恢复。现下既然哥舒意已经来了前线，我怕敌方随时会攻打我们。”

厉朝欢也点头表示赞同，还补充说：“伤势没好就不许你上阵，对敌的事就交给我和其他人。”

“嗯。”姜游看了看厉朝欢，说，“这个人我也会替你保护着，你放心。”

厉朝欢说：“对，那个人会替我保护好你的，保护不好，我还送他去山里挖草药。”说着冲姜游挑了下眉，又替天凝把枕头垫在后腰，让她坐得舒服点儿。

天凝忍俊不禁道：“城主，是不是小师叔回来了，你就没那么无聊了？”

姜游抢白道：“我可不会陪他无聊打发时间。”

厉朝欢也说：“就是，我们现在每天都有很多正经事要做。”

说到正经事，天凝又问姜游：“小师叔，你此去第八荒，可有找到扈珍？”

姜游正色道：“找到了。我不但找到了他，而且从他那里得知，可以救城主的人，原本一直就在我们军营里。”

原本？也就意味着那人之前在军营，但现在不在了？天凝转念一想：“小师叔，你所指的人难道是初云？”

没错，就是初云。

此去第八荒，见到扈珍，姜游才知道，世人和他对白鸦婝婳的了解，都只能算是皮毛。

甚至扈珍对白鸦婝婳的了解也很不全面。

白鸦婝婳原本是居于焚鼓山中的一种邪恶而且力量强大的飞禽，现如今数量十分稀少。召唤白鸦婝婳是以意念加换血的方式，令召唤者成为其主人，令其为主人办事，这是大家都知道的。

“但白鸦婏婳和召唤者之间的主仆关系并不是一对一的。一只白鸦婏婳在同一时期，可以不必只服从于一个主人。只要有人愿意召唤它，与之换血缔盟，那个人，甚至多个人，都可以是它的主人，它都会为他们效命。”姜游把他从扈珍那里了解到的信息告诉天凝和厉朝欢。

厉朝欢听姜游这样一说，思索道：“但照你这么说，当初我召唤它，是要它替我军赶走紫血灵鹫。但如果当时白渊族的人也召唤了它，要它反过来帮紫血灵鹫对付我们，那岂不矛盾了？”

姜游说：“所以你别看它只是一只畜生，它跟我们人一样，也有思考的能力。听扈珍说，修为高的白鸦婏婳也可以像初云那样，成精化为人形。虽然你是它的主人，但这并不意味着它就要绝对服从你，它也会权衡利弊，甚至有时候做事只凭一时兴起。世人都以为，召唤白鸦婏婳就可以如有神助，其实这是一种误解。因为即便是主人，也不可以强迫白鸦婏婳做事。”

厉朝欢闻言，眉头一皱：“可恶！”

天凝忙问道：“那关于百日之期，扈珍是怎么说的？”

姜游缓缓道：“世间传言，召唤了白鸦婏婳的人，其寿命便只剩下百日，这个说法其实不尽准确。因为大家都以为，这个百日是天命，期限一到，天命难违，人必死无疑，然而实际上，这百日是由白鸦婏婳自己掌控的。”

自己掌控？天凝和厉朝欢都吃了一惊，异口同声道：“何谓自己掌控？”

姜游解释道：“很多人都以为，百日期限的意思，就是主人在召唤白鸦婏婳后一百日便自然死亡，其实并不是……真正的情况是……到那个时候，白鸦婏婳会亲手杀了它的主人。

“听扈珍说，他并没有弄清楚白鸦婏婳为什么要杀掉自己的主人，但他亲眼见过，有一个召唤了白鸦媲嫗的人，在百日期满的当天被那畜生杀死。但是，也有人在百日期满后，四处躲藏，多活了些时日，不过最终还是会死在白鸦媲嫗的手里。扈珍还说，不仅如此，他还见过一个人，不满一百日就提前被白鸦媲嫗掏心啄肺，折磨至死。所以，百日期限这个说法并不严谨。”

厉朝欢越听越觉得，这什么召唤缔约，根本就不公平，好像什么都是白鸦媲嫗说了算。那些召唤它的人，说好听点儿叫主人，说难听点儿，不过是它的贡品而已，只能任其宰割。他耸肩苦笑道：“我就这么稀里糊涂招惹了这只畜生！还以为我是它的主人，现在看来，说它是我的主人还差不多。唐烈峰那小子！哼，乘人之危算计我，有机会我非得好好报这个仇！”

天凝急忙又问姜游：“那是不是如果我们能控制住白鸦媲嫗，或者杀了它，城主就会没事了？”

姜游点头：“按照扈珍的说法，应该是这样。”话虽轻巧，但他依然面色凝重。

要杀白鸦媲嫗谈何容易？在场三人，无论独力还是合力，都打不过那妖畜。而且，一旦他们激怒了它，它还有可能翻脸，直接杀了厉朝欢。所以他们如果要对白鸦媲嫗动手，必须保证一击即中。

“那小师叔你刚才说初云可以对付白鸦媲嫗，是指……越女心法吗？”天凝若有所思地问道。

姜游摇头道：“不是越女心法，是魔魂。”

万物相生，也能相克，白鸦媲嫗虽然不易对付，但它也有天敌。而它的天敌正是魔魂。

初云还在荒越军中的时候，魔魂在她体内，是被束缚的状态，再加上天凝对外隐瞒了初云体内有魔魂一事，所以白鸦媲嫗并不知道，魔魂就在自己身边，它也并没有感应到什么威胁。

但那天，初云跟天凝在树林里交手，魔魂逐渐觉醒，能量释放，白鸦婉婳正是感应到了魔魂的能量远远传来，所以它才会紧张不已，在营地里激动乱飞。

扈珍告诉姜游，魔魂和白鸦婉婳之间，存有一种天性使然的对立，它们都知道对方是自己最强劲的敌人，都忌惮对方，可是，却又都难以自控地垂涎对方。因为，它们如果以对方为食，都可以增强自身的修为和功力。

话说到这里，有些事情已经显而易见了。天凝虽然觉得心痛惋惜，但还是不得不问出口，她道："小师叔，如果我们想借助魔魂之力对付白鸦婉婳，是不是就意味着我们要牺牲初云？"

姜游看着地面，微微点了点头："是的！"

真正能对付白鸦婉婳的不是初云，而是魔魂。但魔魂如果继续被束缚在初云体内，它很难与白鸦婉婳抗衡，而这也就意味着，魔魂须得全面复苏，它们才有战胜白鸦婉婳的希望。

理论上，他们如果在白鸦婉婳杀厉朝欢之前，与魔魂合力对付白鸦婉婳，只要白鸦婉婳一死，厉朝欢就安然无恙了。

然而，魔魂一旦复苏，初云就会死。厉朝欢和初云虽然相交不深，但是，一想到自己生命的延续是建立在他人生命的终结之上，他心里就气愤难受。他挺胸抬头道："想我堂堂一城之主，竟然要靠一个女人的牺牲来达到自己苟活的目的，传出去我哪还有颜面？我就不信那畜生那么容易就能杀了我！"

天凝和姜游也都陷入挣扎，沉思不语。

厉朝欢看了看他们二人，道："别想了，天凝，你有伤在身，先好好休息，其他的事以后再考虑。"

姜游也说："嗯，我们还有时间，现在你先休息，初云的事我们改天再谈吧。我这就去叫人把药熬好给你送来。"

姜游和厉朝欢离开以后，没过多久，医员就按照神医的吩咐，把煎好的药给大将军送来了。

天凝喝完药，放下药碗，忽然听到外面一声惊雷乍起，紧接着就传来哗哗的雨声。

下雨了。这场大雨下遍了整个第九荒。而白渊军那边，此刻，初云蜷缩着身子，坐在一个山洞里。

白渊族人把军营附近的几个山洞临时改建成囚牢，用来关押战俘。

她的手脚都被铁链锁着，体内大穴也被封闭，哥舒意知道她有魔魂附身，对她的看守自然十分严格。

到这一刻为止，初云体内失心草种子的效力逐渐散去，已经剩下不到两成，她人也越发清醒了。

她越清醒就越觉得害怕。她开始意识到，自己只是一只三百年修为的小妖，纵然体内有魔魂存在，可是，她根本无法掌控魔魂，相反，只会被魔魂掌控。她竟然敢来敌方军营闹事？现在不但自己身陷囹圄，而且回想起来，她还打伤了大将军！她悔恨不已，蜷缩在角落里瑟瑟发抖，泪眼迷蒙。

山洞外，雷电交加，风咆雨哮，她觉得自己好像要被雷电斩断，被风雨淹没，她闭起眼睛，开始在心里默念一个名字：

姜游。

只有想到他，她的恐惧才会被稀释，她才不会被绝望打倒。她还在等他愿意和自己看夕阳、泛轻舟的那一天，纵然那一天遥遥无期，但她想，她是无论如何都要活着，清醒着，再见他一面的。

同一时间，哥舒意站在帐门前，望着眼前的黑夜白雨，并未在意自己的鞋子已经被雨水打湿。

她还在回忆着白天跟芒鞋翁的谈话。

白天，她告诉芒鞋翁，她想令魔魂为她所用。因为她记得自己年幼时，听父亲讲过一个关于魔魂的故事。

所谓魔魂，乃是一个走火入魔的人死后留下的三魂所凝成的一股力量，而三魂，则包括胎光、爽灵和幽精。

当这三魂同时附身于某一个人，或者是像初云这样的妖精的肉身，时日一长，这个人就会由内而外被魔魂吞噬。一旦魔魂吞噬这个人，魔魂就不再是虚无缥缈的，它会成为有实体的邪魔。

因为这种邪魔的能力过于强大，据说还能和天神抗衡，所以，世人习惯性把它称为“魔神”。

但是，魔魂变为魔神，是三魂同时附身的结果。

哥舒意听父亲说，两百年前，有一位高人，在即将被魔魂附身时拼尽全力抵抗，消灭了三魂之中的两魂，最终只有一魂进入他的体内，结果他不但没有被魔魂吞噬，反而功力大增。

哥舒意说的那位两百年前的高人姓鲁，亲友都管他叫鲁公。鲁公行事低调，他的经历鲜有人知。芒鞋翁因为正好结识了鲁公的后人，所以知道了这件事情，他没想到哥舒意的父亲原来也和鲁公的后人有一段交情。

因为知道鲁公的经历，所以，哥舒意便想得到三魂之中的一魂，用来增强她的功力。她问芒鞋翁，如何能够得到这一魂，芒鞋翁告诉她，办法是有的，不过那得借助于魔魂的天敌白鸦旎婳的力量。

所以，这一天，当天凝得知，要铲除白鸦旎婳，须得借助魔魂之力，哥舒意也从芒鞋翁的嘴里得知，自己如果想得到三魂之中的一魂，就得先召唤一只白鸦旎婳。

一来，现在魔魂在初云体内，凭普通人的力量，想把魔魂和初云分开已经是不可能了。如果有白鸦旎婳这等强劲的对手频频向初云挑衅，激发她的杀戾之气，魔魂就会复苏得更快，可以尽早转化为魔神。

二来，当魔魂成为魔神，它还需要时间来适应这个变化，所以，在魔神诞生的前三个时辰以内，它会非常虚弱。这个时候，哥舒意就可以联合白鸦婉婳，杀死魔神。魔神一死，三魂就会重新暴露在体外。

“虽然说魔魂和白鸦婉婳相互以对方为食，可以增强自身修为与功力，不过，对于白鸦婉婳而言，它吸食魔魂，对于提升修为有帮助的，其实只有三魂之中的胎光和爽灵，幽精是没有用的。

“所以，如果能与白鸦婉婳达成协议，彼此合作，它得两魂，你得一魂，应该是双赢的局面。毕竟就算魔神在虚弱期也是不容易对付的，白鸦婉婳如果够谨慎，与人合作，对它只有益处，没有害处。

“我想女皇应该也知道，当初是唐将军让我去蛊惑厉朝欢召唤白鸦婉婳的，现在，离我们最近的一只白鸦婉婳，就在荒越族的军营里。我还得再提醒你一次，召唤白鸦婉婳的人会活不过一百天。他们能不能挽救厉朝欢，摆脱这个百日之咒，我不知道，但女皇如果想召唤白鸦婉婳，我建议，最好假手于人……”

这一刻，望着茫茫的黑夜白雨，哥舒意反复斟酌着芒鞋翁对她说的这番话，心中渐渐有了盘算。

·第三章·

问 君 心

哥舒意打算召唤白鸦婏婳的消息很快就传到了荒越军中。探子在密报中提到，哥舒女皇不知出于何故，已经挑选好死士，准备尽快召唤白鸦婏婳。

但是，因为连日大雨，雨水导致白渊军营后方山体滑坡，山泥污染了水源还在其次，更巧的是，滑坡的地段正好生长了一批失心草。那些失心草混在山泥里面，被冲进了溪水的上游，失心草的种子也掉进了溪水里。由于种子十分微小难辨，士兵们在下游打水做饭，一个不留神，就把种子也一起打了回去，混在了饭菜里。所以，这几天大雨连续不停，白渊军营里也是状况百出。

哥舒意为此大动肝火，一边命人解决水源问题，一边还得处理因为吃了种子而失控的士兵引发的骚乱。于是，召唤便暂时推后了几日。

天凝看完密报以后，坐在营帐里，沉思良久。

渐渐地，雨停了。士兵端着一碗药走进来，递上道：“大将军，这是神医吩咐给您送的药。”

天凝接过来一饮而尽，又问士兵：“神医在医疗处吗？”

士兵道：“是的。”

天凝便去了医疗处，但到了那里，姜游却刚离开。几名医员说，神医看雨停了，就说要去附近抓田鸡回来烤了给大将军送药下酒。天凝不禁想起以前她和姜游一起烤田鸡，姜游总把田鸡腿都让给她吃的情形，她心中觉得温暖，又问医员有没有看到神医是走东门还是西门，医员说是东门，她也往东门去了。

东门外有一片杏林。姜游本来在杏林旁边的田埂上看到了不少雨后活动的田鸡，正用石子一砸一个准儿。砸到田鸡的脑袋，田鸡一昏，趴着不动了。他便把田鸡拎起来，扔进手里的一个竹篓里面。

忽然听到背后传来厉朝欢的喊声：“喂，姜游！”

姜游直起腰，一回头就见厉朝欢左手正掂着一颗石子，而右手本来也有一颗，但他喊他的时候，右手那一颗就已经冲他扔过来了。他没有想到厉朝欢会捉弄他，膝盖一软，被石子打得生疼，身体一晃，一条腿踩进了田埂下面的泥潭里。那泥潭还挺深，一脚下去，湿漉漉的泥水溅了他一身。

厉朝欢哈哈大笑：“看来你这给人施针的手法是练出来了，但腿脚还不灵便嘛！”

姜游气定神闲，一条腿踩着田埂，一条腿仍陷在泥潭里，冲厉朝欢伸手，示意他来拉他一把。

厉朝欢走上前，痞笑道：“嘿嘿，我可不上你的当，你不就想把我也拉下去吗？本城主岂是这么幼——”“稚”字还没说出口，忽然脚底一沉，那田埂经过大雨冲泡以后，被他一踩，竟然塌陷了。

他顿时也踩了两脚泥，比姜游干净不到哪儿去。

姜游见状，心满意足地笑了。

厉朝欢反应过来："姜游，你早知道这儿要塌了？"姜游用眼神指了指："哎，你旁边有一只，帮我抓着。"

厉朝欢两手一抄："就不。"

稍后，他们都从泥里爬了出来，脱了衣服，泡进了杏林的水潭里。

水潭不大，两个人面对面坐着，各自背靠着潭壁，伸展双臂，一副怡然自得的样子。

厉朝欢吹起了口哨，腿还不时地抖动几下。姜游则安静地坐着，而且姿态保持着一贯的优雅。

吹了几声口哨以后，厉朝欢看了姜游一眼，收回目光，但很快没忍住又看了看他的胸肌："咦？"

姜游一笑："说吧。"

厉朝欢叉起腰，故意挺着胸膛，问："你每天都练功？"

姜游摇头："有时间才练。"

厉朝欢想了想，又问："那你一定有给自己开方子！说吧，是吃了什么来保持身材的？"

姜游看了厉朝欢一眼，缓缓道："城主何须羡慕我？"

厉朝欢背挺得更直了："我不是羡慕你，我当然知道这第九荒已经没有几个比我更好看的男人了。"他那所谓"第九荒最好看的男人"虽然是他自封的，但无可否认，俊朗的五官加上挺拔的身形，还有健美的身体轮廓，哪一样都对得起"好看"两个字。而姜游也是丰神潇洒，美若谪仙。

"但我就是觉得……"他的目光在两个人的胸肌上来回移动，"你好像比我……那个什么一点儿。你平时不是挺能吃的吗？可比我没节制多了！”

姜游淡淡道：“那我或许就是天生的吧。”

这番话厉朝欢只当是炫耀，白眼一翻，嘴巴一动，也不知道嘀咕了一句什么。

姜游见他还盯着自己看，又道：“城主，你别再这么看着我了。”

厉朝欢两手交叉抱在脑后，身体往后一仰，靠上潭壁：“得了吧，改天你求着我看我也不看。”

“谢谢。”姜游回嘴。

就在这时，姜游发现厉朝欢身后的鹅卵石上趴着一只肥大的田鸡，他立刻小声提醒他道：“喂，你后面那只，赶紧帮我抓住！”

厉朝欢稳坐不动，懒洋洋地说：“要抓自己抓。”

姜游看喊不动他，两手在水里一拍，身体一起，跃到对面潭边，一把抓起那只田鸡，准确无误地扔进了竹篓里，自己又轻轻地落回水中，恢复原来的坐姿，整个过程快得只在眨眼之间。

厉朝欢看着他，勾唇一笑：“天凝会喜欢吧？”

姜游不动声色。

厉朝欢索性点破，道：“姜游，你是喜欢天凝吧？”

于是，从东门出来，一边看着雨后的山景，一边寻找姜游的天凝来到杏林里，看到的就是这样的一幕——

姜游和厉朝欢面对面泡在水潭里，厉朝欢问姜游：“姜游，你是喜欢天凝吧？”天凝的脚步一顿。

她赶紧背转身，却没有立刻离开，只是定定地站着。

仿佛是昨日重现一般，她想起了上一次，姜游和初云在营帐里谈话，她来到营帐外，正好也听见初云问姜游：“你什么都想到她，万事以她为先，你到现在还是那么喜欢她，为什么不告诉她呢？”

有些事，好像是避无可避的。

那次之后，他们俩都在假装那场谈话并没有发生，一个假装没有说过，一个假装没有听过，但是，假装并不代表不存在。她存在于他的心上，千秋万载，沧海桑田，她恐怕都会在那里。他越说放下，就越放不下。

天凝认为自己绝不是一个善于处理儿女情长的人，她甚至有点儿怯于处理儿女情长。她能杀敌一千，却奈何不了一个情字，她好几次都想再度提醒姜游，不要再对她投入无望的感情，可是，提醒有用吗？

如果提醒有用，姜游大概早就抽身而退了吧？

爱一个人，只会身不由己，心不由己，这个道理，她自己不是也很清楚吗？

姜游的心里装着一个不可能的她，就如她的心里装着一个不可能的厉朝欢，他们本来同是天涯沦落人，她应该最理解他才是。她也应该知道，哪怕千言万语都化成巨浪狂风，也没有办法带走心上人留下的区区一道梦幻泡影。

所以，关于那天的谈话，天凝不提，也尽量不想，却没有想到这一次，类似的话竟然又从厉朝欢的嘴里说了出来。

天凝刻意运功压制着呼吸和脚步声，姜游和厉朝欢都没有发现她来了。姜游被厉朝欢一问，心中略微有点儿吃惊，毕竟自己在人前总是摆出一副风流的姿态，他还以为除了初云，没有人能看穿他的心思。殊不知他平时对天凝的细心温柔，瞒过了当局者，却没瞒过一个有心的旁观者。

姜游眉头一皱，既没有承认，但也没有否认，而是反问道：“她心里的人是谁，你不会不知道吧？”

天凝闻言，手抓住裙边，拳头一阵握紧。

厉朝欢收起嬉皮笑脸的表情，盯着潭水，目光专注。过了一会儿，他缓缓道：“我喜欢她。”

天凝的拳头猛然攥得更紧了。

原来他知道！

自己从来不敢在他面前表露的心事，他竟然知道！

这时，厉朝欢又一个字一个字重复了一遍：“我喜欢她！”他接着说道，“是喜欢我最看重的贤臣良将，是喜欢我最在意的挚友亲人！我已经很喜欢她了，可是，我不爱她。”

他苦笑着叹了一口气：“我最爱的女人如今已经化成了一缕魔魂，寄生在一只白蚁精的体内。我们拜过堂，成过亲，一日是夫妻，便终身为夫妻。我不怕告诉你，我不是没有想过接受天凝，可是我觉得，我做不到。”

姜游听厉朝欢说出这番话，不由得心疼天凝，他又问他道：“你是什么时候发现她的心思的？”

厉朝欢说：“当年我南巡时遭到白渊族人的伏击，重伤被困，她连自己的命都不要冲进来救我，我就知道了。”他又问，“你又是怎么看出来我知道的？”他要是没看出来，刚才就不会那么问了。

姜游说道：“你这个人，有时候说话做事粗枝大叶，但在她面前却格外讲究，我看得出来，你是因为知道她喜欢你，所以有所避忌，不想她对你产生什么误会。”

厉朝欢挠挠头：“居然被你看出来了！姜游，你眼神这么锐利，只留在军队里当个医官可惜了，你应该去当细作。”

“不是我眼神锐利，只是那丫头太笨了。”即便看不见天凝，但姜游一想到她，就是一脸的疼惜，“她看得穿敌人，却看不穿自己心爱的人。”

“可不是？”厉朝欢无奈地笑道，“她要是不笨，就不会一门心思地喜欢我了。”

姜游也无奈一笑：“她要是不笨，我就不会一门心思地喜欢她了。”

说到这里，两个人都沉默了，各自陷入了沉思。

厉朝欢又想到自己和白鸦旎婳之间的生死期限，眼神之中不禁难掩哀戚怅然之意。他叹气道：“姜游啊，假如哪一天我不在了，你要好好地陪着她，直到你不能再陪着她的那一天为止。”

姜游向来不爱说门面话，便郑重地点了点头，道：“若真有那么一天，我会的。”

厉朝欢勉强一笑：“那我就放心了……”

天凝没有再听他们说下去，抬脚便匆匆地往回军营的路上走。耳畔好像总是回响着厉朝欢的声音，想着他说的那句：“我已经很喜欢她了，可是，我不爱她。”天凝心绪起伏，说不出是什么滋味。

苦涩，紧张，难过，委屈，好像都有，更好像还有一种释然。

原来，他知道啊！

她以前就想，即便她终究得不到他的垂青，但也不能把这心思永远都埋在心底吧？总应该找个适当的机会告诉他，自己有多么爱他，不是想求得他的回应，只是单纯地希望他知道。可是原来，他已经知道了，这也算是一种圆满了吧？一种卑微的圆满。她这样一想，不自觉微笑着皱起了眉头。

刚走出杏林，她忽然察觉到腰间少了一样东西，她低头一看，本来挂在那里的一块玉佩不见了。

不会刚巧掉在水潭附近吧？

万一被他们俩发现，他们岂不是就知道我去过那里，听到他们的谈话了？

天凝翻心一想，急忙返回去找。

找到水潭附近，远远一看，水潭里已经没有人影了。看来厉朝欢和姜游已经走了。

天凝继续低头扫视地面，找她的玉佩，忽然，一旁传来姜游的声音："你是在找这个吗？"

她紧张地循声一看，姜游长身玉立，站在一棵杏树下，手里正拿着她的玉佩，专注地看着她。

她心里暗暗有点儿紧张，走到姜游面前。"你捡到了。"

"嗯。"

姜游又说："我没告诉他。"

他们洗完澡从水潭里上来，穿戴整齐以后，姜游远远见到地上有一块东西在反光。他走过去捡起来一看，发现是天凝的玉佩，他心念一动，赶紧把玉佩藏进了袖子里。厉朝欢问他捡到什么宝贝了，他说没有宝贝，只是看花了眼。

天凝把玉佩收好，见周围没有厉朝欢的身影，想来他是先回军营去了。她问："你没告诉他什么？"

"没告诉他你来过这儿。"姜游又问，"刚才我们说的话，你是不是都听见了？"

天凝尴尬地点了点头。

她又问："你为什么不告诉他？"

"或许是……不想他借此跟你把话挑明，怕他当面说出让你伤心的话吧。"他温柔地看着她，"我怕你难过。"

天凝的心情更复杂了："可有些话是否说出来，结果不都是一样的吗？"

姜游涩笑着说道：“可能是我想多了吧，我只要一想到你被他拒绝的样子，想到你可能会哭，我就心疼。”

天凝听姜游字字句句都流露出对她的怜惜，爱意已然毫不掩饰，她眉头不由得皱得紧紧的，吞吐道：“小师叔，我……”

“你也别说让我难过的话吧？”姜游打断她，还宠溺地摸了摸她的头，“不过，你也不是第一次拒绝我了。以前我不想看你为难，所以骗你说会放下对你的感情。但是天凝，这些年我还是放不下。所以这一次，我想自私一点儿，哪怕你再为难，但我说出去的话，放出去的感情，我都不打算再收、再藏了。”

姜游露出一副坦然的表情，十分认真地说：“天凝，我还是喜欢你，没有变过。你什么都不用做，你只要知道就好了。”

天凝忽然觉得鼻头一阵发酸。

明明受委屈的人是他，可为什么自己心里却好像还有了翻江倒海的委屈？她完全不知道说什么了。

姜游温柔地笑了笑：“走吧，回去了。”说罢抬脚欲走。

天凝一想，喊住他：“小师叔！我找你还有事情商议。”儿女私情她虽然处理不了，但眼下她还有更重要的事情得处理。

姜游看着天凝，天凝道：“我想冒一次险，救初云！”

天凝把哥舒意企图召唤白鸦婋婳一事告诉了姜游。虽然他们还猜不到哥舒意此举的最终目的，但白鸦婋婳和魔魂既然是宿敌，一旦相见，难免争斗，届时初云体内的魔魂必然加速复苏。与其坐以待毙，任由初云被魔魂吞噬，倒不如再放手一搏，至少是个希望。所以，天凝便想在哥舒意召唤到白鸦婋婳之前，营救初云。

姜游也赞同天凝的意见，便问她道：“那你有何计划？”

“现在哥舒意对初云的看管十分严密，而且她也防着我们会救人，所以在关押初云的山洞附近已经布好了陷阱和伏兵，我们如果去了，只怕正中她下怀。不过，虽然我们的人不能进军营，但我们可以让初云自己闯出来。”

“自己闯？”姜游不解。

天凝正色道：“前几天，初云跟哥舒意交手的时候我观察过，初云虽然不是哥舒意的对手，想伤哥舒意不容易，但是，她若只是想逃命，并非全无可能。更何况当时初云已经有伤在身……”

姜游反驳道：“但你别忘了，那天初云之所以那么勇猛，是因为受到了失心草种子的影响。现在种子的效力早就过了，在理智的情况下，她的武功恐怕只能发挥到当天的一半。”

“那如果我们再让她不理智一次呢？”

“你是说再给她吃失心草种子？”姜游还是反对，“不，你不能保证她这次吃下种子以后的反应会和上次一样，毕竟失心草种子在一个人体内到底会有什么效用，还得看那人当时的心境。”

“不是。”天凝摇了摇头，缓缓道出，“这一次，我想借用的是清风峡慕容家族的九曲梦回术。”

清风峡离应天谷不远，约有大半日的行程。在清风峡里，居住着慕容家族。慕容家族有一门秘术，是当今世上的六大奇术之一，名为九曲梦回术。施术的人只要借助于被施术者的身体发肤，便可以潜入其梦境之中，在梦境里将其迷惑，控制其意志言行，令其犹如傀儡，听命行事。

只要初云成为九曲梦回术控制下的傀儡，慕容家的人就可以给她灌输必须突围而出，不成功便成仁的执念，强制她抛开恐惧和顾虑，一心逃出军营，就像她几天前一心想杀死唐烈峰那样。而这样的效果，甚至比服用失心草种子还好。毕竟一个人吃了失心草的种子以后的状态难以预估，但使用九曲梦回术，被施术的人，其行为举止，通常都会在施术者的掌控范围以内。

“到时候，假如初云因为杀戾之气暴增，体内魔魂复苏，九曲梦回术还可以牵制它，对它也是一种约束。只要初云自己能闯出白渊军营，我们就可以在附近安排好人手，随时接应她。”

姜游听完天凝的解释，虽然觉得此举过于剑走偏锋，然而细想之下，除了这个办法，他们也无计可施了。

事不宜迟，天凝便修书一封，还从初云用过的梳子上面摘取了几根她的头发，和书信一起，交给了慈航谷的二长老孙谈，安排孙谈秘密赶往清风峡。

慕容家曾经为上一任城主，也就是厉朝欢的父亲厉殷枭尽忠。厉殷枭曾有恩于慕容家，慕容家素来乐于协助厉家治族安邦。所以，慕容狄老爷一看完天凝的书信，二话不说，便准备亲自施术。

孙谈在下午抵达清风峡，慕容狄把施术的时间安排在当夜子时三刻。

孙谈用红顶青鸟给天凝送去密函，告诉她动手的时间。天凝收到密函的时候，正好是戌时三刻。

离子时还有两个时辰。

天已经黑了，军营里很安静，不少士兵早早地便睡觉了。风有些大，吹动着辕门前的旌旗，在暗夜里如波浪般涌动。

天凝坐在营中，一边读兵法，一边计算着时间。因为预知今晚会动手，所以她下午就派了人手到白渊军营附近埋伏等待，随时准备接应初云。

时间缓慢地过去，天凝的心情越来越紧张。毕竟初云的体内还有魔魂，而魔魂是战胜白鸦旎婳的希望，换言之，今晚的突围也关乎着厉朝欢生存的希望，所以她很难不紧张。

亥时到来的时候，主帅营外有人通报，神医求见。

天凝起身相迎，姜游打帘进来，跟在他身后的，还有一名四十岁出头清瘦的中年男子。

天凝见到男子，浅浅一笑行礼："三师叔。"

此人乃是慈航谷的三长老金尚允。慈航谷就在军营驻地的后方，金尚允是接到天凝派红顶青鸟送去的亲笔信，出谷来见她的。

金尚允淡淡地看了天凝一眼，脸上没有任何表情。"何事？"

天凝对金尚允道："我想麻烦三师叔，在飞花岭上布一道阵法。"

"什么阵法？"金尚允问。

天凝道："一个犹如无形之牢的阵法，而且布阵的人还要能够把握大局，一手操控谁能入阵，谁能出阵。"

"你说的是六回结阵。"

金尚允脾气古怪，性情孤傲，平时说话很少，而且每次开口都用词极简，这八个字就已经是他今晚说得最长的一句话了。

天凝道："正是。"

金尚允淡淡道："容易。"

这金尚允和慈航谷的其他长老一样，都是医术高明、卓尔不群之人。不过，他跟别的长老有所不同的是，他比他们任何一个都更精通奇门遁甲之术。天凝说的六回结阵，是以五行之术为依托的阵法，布置好以后，就是一座透明的监牢，人一旦进入，就会受困，活动的范围就只能在这个阵法里。

如果把六回结阵比喻成一张棋盘，那受困者就是棋子，而布阵者就是下棋人。

棋子不可以自主离开棋盘，而下棋人可以掌握每一颗棋子的动向，同时，他只要轻轻伸手一拈，就可以把一颗棋子带离棋盘，使这颗棋子脱离棋盘，也就是摆脱阵法，得到自由。

天凝和姜游商量过，他们打算，一旦初云回到我方军营，他们就以魔魂之名向白鸦娩婳下战书，引它上飞花岭，用阵法困住它。接着，再安排不同的高手入阵，以车轮战术消耗它的体力，尽最大的可能重创它。到那时候，天凝再和初云一起入阵，捕杀白鸦娩婳，她做主力，初云只是辅助她，希望这样可以既达到目的，又不会助长魔魂，初云的命暂时还能保住。

姜游把这个计划告诉金尚允，金尚允听完，眉头一皱，盘算道："十天。"

姜游问："布阵需要十天？"

金尚允摇头。

天凝会意，道："听闻六回结阵是消耗型的阵法，有盛衰之期，三师叔的意思是，我们只有十天的时间能困住白鸦娩婳，十天过后，阵法的效力会减弱，白鸦娩婳便很容易破阵而出了。"

金尚允点了点头。

那白鸦娩婳是何等厉害的妖物，区区六回结阵，哪怕能把普通人困一辈子，但也最多只能困它十天。所以，他们必须在这十天以内，将白鸦娩婳杀死。

虽然并没有把握，但天凝还是决意尽力而为。她道："那就有劳三师叔了。"

金尚允负手抬头："放心。"

姜游看他们说话间亥时已经过半，他对金尚允道："三师兄今晚就在军营住下吧，你住我的营帐，我和士兵们挤一挤。"

金尚允不和他客气："好。"说罢看了看天凝，表示道别，然后便离开了主帅营。姜游跟了出去。

天凝把布阵的地点选在飞花岭，首先是因为飞花岭就在慈航谷的后方，离军队驻地也不远，她可以既指挥战事，又兼顾对付白鸦娩婳。其次，飞花岭是方圆百里以内，天地灵气最为茂盛汇聚之处，在那里布阵，阵法与灵气相结合，释放的能量更强，也更不容易被攻破。

姜游和金尚允离开以后，天凝走到门口，打起布帘看了看外面的天色。

风吹得比前一个时辰更大了，天空中有一轮下弦月，被风吹动的云丝快速地在月亮周围飘移着，月色有点儿浑浊。

天凝正望着月亮发呆，忽然，半空之中传来几声怪叫。她吃了一惊，那似乎是白鸦姽婳的叫声！

再一听，那声音尖厉、高亢，带着过度的兴奋。这么久以来，天凝还从来没有听见白鸦姽婳发出过这种奇怪的叫声。她隐隐觉得情况非同寻常，急忙跑出去，环视营地上空，发现白鸦姽婳就在厉朝欢的营帐上方盘旋，羽生红光，飞舞得犹如一团幽幽的鬼火。

厉朝欢本来刚睡着，也被这怪叫声惊醒了，披上外衣掀帘而出。

姜游刚安顿好金尚允，听见怪叫声，急忙也出来查看。

天凝和姜游同时跑到厉朝欢身边。天凝问："城主，发生什么事了？"

厉朝欢盯着白鸦姽婳，眼神之中忽然流露出一丝惊恐。大概整个军营里只有他一个人见过这种状态下的白鸦姽婳。他幽幽道："我当初召唤它的时候，它飞到我面前来，就是这样的状态。"

天凝心头一紧，道了三个字："哥舒意？"

没错，此刻的哥舒意已经命人在军营里布置起了祭台，一名死士正在按照芒鞋翁教他的方法召唤白鸦姽婳。方圆数十里，最近的白鸦姽婳就是厉朝欢身边的这只，所以它最先感应到召唤之力。

厉朝欢盯着盘旋的白鸦姽婳，翻心一想，拿出主人的威严，抬头喊道："白鸦姽婳，回帐内去！"

白鸦婉婳听见厉朝欢喊它，俯视下来，一双暗藏杀气的眼睛里面，竟像人一样，似乎可见傲慢鄙夷之意。它生性贪婪，有人召唤总是迫不及待地想去查看，巴不得有更多的人可以和自己建立主仆关系。厉朝欢一命令它，它反而翅膀一扇，盘旋的速度还加快了。下一瞬间，它猛地引颈长鸣一声，如离弦之箭，冲出了辕门！

姜游想也没想："我去拦住它！"话音刚落，人就已经轻功飞渡，追着白鸦婉婳去了。

厉朝欢大喊一声："我也去！"抬脚欲走，却被天凝一把拽住。"你留在军营，我去帮小师叔。"

"不行，你的伤还没好！"厉朝欢反对，"而且我才是它的主人！"

"就因为你是它的主人！"天凝急道，"眼看百日之期马上就要到了，哥舒意那边又有新的主人在等着它，我们若强行阻拦它，万一它恼羞成怒，现在就放弃你，杀了你奔赴新主人，你去了岂不是狼入虎口？"

厉朝欢被天凝这样一提醒，无可反驳，只能听她的，沉声道："好吧，我留在军营，你们要小心！"

天凝立刻回营帐内拿了紫原剑，还带了些精兵，也追出了辕门。

黑夜里，姜游追着半空中的那团红光，连大气都不敢喘。他试图跟白鸦婉婳交手，阻拦它前行，但根本拦不住。眼看着白鸦婉婳就快飞到悬崖边，只要飞过这座悬崖，对面就是敌方军营了。姜游翻心一想，以内劲将真气运往右手掌心，手掌一推，掌心里一道无形真气散射而出。

虽然真气无形，但所过之处，空气中却凝起了冰雾。

刹那间，冰雾仿佛织成一张网，拖住了白鸦婉婳，那妖畜飞行的速度终于减慢了。

天凝赶到的时候，看见的便是姜游施展踏雪寒衣调，通过冻住白鸦媲嫱的方式，拖延它前行的一幕。

姜游很辛苦，他已经用尽全力，与白鸦媲嫱拉锯，但白鸦媲嫱也只不过是减慢了飞行速度，依然在朝着悬崖边飞去。

一旦它飞出悬崖，他们就没法再阻止它了！

“天凝！”姜游求助道。

天凝立刻拔出紫原剑，以轻功掠起，直冲白鸦媲嫱而去。

白渊军营中，死士面无表情地站在祭台前，伸出右手，掌心向下，对着祭台上的一个火盆。

死士的掌心有一道伤口，伤口正滴着血。

血珠一颗一颗落进火盆里。

哥舒意站在离死士不远处，看着他，偶尔张望天空，希望看到响应召唤的白鸦媲嫱前来。

但白鸦媲嫱迟迟不来，哥舒意有点儿不耐烦了。她问芒鞋翁道：“我们还要等多久？”

芒鞋翁揶揄道：“谁知道呢？这召唤所有的白鸦媲嫱都能感应到，万一对面那只不接你这活儿，只能是另外哪只接了，人家从第八荒、第五海什么的赶过来，那等到他全身的血都流干了，也有可能啊。”

哥舒意听出他话语中的讽刺，恼怒地瞪了芒鞋翁一眼。

这时候，都凛向哥舒意汇报：“女皇，西面悬崖那边好像有敌军异动，有人看到那边出现奇怪的红光。”

“红光？”芒鞋翁一听，“说不定就是白鸦媲嫱。”

哥舒意翻心一想，看了看一直站在芒鞋翁旁边，一言未发的唐烈峰：“唐将军，西边的地形你熟悉，你带人去悬崖那边看看。”

唐烈峰答应："是。"

唐烈峰赶到西面悬崖时，隔着数十丈的深渊，远远地看到对面红光翻涌，人影晃动。由于光线太暗，他还看不清楚那边究竟发生了什么事，他急忙从一条羊肠小道下到崖底，然后又从一条更陡峭的山道攀上对面悬崖。

等唐烈峰攀上悬崖，已经是子时三刻了。

清风峡那边，慕容狄准时开始施展九曲梦回术。白渊军的监牢里，初云突然感到头晕目眩，昏昏欲睡。

此刻，天凝和姜游依然在跟白鸦婉嫗周旋。姜游的踏雪寒衣调已经施展到了第九重，他还没有练到第十重，他已经快要拖延不住白鸦婉嫗了！"天凝，怎么办？"

天凝挥出一道剑气，白鸦婉嫗巧妙躲开，剑气只削落了它一片羽毛。

唐烈峰等人来到崖边，看见这一幕，身后士兵问道："唐将军，我们怎么办？"唐烈峰举手示意，大家先静观其变。

白鸦婉嫗和天凝都知道又来了一队人马，但她们都顾不上。白鸦婉嫗突然仰天大叫几声，翅膀猛扇，天凝也以紫原剑气相迎，两股力道在半空相撞，炸开一片火光，山边岩石崩裂，巨树倒塌，甚至连地面都在震动。

天凝忽然觉得胸口一促，剧痛袭来，她险些站不稳，大退几步，撞在山壁上。

姜游更是感觉如受炮烙之刑，真气再也稳不住，力道一收，踏雪寒衣调被生生地堵回体内。他全身忽然发烫，忽然发寒，嘴里一口鲜血喷出，倒在地上。

这时，白鸦婉嫗从半空俯冲下来，站在姜游的肩膀上，姜游霎时间动弹不得。天凝见状，惊呼道："不要！"

“不要什么？”

一个轻快的少女声音传进了大家的耳朵里。

姜游离那声音最近，愕然地一转头，盯着自己肩上的白鸦旎婳。少女的声音竟然是从这只妖畜嘴里发出来的。

它竟然会说人话！

白鸦旎婳的修为如果达到一定的境界，它便能很快学会人类的语言。这只妖畜几天前刚学会说话，只是它嫌自己说人话的声音不如鸣叫声好听，所以还不太情愿在人前开口。

“那你想要我做什么？华天凝——”白鸦旎婳继续问道，“留他活口吗？”姜游此刻已经是砧板上的鱼肉，白鸦旎婳只要再多用几分力，就能把他的肩膀撕裂。姜游也不敢再轻举妄动。

天凝喝道：“放了他！”

“放了他？你有什么资格命令我？你只不过是我主人身边的一个奴才而已！”白鸦旎婳的声音听起来极为傲慢，“况且我马上就有新主人了……”它眼珠子一转，盯住唐烈峰等人所在的地方。“我最喜新厌旧了，反正百日之期将近，你们不是都找人问清楚情况了吗，知道我就要杀他了？”

天凝愤然地盯着白鸦旎婳。白鸦旎婳避开她的视线，反而盯住姜游：“姜神医，你知不知道我跟我的主人之间一旦换血订盟，就有一种元神上的维系？七海十荒，他躲到哪儿我都能感应到。所以呀，他躲不了，逃不了，你们也别天真地以为可以救他了。这人，我是杀定了！”

姜游觉得此刻的白鸦旎婳过于嚣张，可能有得意忘形之嫌，他想趁机套话：“你为什么要杀掉自己的主人？”

白鸦旎婳的爪子动了动，用力在姜游的肩膀上一抓，姜游痛得冷汗直冒。“我为什么要告诉你？”看来它还是十分谨慎。

白鸦娩婳重新看向天凝，“华天凝，厉朝欢我是非杀不可，但至于姜神医嘛，倒也可杀可不杀。”它说，“想救他就跟我做个交易吧，说不定你还会有更多的好处。”

天凝握紧紫原剑，仍是随时准备战斗的状态：“你想怎样？”

“你不是不希望我到白渊军那边去吗？”说着，白鸦娩婳闭起了眼睛，感应着召唤的能量，“现在召唤我的人能量太小了，如果有一个能量更强大的人来当我的新主人，那就好了。”

天凝隐隐猜到了白鸦娩婳此言的深意：“什么人的能量才更强大？”

“修为深，内功好，还有，社会地位更高，肩上担子更重的人。比如厉朝欢、哥舒意，还比如……你。”

“天凝！”姜游挣扎，“不要同它废话！”

天凝思索问道：“你希望我成为你的新主人？”

白鸦娩婳说：“现在我就在你的面前，你连召唤的仪式都省了，只要立刻与我换血订盟，你也能成为我的主人。若你叫我不杀姜游，我便不杀。如果你还想叫我放过厉朝欢，这个嘛，其实也不是完全没有商量的余地。”

“天凝，这妖畜说话前后矛盾，不要相信它的一派胡言！”姜游咬牙切齿。

“什么矛盾？我只是刚学会说话，不像你们这些人巧舌如簧罢了。你以为你已经了解我了吗？哼，我的事情你不知道的还多着呢。反正华天凝救不救你，想不想厉朝欢活，都在她一念之间了。”

白鸦娩婳为了更好地说服天凝，又主动解释：“我不怕告诉你，我们白鸦娩婳与常人换血订盟，建立主仆关系，替主人办事，事成主人自然高兴，主人因此而在心中生成的喜悦满意之情，就是助长我们修为的能量源泉。”

天凝、姜游，包括唐烈峰都听明白了，世间万物，有形也好，无形也好，都可以成为妖魔修炼的能量源泉。比如，有的妖魔会吃活物，也有的吃泥土，甚至有的专吃动物的脊髓，以此生存和修炼。

而这白鸦旎婳赖以生存和修炼的，原来就是主人心愿达成的时候，内心散发的喜悦满意之情。

主人的心愿越宏大，心愿达成的时候，喜悦之情通常就越重。

比如说，有一个恶霸垂涎一位美人，召唤白鸦旎婳帮他强占了这位美人，恶霸心中大喜，白鸦旎婳因此可能会提升一分修为。但如果，厉朝欢召唤它，要它帮助荒越军打退紫血灵鹫，事成之后，厉朝欢从中得到的喜悦满足，可想而知，比恶霸更大，白鸦旎婳或可从中提升两分甚至五分、十分的修为。

一只白鸦旎婳虽然可以跟随多个主人，但毕竟精力总是有限的。它们得考虑如何投入有限的精力，得到最大的回报，所以，在挑选主人的时候，白鸦旎婳尤其会审度对方的身份地位，揣测对方有可能要求自己做的事。另外，主人的修为越高，或者内功越深厚，白鸦旎婳能从主人身上吸取到的能量也会越多。

白鸦旎婳对天凝道：“我猜他们定然是找了个小喽啰当替死鬼，来召唤我，华大将军的吸引力可比他们大多了。怎么样？你答应还是不答应？”说话间，爪子又加大了力道，指甲尖已然掐进了姜游的肉里。刹那间姜游的肩头就血肉模糊，他痛得面部抽搐，说不出话来。

这妖孽的胃口不小，看来它是铁了心要乘人之危，逼迫天凝了！

别说什么将来还有机会救城主，就算只是眼下，只要能救他，天凝也一定会就范的，这一点姜游丝毫不怀疑。正因为他知道她重情，他就更担心她了。他索性一咬牙，单手在地上一撑，企图强行挣脱白鸦姽婳。

哪知道白鸦姽婳翅膀一扇，他整个人就被扇得飞起，又重重落回地上，胸腔里一阵爆裂的痛感，他又吐了一口血，仍是被白鸦姽婳抓得牢牢的。

天凝见状，惊呼出声："白鸦姽婳！"她倒抽一口凉气，一字一顿道，"我答应你！"

•第四章•

百 媚 生

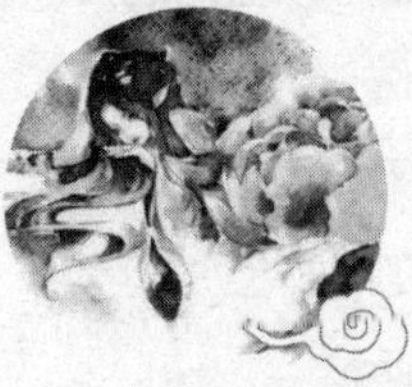

白鸦婋媔见天凝就范，开心地扇了扇翅膀，说：“你在掌心划一道伤口。”

天凝照做。

姜游想阻止她，可是，他已经动弹不得了。他只能痛苦地闭上眼睛。

割在她掌心的伤口，仿佛是割在他的心上。他心痛，痛不欲生。他曾经以为自己可以不惜一切守护她，却没有想到，他反而成了她的负累。他觉得眼角有些湿润，风一吹，寒意渗透，从眼角扩散至全身。

天空中那轮下弦月已经不见了。

深林寂静，宛如地狱。

和天凝同来的士兵们见此情形，纷纷出言劝阻。但谁都劝不了她。

暗地里，还有另一双深邃的眼睛也在看着这一切。这双眼睛的主人愁眉紧锁，呼吸越发不平稳了。

天凝走向白鸦媂婳，白鸦媂婳叫她摊开掌心，她继续照做。这时，白鸦媂婳用尖嘴吮吸着掌心的鲜血，粗略几口，随后，它咬了一下自己的舌头，吐出一滴舌尖血。

这滴舌尖血只要经由伤口混入天凝的体内，彼此的血液就算交换了，相互在身体里都留下了对方的气息。

是时候了！不能再等了！

唐烈峰突然从暗处一跃而起，速度之快，几乎迅如闪电。与此同时，他大袖一挥，袖间无数把柳叶刀飞出，统统瞄准了白鸦媂婳。他带来的人看唐将军既然都出手了，也就紧随其后冲了上去。

天凝这边，士兵们见状，略一思索，觉得不能作壁上观，也加入了战斗。

这一刻，双方好像结成了同盟，他们只有一个目标，那就是白鸦媂婳。

柳叶刀穿入天凝和白鸦媂婳身体中间，其中有一枚正好飘过天凝的手掌上方，千钧一发之际，接住了那滴坠落中的舌尖血。

可恶！

白鸦媂婳怒发冲冠，丢开姜游，猛地一飞冲天，再俯冲下来，直向唐烈峰而去。

"你是什么东西？敢坏我的好事！"

唐烈峰一边出招应对，一边大声道："白鸦媂婳，我白渊军还可以更大的诚意待你，只要你随我去军营！"白鸦媂婳发出邪笑声："好啊！不如你帮我抓住华天凝，那我就考虑跟你们合作！"

唐烈峰仿佛没有听到这句话，连看一眼天凝都没有，还是一心纠缠白鸦媂婳。

突然间，这妖畜振翅挥动，悬崖上大风刮起。刚刚唐烈峰射出的那些柳叶刀本来已经落地，这时却被大风卷了起来，悬浮在半空。妖畜再一挥翅，气流涌动，柳叶刀散射乱飞，刺向在场的众人。

士兵们被柳叶刀刺伤，有的甚至一刀直中要害，倒地毙命。

混乱间，天凝纵身扑向姜游，替他挡开乱飞的柳叶刀。而唐烈峰则左躲右闪，将飞向自己的柳叶刀打落。

忽然，他感觉到腹部一阵剧痛，低头一看，原来是有一把柳叶刀刺中了他。

刀身有一大半已经嵌入了他的身体，正好在他的胃部。

不远处，白鸦媲婳本来看众人死的死，伤的伤，正高兴，突然全身一阵绷紧，看向唐烈峰。

“万年黑木！”

这个男人的体内竟然有万年黑木！白鸦媲婳突然兴奋不已，冲向唐烈峰，而且看准了他的手臂，一口就咬了下去，咬破了皮肉，狠狠地吸了几口血。

唐烈峰仿佛明白了什么，再次低头看向那把还插在自己身体里的柳叶刀。

这已经不是一把普通的柳叶刀了。

这就是刚才飞过天凝的手掌，接住了白鸦媲婳的舌尖之血的那把柳叶刀。

刀子刺中唐烈峰的时候，那滴舌尖血还沾在刀身上。

随着刀刺入伤口，那滴血滑进了唐烈峰的身体里面。靠着这滴舌尖血的引领，白鸦媲婳感应到了皮囊之下暗藏的万年黑木的灵气。于是它迫不及待地冲过来，吸了唐烈峰的血。这样一来，换血就算是完成了。

白鸦媲婳飞到更高的半空，俯视着众人。

尤其是看着唐烈峰。

唐烈峰捂住伤口，心中痛恨。他也已经明白过来是怎么回事了。

他阻止了白鸦媲婳和天凝建立主仆关系，却没有想到，他自己竟然阴差阳错成了白鸦媲婳的主人。

白鸦媲婳突然大笑起来。

它笑的时候，周身又萦起了红光。同时，唐烈峰感觉自己的胃部好像在收缩，就像一个本来装满水的羊皮水袋，当有人喝水，水袋就开始紧缩变形。他忍不住低吼一声，单膝跪地，痛苦喘息起来。

天凝不知道是怎么回事，紧张地看着他。

又过了一会儿，白鸦媲婳不笑了，周身的红光也消失了。它慢慢地从半空降下来，接触到地面的那一瞬，所有人都看见，它竟突然变成了一个妙龄少女。

少女肤若凝脂，眼若桃花，姿容十分清丽脱俗，貌美的程度，算得上是这七海十荒的佼佼者。

在场的士兵们看见她，瞬间就忘了自己还身处险境，目光在她的全身游移着。

少女看了看自己脚边的一具尸体，伸手一吸，尸体的外衣就被她吸进了手里。她一个旋身将外衣裹在身上。“真是失礼，竟然在这个时候得以化出人形来了。”她嫣然一笑，“以后就叫我媲婳吧？”

后面这句话似乎是对唐烈峰说的。

原来，由于那片柳叶刀把媲婳的鲜血带入了唐烈峰体内，媲婳竟然感应到了他体内的黑木气息。所以它才会那么迫不及待地吸他的血，这样一来，它就可以通过彼此之间建立的元神维系，来吸取他体内黑木的灵气了。

本来柳叶刀还刺伤了唐烈峰的胃，胃部出现裂口，完整形态遭到破坏，按照常理，这颗黑木雕琢而成的假胃应该会消失。但恰好也是因为白鸦媲嫱那滴舌尖血进入了他体内，灵气够重，修复了胃部伤口。所以，这颗胃保住了。甚至当他拔出柳叶刀，整个腹部的伤口都快速愈合了。

他刚才的痛苦是因为媲嫱在强行吸走他胃部的黑木灵气造成的。

因为万年黑木里面蕴藏的能量，可以帮助大部分的山野精怪提升修为，对白鸦媲嫱也不例外。这只白鸦媲嫱自身已经有四百多年的修为，只要达到五百年，它就可以幻化成人。而现在，靠着万年黑木，它的修为瞬间大增，幻化成人的时刻也就提前了。

对媲嫱而言，得到唐烈峰这样一个主人，可以算是意外之喜。他体内的万年黑木是她修炼的捷径，即便她以后什么也不为他做，不从他那里获得喜悦之情，单靠吸食黑木灵气，她一样能增进修为。只不过，为免唐烈峰消耗过多，虚脱至死，媲嫱不能无节制地榨干他，现在他已经被折磨得只剩半条命了，她不得不停下来，等他恢复体力以后，继续攫取他的黑木灵气。

此刻，唐烈峰虽然痛苦愤怒，但当他弄明白眼下发生的一切，他忽然也有所醒悟。如果万年黑木对白鸦媲嫱这么有吸引力，那他们要拉拢她也就不难了吧？他一盘算，沉声道：“媲嫱，你过来。”

媲嫱笑了笑，走到唐烈峰面前，戏谑道：“怎么，有吩咐吗，我的主人？”

唐烈峰抬头看着媲嫱，忍着胃部的余痛，虚弱道：“媲嫱，只要你以后专心同我们白渊军合作，你会得到更多你想要的。”白渊族里还有那么多死士，每一个死士的心脏都是用万年黑木雕制而成的。

媿婳虽然没有细问，但听唐烈峰这样说，知道有她的好处，她眼中贪婪尽显：“看来我刚才真不应该小看你们呀！”

唐烈峰望了望和他们保持距离的天凝等人，道：“对你来讲，只有选择我们白渊族，你才会知道，自己选对了。”

媿婳扫了天凝一眼：“哦？是吗？”话音刚落，耳边忽然传来一阵爆破声。

这一声爆破，在场所有人都听到了。声音是从较远的地方传来的，有点儿像是来自白渊族的军营。媿婳突然眼神一凛，高度警觉，一把抓住了唐烈峰的肩膀，把他提了起来。“跟我走！”

唐烈峰已经无力反抗，只能任由媿婳带着他，纵身往悬崖下一跳。

“唐将军！”随行士兵吓了一跳，纷纷惊呼着冲到悬崖边，往下一看，只看到一片漆黑。

就在这时，金尚允和布将军带人赶来了。

白渊族的士兵看敌方来了这么多人，只好慌忙撤退。

天凝见状，大大地松了一口气。

布将军传令下去，穷寇莫追，当务之急是护送大将军和神医回军营。众人领命，带着天凝和姜游离开了悬崖。

且说慕容狄那边施展九曲梦回术很顺利，初云的状态从困倦到意识模糊，最后已然一点儿自我意识都没有了。她只觉得魔音灌脑，那魔音在告诉她，逃出去，冲破这牢笼，必须逃出去！

她照做了。

那一声爆破就是初云逃跑时踩到了机关，点燃了火药所致。

婉婳带着唐烈峰跳下悬崖，几个起落停顿，到了崖底，又敏捷地攀上了对面山崖。

到了对面的山崖，他们就能看见白渊族的军营驻地了。

此刻，驻地一角火光冲天。

婉婳得意一笑，说："看来你们白渊族的军营可真是宝地啊，有万年黑木不说，竟然还有魔魂。照这样下去，恐怕再过些时日，这七海十荒的妖魔鬼怪里面，我自称第二，都没人敢称第一了！"

由于初云再次进入了战斗状态，体内魔魂之气释放，身为天敌的白鸦婉婳便感应到了。她刚才就是因为感应到魔魂之气，所以才迫不及待地带走唐烈峰，打算直奔魔魂而去。她带着唐烈峰在下山的路上狂奔，步履轻盈，行动极快。没多久，她发现唐烈峰完全不动，就像一只沙袋似的，挂在她身上，她放慢了脚步，问："喂，你怎么样了？"

见唐烈峰不吭声，婉婳又说："你要是坚持不下去了就告诉我，我现在就杀了你，免得你拖累我。"

唐烈峰轻声道："婉婳，见到女皇不要告诉她我体内有万年黑木。"

"为什么？"婉婳冷笑。

唐烈峰道："就当是成为你的主人以后，对你的第一个要求，你照做就是了。"

婉婳不悦："我以前还不会说话的时候就特别想嘲笑你们这些自以为是的蠢货，别以为挂着主人的名号就可以任意指挥我。我做什么，不做什么，还得看我心意。你们还真当自己是我的主人了？其实我才是你们的主人。你们的生死都是由我掌控的。"

唐烈峰没有反驳。

婉婳又一笑："不过我看你毕竟还是有利用价值的，我不妨听你这一次吧。”

“多谢。”

说话间，媿娷脚步不停，时而穿林，时而涉溪，依然宛如飞鸟般灵活。但是，当她跑过一片草地的时候，她忽然觉得四肢一阵酸麻，有一种抵抗不住的疲倦感。她停了下来，一松手，把唐烈峰扔在地上。

唐烈峰被摔痛了，嘴里发出很轻的一声闷哼。

媿娷打量着自己的双手，试着运劲，发现气息不是太顺畅，她顿时愤怒道：“该死！刚化出人形，竟然还不适应你们人类这副皮囊。”她抬头看了看远处草地的尽头，穿过这片草地，再往前走一点儿应该就到军营了。她盯着唐烈峰看了看，略一思忖，在他身边坐了下来。

唐烈峰问：“怎么不走了？”

媿娷缓缓地将真气运到掌心，双手掌心相对，真气在手指间穿梭，左右交换。她漫不经心道：“不去了，去了也打不过，我何必去送死呢？近来我总能感应到魔魂之气就在我附近，应该是和你们两军交战有关吧？我有预感，我跟魔魂就算这次不见，不久也会再见面的。”说着，她又打量起自己的身体来，“喂，你们这些凡夫俗子，是怎么适应这样一具笨重的肉身的？”

唐烈峰看媿娷似乎还不知道魔魂就在初云体内，他现在也不想和她多做解释，只敷衍道：“你嫌笨重，大可变回白鸦的原形。”

媿娷睨他一眼，轻蔑道：“嘁，对我们白鸦媿娷来说，在真身与人形之间来回变换，是会折损修为的，我才没有那么笨呢。”

唐烈峰不再作声，他猜想军营那边可能出事了，听媿娷提到魔魂，莫不是初云有什么异动？不过，照之前的情形来看，那小白蚊精现在还不是女皇的对手，想来自己也不必太过担心。这时候，他感觉自己的气息趋于稳定，没有那么微弱飘忽了，胃部的余痛也在减轻。

他见旁边有一块石头，他便努力背靠石头半坐起来，开始运用内功调息。

婝婳扫了他一眼，没有管他，她继续感受着身体的变化，想尽快适应这副身体。

过了好一会儿，婝婳开始觉得无聊了，看了看依旧闭目调息的唐烈峰："喂？"

唐烈峰纹丝不动。

婝婳问道："唐烈峰，你说，我美吗？"

唐烈峰的眉心轻轻蹙起，但他还是没有睁眼，因为实在不想回答这么无聊的问题。

婝婳媚笑起来："刚才在悬崖上那些士兵看见我，怕是连自己死到临头都忘了吧？以前我虽然只是一只白鸦，但你们凡人之事，哪一样是我没见过的？一个男人看见貌美的女子是什么反应，我可清楚得很。"

婝婳见唐烈峰还是不理她，干脆故意凑近他，撒娇道："你说，我是不是很美啊？"

对方嘴里有如兰的香气，扑在唐烈峰脸上，混入他的鼻息间，他终于睁开眼睛，眼神放空道："每个人对美的定义都有所不同。"

"那在你眼里呢？"

"美。"唐烈峰回答得很敷衍。

"哼，你这样子，可不是一个男人夸一个女人美的时候应有的反应，就好像你夸的只是一块石头而已。"

唐烈峰问："我们什么时候回军营？"

婉娴不许他岔开话题："那我问你，我跟华天凝，谁更美？"

她？

唐烈峰放空的眼神忽然一软，又想到了刚才天凝伸手去接白鸦婉娴舌尖血的那一幕。

他不得不承认，自己当时出手阻止，除了是想阻止白鸦婉娴和敌军再度结盟，他也不想看到她成为白鸦婉娴魔爪之下的又一道亡魂。

他难道是魔怔了吗？平时总说黄粱一梦，黄粱一梦，梦醒则散，梦醒则忘，可是，梦醒了吗？散了吗？

他能忘了她吗？

婉娴见唐烈峰走神，又催问了一遍："你说啊，我虽然知道我美，可我到底美到什么程度？跟华天凝比如何？你说嘛！"

唐烈峰没有出声，又闭上了眼睛，两手交叠，掌心运气，重新开始调息。

婉娴翻了个白眼，道："哼，你这人真没意思！要不是想着你我的主仆关系，还得朝夕相对，我才懒得和你废话。"她深吸一口气，望向军营的方向，魔魂的气息还在。

她只能继续等待，但过了没多久，她便感应到魔魂的气息减弱，最后终于消失了。

她轻蔑地看了唐烈峰一眼，道："你现在应该能走了吧？我可懒得再费力气扛你，你还挺重的。"说完便迈开大步向前走去。

唐烈峰急忙站起来，强打起精神，跟上她，两人一同回到了军营。

白渊族的军营里，一场恶战刚刚结束。初云出逃，哥舒意阻拦，两人交手，险些破坏了布置好召唤白鸦婉娴的祭台。这当中就不得不说急于表现自己，反而拖累了哥舒意的都凛了。

都凛一心想抓住初云，当哥舒意和初云酣战最盛的时候，他强行介入，反而被初云推开，险些撞翻了旁边召唤用的祭台。

哥舒意担心祭台被破坏，召唤不来白鸦嫓婳，急忙维护，初云便趁她分心，逃走了。

唐烈峰和嫓婳回到军营的时候，主帅营里烛火通明，他们还未靠近，就能听到哥舒意教训都凛的声音。

唐烈峰走到门外，恭敬请示："女皇——"

嫓婳却不等哥舒意批准，掀了厚重的布门帘就进去了。一进去就找了把椅子坐下："口渴，我要喝水。"

哥舒意眼里凶光毕露："哪儿来的野丫头？"

嫓婳嘻嘻一笑："不是你请我来的吗？女皇陛下！"

哥舒意给唐烈峰递了个眼色，等他解释。唐烈峰严肃道："她就是白鸦嫓婳。"

什么？哥舒意和都凛都吃了一惊。都凛本来低头受训，闻言眼皮一翻，眼神复杂地扫了扫嫓婳和唐烈峰两人。

哥舒意打量着嫓婳："这是怎么回事？"

唐烈峰正欲解释，嫓婳却伸了个懒腰，傲慢道："我都说了我口渴，要喝水，你把我伺候舒服了，回头再让你的唐将军慢慢地给你解释吧！"

哥舒意知道唐烈峰不会信口开河，她翻心一想，便命人送来了水，还有一些蔬果给嫓婳吃。

嫓婳不屑于吃那些寡淡的蔬果，喝了几口水便说自己累了，想休息。

哥舒意又吩咐士兵，给嫓婳腾出了一顶帐篷，供她单独居住。

等嫓婳去帐篷里休息去了，唐烈峰才把悬崖上发生的事情告诉了哥舒意。自然是省略了嫓婳吸取自己体内黑木之气这个细节，只说因为恰好时候到了，她幻化出了人形。当时在场的其他士兵也有点儿云里雾里的，唐烈峰有办法让他们闭嘴，只要嫓婳不说，他体内有万年黑木的事依然藏得住。

哥舒意思忖道：“华天凝受伤，荒越族神医命在旦夕，厉朝欢百日之期将近，嫓婳要动手杀他？哼，好得很！好得很！”她眼里露出阴森邪气，“只是不知道今晚那白蚁精破牢而出，又是他们玩的什么把戏，我看她的状态似乎非同寻常。”

都凛插嘴道：“此事不难，看明日探子送回的消息，就能知道对方的动向了。”

“你还好意思说？”都凛一出声，哥舒意又回到了气头上，“你平日好大喜功，不出大差错也就算了，今天要不是你，初云也不会逃走！”

都凛虽然挨的是哥舒意的骂，但他更在意的却是在唐烈峰面前挨骂，他没有看哥舒意，反而不满地瞟了唐烈峰一眼。

唐烈峰只是安静地在一旁站着，低头看着地面。

哥舒意又对唐烈峰道：“既然现在你是她的主人，那你就替我好好地稳住她。至于你身上百日之期的限制，你放心，我会想办法与她达成协议，要求她不杀你。”能不能做到是一回事，现在至少得先宽唐烈峰的心。

唐烈峰面无表情地说：“我知道了。”

荒越族军营。

同样是烛火通明的主帅营内，姜游昏迷着躺在床上。天凝、厉朝欢和布将军都站在床边，金尚允坐在床头，表情凝重，正替姜游把脉。一把完脉，天凝便焦急地问：“他怎么样了？”

金尚允看了看布将军：“扶他起来。”

布将军照做。

金尚允掌心运劲，抵住姜游后背，缓缓地为他输入真气，护住心脉。

见天凝焦急，厉朝欢安慰地拍了拍她的肩膀。

又过了一会儿，金尚允重新安置姜游躺下，起身拿了纸笔，写了张方子交给布将军："越快越好。"

布将军急忙出去张罗。

"三师叔！"天凝心急，想听进一步的解释。

金尚允道："我的药只服一次，天一亮，送他进谷，交给谷主。"又安慰道，"有谷主在，他不会有事的。"

天凝也知道自己着急无用，强令自己镇定下来。

金尚允伸手道："手给我。"

天凝自己也受了伤，可为了让金尚允专心医治姜游，她一直暗暗地稳住自己的内息，强打精神。金尚允一给她把脉，她气息松懈，身体晃了晃，险些站不稳。厉朝欢急忙扶她到榻上坐着。

金尚允断定天凝内息尚稳，只是气道不足，内伤还是小事，严重的是带伤交战，虚耗过多。他严肃道："七日之内不可以再用内力，否则，伤重难返。"说着便也给天凝写了药方，交给厉朝欢，"你去备药。"

天凝顾及厉朝欢一城之主的身份，忙道："交给外面的士兵吧？"

金尚允倒是丝毫不在意地位尊卑，还是看着厉朝欢。

厉朝欢笑着接过药方，对天凝道："没事，你休息，交给我吧。"他刚准备出去，就听帐外一阵骚动。有士兵道："卿将军回来了！"

卿飞忆将军是天凝派去白渊族军营附近接应初云的，莫非初云也回来了？天凝哪里坐得住，步履再蹒跚也要出去看看。一出去就见那位留着络腮胡、身形魁梧的卿将军正下马，三两步向她奔过来：“大将军，人我给你领回来了！”话音一落，身后突然传出一匹战马的嘶鸣声。

声音凄厉，十分刺耳。

天凝觉得情况不对，过去一看，只见初云正右手勾起，打在马肚子上，一匹高头大马轻而易举就被她打飞起来，重重地落在地上，马蹄蹬了几下，就不动了。

这一路上，靠着九曲梦回术的指引，再加上卿飞忆的沿途接应护送，初云总算回到了军营。因为她还在九曲梦回术的控制中，所以根本分不清自己眼前到底是什么人，只要有人阻拦她，她就格杀勿论。刚才，那匹马儿的马头乱甩，撞到了她，她以为马儿想攻击她，所以才把马儿杀了。

卿飞忆见状，心疼好好的一匹战马就这样无辜枉死，咬牙骂了句粗话，却拿初云没有办法。

天凝大声喊道：“初云，这里没有人会伤害你了，你可以放心。”

初云只听见有人喊她的名字，但至于天凝说什么，她浑浑噩噩，似懂非懂。她一眼望过来，眼神迷离而肃杀。

就在这时，她突然捂住胸口，蹲在地上，看样子似乎很痛苦。片刻之后，她又猛地站起来，眼神向左侧一扫，竟冲着左侧站着的几名士兵冲了过去，见人就打。

金尚允看出端倪，道：“是魔魂！”

因为初云今晚不断跟人交手，杀戾之气越积越重，体内魔魂因此也越来越活跃，大有要破壳复苏的趋势。

不行，必须得阻止她，让她冷静下来！天凝一想，拔腿就想往初云面前冲，厉朝欢拉住她：“你不能用内力！”

天凝哪管得了那么多，还是坚持要去，在场众人，除了她，还有谁可能拦得下初云？

转眼之间，已经有好几名士兵被打伤，甚至有两个都惨死在初云手里了！

厉朝欢还是拉着天凝，不准她靠近初云。卿飞忆已经按捺不住，一个纵身飞扑到初云身边："对不住了，云姑娘！我打的是魔魂，不是你——"说着，五指绷紧，朝初云的肩头按去。

刚碰到初云的肩膀，初云的动作猛然一滞，竟没有反抗，接着眼睛一闭，昏倒在地上。

怎么回事？卿飞忆可不觉得自己的武功有多厉害。

天凝赶紧靠近一看，推测道："应该是慕容老爷那边控制了她。这样也好，她不醒，魔魂也不会醒。"

厉朝欢便叫卿飞忆负责将初云看管起来。接着他又扶天凝回到主帅营，由于床已经被姜游占了，他只能安置她在一侧的短榻上躺下。见天凝似乎有话要说，他抢先道："你就什么都别管了，我命令你好好休息，有什么话等你睡醒一觉再说。"

天凝正色道："我们不能把初云留在军营，天一亮三师叔就要去飞花岭，你现在就安排人手，跟三师叔一起，把初云也带上飞花岭，让他想办法把初云保护起来。此事军中越少人知道越好。"

厉朝欢明白天凝的顾虑："你是担心白鸦姽婳知道初云在军营里，会来找她？"

"现在我和小师叔都受了伤，白鸦姽婳如果真的来了，我们都帮不了初云，局面很难控制。我们现在能做的，就是尽量拖延时间。跟白鸦姽婳的这一仗，一定要在飞花岭、在六回结阵里打。"

"嗯，你放心吧，交给我。"厉朝欢说道。

天凝又说："还有你，天一亮，你也和小师叔一起进慈航谷。”

“我？我不去。”厉朝欢拂袖。

“城主，我现在受了伤，没有办法保护你，万一白鸦旎婳这个时候来取你性命，你在慈航谷，还有谷中弟子和谷主他们能保护你，我也能放心一点儿。”

“就因为你受了伤，所以我得照顾你，我哪儿也不去！”

“城主！”

天凝一着急，觉得气闷，轻轻地咳了起来。厉朝欢急忙轻抚她的背，替她顺气：“都叫你休息了！你好好休息，我还要去找人给你煎药呢。”他正要走，天凝突然一把抓住他的袖子，什么也没说，就只是气鼓鼓地看着他，眉眼间还带着点儿委屈。

厉朝欢很少见天凝用这样的表情看着自己，他有点儿哭笑不得：“你的意思是，我要是不答应你，你还不松手了？”

没错，她就是这个意思。既然道理讲不通，那就不讲道埋。不讲道理可是女人的特权。

厉朝欢没有被抓住袖子的那只手叉在腰上，歪头看着天凝：“好歹你也是个将军，怎么耍起赖来了？”

天凝咬了咬嘴唇，眼眶竟然红了。

厉朝欢见状，急忙坐到她身边，柔声道：“好好好，我去，我跟姜游一起进慈航谷，行了吧？”真是的，也不知道究竟谁才是老大！平时她虽然敬自己是一族之首，万事都征求自己的意见，可是，一旦她犟起来，哪一次不是自己让步？她凶巴巴的时候他得让步，没想到见她可怜委屈，他还是忍不住让步。

天凝听厉朝欢同意了，扁着嘴，点了点头。

厉朝欢又说：“不过我也有一个要求。”

“嗯？”

“你要跟我们一起去。”

“不行！”

“这慈航谷离军营又不远，如果有什么事，我们也能立刻知道和处理。你人在军营和在慈航谷，也没多大差别。难不成你留在军营，哥舒意或者婉婳来了，你还能跟她们打？你能挨一掌，还是两掌？”

“我……”

“再说了，现在这军营里连个厉害的医师都没有了，去了慈航谷，还有你师父他们医治你，你的伤也能好得快一点儿。咱们接下来不是还有一场硬仗要打吗？这伤拖着老不好也不行啊！”

其实厉朝欢说的天凝也都想过，但她总不放心离开军营。现在厉朝欢也这样说，她不禁动摇了。

厉朝欢把自己的衣袖从她的拳头里拉出来，站起身说：“行了，就这么决定了，等天一亮，咱们一起走。”说罢又冲天凝挑眉，“我这样安排，您可还满意啊，华大将军？”

天凝别过头，用手指擦了擦自己眼角差点儿流出来的泪水，尴尬地看了厉朝欢一眼：“我要休息了，天亮的时候叫我。”

不反对就是答应了。

厉朝欢笑了笑：“是的，华大将军。”

大家都只是浅眠了两个时辰，天亮以后，金尚允便依照厉朝欢的安排，带着昏迷中的初云暗中前往飞花岭。

厉朝欢则带着姜游和天凝进了慈航谷。

他们离营之前，红顶青鸟正好衔来一封慕容狄的书信。慕容狄在信中的解释跟天凝的推测一样，他因为发现初云越来越不受控制，有走火入魔的迹象，所以赶紧强制她陷入了昏迷状态。

幸亏有九曲梦回术在，现在，慕容狄还能控制初云，只要他不施术令她醒过来，她就不会醒。只要她不醒，她体内魔魂暂时也还安分。

天凝一进慈航谷，便赶紧写了一封回信，让红顶青鸟送去清风峡。在信中，她恳求慕容老爷和二师叔孙谈一起前去飞花岭，跟金尚允会合，助他一臂之力。一来，离得近，慕容狄更能掌握初云的情况，便于随机应变。二来，几位前辈都是族中高手，将来对付白鸦婋婳或者魔魂，她也需要他们的帮忙。

待慕容狄和孙谈收到信，他们便立刻动身去飞花岭了。

慈航谷中，谷主云观鹤和大长老向岐山为姜游推宫过血以后，把他送进了石林禁地。禁地里有一张先人留下的七星寒玉床。七星寒玉床的灵气能助人增强内功，借助其彻寒之气疗伤，伤势也能更快好转。虽然姜游依然在昏迷中，但借助于寒玉床，在明日黄昏之前，他应该就能苏醒。

这天，天凝听云观鹤这样说，悬在心头的大石终于落了地。

天凝的房间里，云观鹤替她把了脉以后，封住了她身体的几处重穴，嘱咐她连续三日用采穴淬针之法自行扎针，再辅以慈航谷治疗内伤最有效的天元丹，三天之后，就算伤势不能痊愈，但也能见大的好转。

“采穴淬针的顺序，你还没忘吧？”云观鹤拿起一根乌丝针，放在火上慢慢地烤，轻声地问天凝。

跟姜游一样，云观鹤也是一位行事说话都温声细语的儒雅男子。他出身名门，是第四荒幽夜山庄的六公子。

幽夜山庄云家是第四荒里的五大世家之一。云家因为善于铸造兵器而闻名天下，但云观鹤却不爱跟刀枪剑戟为伍，他喜欢文静之物，爱好读书，尤其偏爱医术。十三岁时，他求得家族允许，到第九荒来跟当时的慈航谷谷主学医。他学医的天分很高，短短几年时间，便成了同辈弟子中的佼佼者。

老谷主去世之前，便把谷主之位传给了他。由他带领的慈航谷，这些年来日益强盛，已然是七海十荒里的医界圣地，名医辈出。而这其中，就以姜游的名气为最大。

云观鹤虽然已经过了不惑之年，但由于他平时喜欢钻研养生之道，保养得宜，所以从外表上看，仿佛还不到三十岁。天凝和他在一起，还总被人误会是兄妹，不像师徒。

天凝问道："师父是想考我吗？"

云观鹤把烤热的乌丝针递给天凝，道："我是在责备你，学不以致用，早点用采穴淬针的办法，你的伤势可以比现在轻三成。"

天凝接过乌丝针以后就迅速地把它放入了面前的一碗红色汤药里，这碗红色汤药的旁边还放着几碗汤药，它们分别是蓝色的、绿色的、黑色的、紫色的，还有透明无色的。每一根乌丝针放入一碗不同颜色的汤药里，扎针依照黑、蓝、紫、红、绿、无色的顺序，再配合相应的穴位，是慈航谷最有效的应急疗伤办法。天凝盯着那碗绿色汤药道："单是这一味绿无极，要找它，就得费些时日了。"

"那你就应该回慈航谷来！"云观鹤虽然外表年轻，但说话却像个五六十岁的长者一样老成，"这姜游也是，不约束你，还跟着你胡闹，两个人都在逞强，等他醒了，我得好好骂他。"

天凝一到师父面前，就卸去了几分女将军的老成严肃，多了点小徒儿的顽劣，她嘴巴轻轻一噘，柔声道："徒儿知错了，师父骂我就好，别骂小师叔了。他平时那么敬重您，也是怪我把他给带坏了。"

云观鹤睨了天凝一眼，又把一根烤好的乌丝针递给她："你自己扎吧，多用点儿力，扎疼了才记得住教训。"

“哦。”天凝乖乖地点了点头。

云观鹤一边出门一边叮嘱：“你平时也多到禁地去，用那七星寒玉床疗伤，知道吗？”

“知道了，师父。”

天凝送走云观鹤，便用采穴淬针法给自己扎了针。随后又换上了慈航谷弟子的常服，打算去禁地看看姜游。

走出房间，见院中几树青翠，一壁花红，逶迤长廊香风阵阵，这宁静而熟悉的景象，让她颇为放松。她步履轻快，顺着长廊走出了院子。这个时间，四周都很安静，弟子们应该都在慈航殿里做午课。

穿过一道垂花门的时候，天凝只见迎面忽然撞来一道人影，青衣白裳的，差点儿扑进她怀里。

“喂喂！小凝儿，挡着我！”来人一个旋身，拉住天凝，躲到她背后，“别让他看到我的脸！”

天凝一脸茫然，回头盯着缩在自己背后的人：“别让谁看到你的脸？四师叔，怎么回事啊？”

青衣白裳的女子是慈航谷的四长老，姜游的师姐凤清眉。这慈航谷里，除了谷主云观鹤以外，还有五位长老。他们分别是大长老向岐山、二长老孙谈、三长老金尚允、四长老凤清眉，而五长老就是姜游了。五位长老当中，除了姜游一心一意专于医道以外，其他四位长老在医术之外，都还有一项专长。

大长老向岐山贪吃，不研究医术的时候，他都在研究天下的美食，所以，他的厨艺不仅在慈航谷是无人能及的，甚至在整个第九荒，至今也难逢敌手。而二长老孙谈则醉心于研究植物，对七海十荒里的植物，哪怕再珍稀，哪怕连见多识广的芒鞋翁都不知道的，他也能如数家珍。而此刻，孙谈正陪同慕容狄，刚刚抵达飞花岭下的飞花镇。

而三长老金尚允正在飞花岭上，按照天凝的意思，布置六回结阵。他最擅长的便是奇门遁甲之术。

至于四长老凤清眉，她平日里最喜欢研究的是巫毒之术。虽然老谷主认为医者救人，而巫毒害人，一度反对凤清眉涉及，但凤清眉还是瞒着师父，对巫毒之术颇为沉迷。她虽然年纪和云观鹤差不多，但是，由于十五岁那年在研究驻颜术的时候出了差错，被巫毒之力感染，以至于从那时候起，身材容貌就没有再发生过变化，到现在也是稚嫩娇小的少女模样。

慈航谷的石林禁地里面，有一个天墟洞，七星寒玉床就在洞内。

天凝走到洞口，正好见大师叔向岐山端着药盘从里面出来，她对他行了个礼，问道："大师叔，小师叔他醒了吗？"

这向岐山的年纪五十开外，身材矮小，体形圆润，平日里总是笑呵呵的，十分和蔼。他摇头道："不急不急，就快醒了。"

也就是还没醒，天凝道："我进去看看他。大师叔您先忙。"

向岐山笑了笑："不忙不忙。"他把药盘上放着的一个木盒丢给天凝，"天凝接着。"

天凝接住木盒，打开一看，里面全是炒松子，她笑了。这个大师叔还是跟以前一样，走到哪儿都带着零食。

向岐山顽皮一笑，说："嘻嘻，刚炒的，你吃吃，觉得好吃再找我要。"

天凝谢过，带着木盒进了天墟洞。

姜游躺在七星寒玉床上，宛如熟睡一般。

似若离别

SI RUO LIBIE

第二卷

走过的所有长街短巷，看过的所有夜月晨光，还有衣角上沾过的每一朵浮尘，都只是他的梦幻泡影。

终究，她也只是他的一晌贪欢而已。

·第五章·

楼中欢

白渊族的军营内，因为已经好些时日没有开战了，士兵们都乐得清闲，这一日，有人便打了些野味回来，弄上烤架，大家一边吃着烤肉，一边喝酒竞技，好不热闹。最热闹的当数离烤架最远的草垛前聚着的那群人了。

人群围着一个红衣少女，少女斜身靠在草垛上，一只脚踩高，另一只手倒提着一个酒坛。酒从坛口流出，她张嘴在下面接着，大口大口地喝下肚。众人见状，纷纷拍手大喊痛快。

一坛酒顷刻见了底，媲媔面不改色，把酒坛一扔："再给我拿一坛来！"

有个士兵点头哈腰捧着酒坛上前："媲媔姑娘，您的酒。"

媲媔扫他一眼，见他盯着自己，两眼放光，她轻佻一笑，问："想喝吗？张嘴啊。"

士兵如蒙恩宠，赶紧蹲在媲媔脚边，仰起头，张开嘴。媲媔把酒坛提高，从坛口缓缓倒出一线，落进士兵嘴里。士兵咂巴咂巴喝了，仿佛喝的是什么琼浆玉液一样高兴。就在这时候，人群外一阵骚动，大家逐渐安静了，还自动分开至两边，空出中间一条道。唐烈峰冷着脸走到媠嫲面前："跟我回去！"

媠嫲把酒坛一抛，抛进唐烈峰怀里："喝完它，我就跟你回去。"

唐烈峰的脸色更冷了，把酒坛往地上一扔，"哗啦"一声，坛碎酒洒，旁边的士兵们你拉拉我，我拉拉你，迅速地散了。媠嫲噘起嘴，从草垛上站起来："你真没意思，不好玩。"

媠嫲气鼓鼓地回到唐烈峰的营帐里，一进去，右手一挥，扇出疾风，打翻了一个铜壶。

这两日，媠嫲都和唐烈峰住在一起。虽然哥舒意以贵宾的礼仪款待她，还给她准备一顶单独的帐篷，可她却不肯住，非说白鸦媠嫲的习惯就是要跟主人同吃同住。唐烈峰只好把他的床让给她，他自己用兽皮在角落里打了个地铺，夜里回来睡一睡，天一亮就出去了，很少在帐内待着。

媠嫲看唐烈峰跟她进帐，转身冷眼瞪着他："我生平最讨厌有人坏我好兴致！"

唐烈峰不接话，自顾自地问："你打算什么时候去对付魔魂？"

媠嫲傲慢道："看我什么时候心情好。"

唐烈峰问："你现在已经适应这副身体了吧？"

"还没有！"媠嫲甩袖道。

唐烈峰气定神闲："你如果需要万年黑木的话，我可以给你安排。"

媠嫲的眼神变得狡猾起来，她道："唐烈峰，我知道你们族里每一个死士身体里都有一块万年黑木，但你知不知道，我们白鸦婘婳其实并不想跟随太多的主人，毕竟你们这些凡人太笨，总是成事不足败事有余，跟多了我们也嫌累。我呢，现在就觉得，有你这主人已经挺好了，我不想再要别人了。我若是需要黑木灵气嘛——”她顿了顿，“我就找你！”

唐烈峰退开一步，道：“可以。”

婘婳头一歪，打量他：“你现在体力恢复了吗？是不是你们那个哥舒女皇催你了？她想要我尽快帮她把魔魂弄到手吧？”婘婳跟哥舒意谈判过，达成了协议，合力对付而且共享魔魂。

“你想要黑木灵气，随时可取。”

“唐烈峰，别以为自己有多大本事，多肯为君主牺牲，我现在要是再取你体内灵气，我怕你连命都保不住！”

唐烈峰淡淡道：“无妨。”

“好啊！这可是你自己说的。”婘婳轻蔑一笑，“我还挺想听你开口向我求饶的，你要是受不了，可别忍着不出声哦！”

说着，她眼里邪光一现，盯住唐烈峰，两手摊开，掌心红光乍起。

唐烈峰顿时感觉胃部一阵收缩，浊气翻涌，在悬崖上体验过的那种痛苦感觉再度来袭。

他单膝跪地，手撑着膝盖，一忍再忍。

婘婳见他那么痛苦，勾唇一笑：“喂，求饶呀！”

唐烈峰全身发抖，咬紧牙关，闭上眼睛，怎么都不肯求饶。

婘婳有点儿生气了，加大了一重力度。唐烈峰瞬时感觉自己被她抽走的仿佛还有体内的水分、鲜血，他好像置身烈火，要干枯了一般，他痛得表情都扭曲了。突然间，他全身都没了力气，栽倒昏厥过去。

媮嫱这才收了手。“哼，看你这倔脾气，倒有点儿可爱，今日就暂且放过你。”

这时候，营帐外忽然传来了士兵向哥舒意行礼的声音：“女皇陛下——”

“嗯——”哥舒意问，“唐将军呢？”

士兵道：“将军在帐内。”

哥舒意打了个手势，示意不必通传，她直接掀帘进去了，身后还跟着两名侍女。

她们一绕过门口的屏风，两名侍女看见帐内的情形，同时发出了一声小小的惊呼，急忙把头低下。

哥舒意怒不可遏：“你们在做什么？”

只见帐内的大床上，媮嫱侧身而躺，背向哥舒意。

唐烈峰则平躺在媮嫱旁边，身上盖了一床薄被。媮嫱故意用身体挡住了唐烈峰肩部以上的位置，哥舒意便看不出他是昏迷着的。媮嫱道：“女皇陛下，您平时都是这样在下属的地方来去自如的吗？”

哥舒意强压着怒火，笑里藏刀：“若不是有媮嫱姑娘，我都快要忘了，原来我们唐将军也是近女色的。”

媮嫱调皮道：“可不是嘛，多亏了我，将军才能在军营这种地方待下去。”哥舒意讽刺道：“好，我就不打扰二位的雅兴了，还请我们唐将军什么时候得空了，来见见我！”

哥舒意说罢拂袖而去，脸色难看得吓人。

媮嫱见她离开，伸手用内力一吸，把丢在地上的衣服吸在手里，转瞬就重新穿好了。她还是躺在唐烈峰身边，打了个哈欠，道：“为了不让哥舒意发现你体内有万年黑木，我可是尽力帮你瞒着了，瞒不瞒得住就看你的运气了。”说着，身子一蜷，尽量靠拢他，头挨着他的肩膀，“还是做白鸦的时候好，几时都能黏着主人。现在成了人，反倒还被嫌弃了。”一边念叨，一边就睡着了。

过了一会儿，唐烈峰幽幽醒转。

回想起刚才自己昏迷时朦朦胧胧听到的对话，他已经大概猜到发生什么了。

他下床理衣，准备去见哥舒意。

走到门口，床上蜷着的那个人身体动了动，打了个喷嚏。

唐烈峰对婉婳再不满，也不想失了作为男人的风度，便停下脚步，伸手一拂，那张本来被他掀到床角的薄被立刻舒展开，盖在了婉婳的身上。

随即他快步离开。

婉婳翻了个身，好像仍在睡梦中，但嘴角却露出了轻微的笑意。

且说哥舒意从唐烈峰的帐内出来后，怒气难消，偏在这时，有士兵匆匆地跑过来，呈上了一份从白渊城传来的奏疏。

哥舒意看过奏疏之后，心情更坏了。

奏疏是兵部的左怀仁左大人送来的。这位左大人一向主张和平，这次白渊军和荒越军开战，他一直持反对意见，只不过，对荒越族的仇恨意识是大多数白渊族人从小就被灌输的，已经根深蒂固，朝廷很多官员也都主张以武力来解决两族恩怨，再加上女皇哥舒意的态度尤为坚决，发动战争势在必行，所以，左大人的反对丝毫不起作用。

但是，到现在为止，这场战争持续的时间太长，耗费的人力、物力、财力巨大，已经远超白渊族人的预期，反对的声音便逐渐多了起来。最近几个月，左大人把这些反对的声音集结起来，在朝廷里形成了主和派，给哥舒意施压，希望她为民生考虑，能够休战整顿，以发展经济为全族的核心。

白渊族本来就不比荒越族地大物博，人丁兴旺，持久的战役对他们而言，并不是一件讨巧的事情。早在哥舒意来前线之时，她便听说左怀仁暗地里拉帮结派，对这场战争越来越有微词，她也吩咐了大国师空相，钳制左大人，以及朝廷里有主和意向的官员，但终究人心难控，没想到现在主和派官员以左大人为代表，公然以奏疏的形式直接叫板女皇，哥舒意一看完奏疏，便气得把奏疏扔在地上，用内力震碎了。

回到营帐里，哥舒意还是觉得愤怒难消，便抓起案上的笔墨灯盏，统统扔在地上。吓得侍女们只敢缩在一旁，连大气都不敢出。

唐烈峰便在这时走进了哥舒意的营帐，恭敬行礼："女皇。"

哥舒意一见他，正好把怒火都发泄到他身上，把他和婝嫿狠狠地挖苦了一番，还要他必须在明日之内说服婝嫿，要她拿出一个对付魔魂，以及取厉朝欢性命的计划，并且马上付诸行动，否则，就要对他以军法处置。

哥舒意心中有数，要她撤兵停战是不可能的，但近段时间，她也并不打算直接对荒越族发兵，她想等婝嫿先有所行动，对付了厉朝欢，令荒越族陷入恐慌，军心不稳，然后她再趁此时机，出兵攻打。

这几天，婝嫿已经完全适应自己这副人类的身躯了，再加上有黑木灵气的辅助，她的功力也在增强。虽然拖拖拉拉过了几天安逸懒散的日子，但她也知道，对付魔魂一事的确不宜拖延，于是，第二天，她便答应了哥舒意，尽快动身去往荒越军营，先对付魔魂，得到魔魂以后，再杀厉朝欢，那就易如反掌了。

哥舒意巴不得婝嫿能早点儿动身，当即便同意了她的安排，而且给她安排了一批精英和几名死士随行。

婉婳还提出要求，要唐烈峰与她同去。哥舒意虽然有点儿犹豫，但婉婳的态度很坚决，哥舒意知道婉婳脾气乖戾，不想惹怒她，便同意了。

同一时间，慈航谷中，在七星寒玉床上躺了三天三夜的姜游终于醒了。一睁开眼睛，感觉到从洞口射进来的阳光有些刺眼，他头一歪，又把眼睛闭上了。这时候，他隐约觉得身旁似乎有人，重新睁眼一看，寒玉床边上，还有一个清清瘦瘦的人儿，身体微微蜷着，安静地躺在那里。

现在是黄昏，天凝大概午后就来了天墟洞，先借着寒玉床的效力打坐运功，后来渐渐觉得有些乏力，竟然睡着了。

姜游目不转睛地看着天凝，见她因为熟睡而在颧骨上多了两团明显的红晕，比平时更显娇俏可爱，他不禁心情愉快地笑了。他索性把胳膊垫在头侧，欣赏起她睡觉的样子来，眼神里满满的都是柔情蜜意。

到鬼门关前走了一遭，还能在这个有她的世界里苏醒过来，真好啊！姜游心中，百般感慨。

这时候，他发现有一只蚊子停在了她额前的一缕刘海儿上。

他悄悄地用中指一弹，内力发出，那蚊子被吓跑了，她的刘海儿还纹丝不动，她一点儿也没察觉。

但很快，又有蚊子飞来了，还不止一只。

姜游怕这些蚊子打扰了天凝，只好坐起身，替她赶起蚊子来。

"哎——"

冷不防地，洞口忽然传出有人伸懒腰打哈欠的声音。姜游一看，只见洞口的一块大岩石背后，厉朝欢缓缓地站起身，手里还拿着两根木棍，木棍上分别缠着两条已经被烤熟的菜花蛇。

"终于烤好了！"

"城主！"姜游吃惊，"你一直在那儿？"

"对呀！"厉朝欢闻了闻烤香的蛇肉，"嗯，不但我在这儿，这香喷喷的烤蛇肉也在这儿呢。你得分多大的心才察觉不到我的存在啊？姜游，你是不是受伤脑子变傻了，人也迟钝了？"

这时，天凝被他们吵醒了，一睁眼看到姜游坐在自己面前，她大喜："小师叔，你终于醒了！"

"醒了，还帮你赶了好一会儿的蚊子呢。"厉朝欢挥了挥手里的木棍，"喂，你们吃蛇肉吗？"

姜游假装生气道："天墟洞乃是慈航谷禁地，这寒玉床也是有灵气之物，你怎么能在这儿烤蛇吃呢？"

"灵气？"厉朝欢走过来，"它有灵气，就不会任由蚊子乱飞，还有这些蛇满地乱爬了！要不是我来得及时，这蛇就把天凝给咬了。还不止一条呢，一会儿就来一条，你们这慈航谷是蛇窝吗？再多待会儿啊，我看我今晚都能开群蛇宴了。"

厉朝欢喋喋不休，天凝听得笑了，但她没理他，反而关心着姜游："小师叔，你现在觉得怎么样？"

姜游一笑，轻声道："大难不死，我看我是必有后福了。"

厉朝欢接道："你是有后福了，说不定别人遇到你，就是后灾了。"

姜游看着天凝："听到有人在旁边那么吵，我就知道，我不是在做梦，我是真的醒了。"

"姜游，你别以为你现在是个病人，我就会对你怜香惜玉，你再嫌我吵，我就烤一条毒蛇给你吃，把你给毒哑了。"说着，厉朝欢又看了看但笑不语的天凝，把蛇肉往她面前一伸问，"呃，你吃吗？"

天凝抬头看了厉朝欢一眼，礼貌地摇头推辞，没有说话。

姜游敏感，隐约觉得这两人之间的气氛有点儿尴尬，但他没有说破，跟天凝聊了几句，渐渐觉得内伤又有点儿作痛，他便开始运功调息。

厉朝欢见状，问天凝："那我走了，你还要留下来吗？"

天凝起身道："我也走吧。"又对姜游说："小师叔，你好好养伤，我明日再来看你。"

"嗯。"

天凝和厉朝欢两人一前一后走出山洞，姜游望着他们的背影，又看看被厉朝欢丢在地上的烤蛇肉的棍子，轻叹一声："我为她赶蚊子，你呢？你又何尝不是想护着她，为她驱赶这些蛇虫鼠蚁？你的心里真的没有她吗？"

第二天一早，天凝便收到了红顶青鸟衔来的密报，说旎婳在唐烈峰等人的陪同下，正在朝应天谷进发。

荒越族这边，按照天凝预先的安排，便放出消息，说初云已经被秘密送往飞花岭，而厉朝欢则在慈航谷中。消息传到旎婳那里，他们确认之后，便半途改了道，转而向飞花岭行进。

天凝得知这一切，知道自己是时候上飞花岭准备应战了，便先和姜游道了别。刚从天墟洞出来，走到石林外，迎面就见凤清眉有点儿慌张地跑过来。

"小凝儿！小凝儿！"凤清眉跑到天凝面前，气喘吁吁道，"你那个城主，我是真的拿他没辙了。他走了！"

"走了？"天凝大吃一惊，"他去哪儿了？"

"嗯，他上飞花岭去找二哥、三哥他们了。说是你不会同意他去，他就先斩后奏，自己去……了……"

话音未落，天凝就已经脚底生风，回去急匆匆地收拾了行装，跟众人道别后也向飞花岭赶去。

飞花岭上，有一座青部山庄。庄主姓蒙，名叫蒙青山，是个不问世事的落第秀才，以前因为生了一场大病，被云观鹤及时救回一条命，所以对慈航谷众人都十分尊敬。金尚允布六回结阵期间，便住在青部山庄。初云也被他安置在山庄的地窖里面。慕容狄和孙谈来了以后，也住进了山庄。

现在，六回结阵已经布置完毕了，从山庄西面半里外的树林开始，包括整片树林，还有树林西面的瀑布，北面的悬崖，以及南面的一片荒地，都在六回结阵的范围之内。而剩下最棘手的问题，就是如何能引媓婳入阵了。这天，金尚允等人正在山庄大堂商讨此事，山庄外就传来了马蹄声。

大家开门一看，见是厉朝欢来了，都有点儿吃惊。

隔了小半日，天凝也带着人赶来了。她一进庄便问，城主在哪儿。慕容狄说，他在地窖里，天凝便气冲冲地找去。

刚走到地窖门口，就见厉朝欢站在石床旁边，石床上，初云安静地平躺着。因为受九曲梦回术的控制，初云依然陷在深睡状态，她的面纱已经被厉朝欢揭下拿在手里，容貌也因此变成了虚晚庭的，厉朝欢凝视着她的脸，目光沉重而又温柔。

天凝的脚步停住了。

厉朝欢知道门外有人来了，也猜到是谁，便柔声说：“我就想在这一切结束之前，再来看看她。”

天凝一听，顿时不生气了，只觉得唏嘘。

天凝继续在门外安静地站了一会儿，给厉朝欢和虚晚庭独处的空间。后来看时候已经不早了，她走进去说：“待会儿天就要黑了，天黑之前，我派人把你送回慈航谷吧？”

厉朝欢却淡淡地说：“我要留下来。”

天凝皱眉：“媓婳现在是冲魔魂来的，你留下来岂不是正合了她的意，给她个一箭双雕的机会？”

“如果此战败了，被媿嫲夺得魔魂，你觉得你还能保护得了我吗？”厉朝欢反问。

天凝着急道：“凡事我不爱做最坏的打算，这一仗还没打，就想着下一仗了？总之不到最后一刻，我都不会放弃。”

厉朝欢也硬气地说：“总之唇亡齿寒，我留下来还可以助你们一臂之力，多个人有什么不好？”

“这里太危险！”

“我不怕！”

“但我怕！”掷地有声的三个字，好像说颤了他的心弦，他知道她在怕什么。他眼神一软，又看了看石床上躺着的人，叹气说：“你跟她一样，都想着要保护我。可是，就给我一次机会，让我也保护你们吧。别让我空顶着一族之首的头衔，却总是要躲在你们身后，这样我很自卑。”

天凝被他说心疼了：“你怎么能这么想呢？根本就不……”

“不要劝我了。”厉朝欢打断她说，“你四师叔喊得对呀，在我们面前，你就算顶着大将军的头衔，也还是大家的小凝儿，这事就这么定了，小凝儿，我说留下就留下！嗯？”他顽皮地笑了笑。

就这样，无论天凝有多反对，厉朝欢已经铁了心，要留在山庄不走了。

他们离开地窖，回到山庄大堂，金尚允已经等候他们多时。天凝见人齐聚一堂，显然她来之前他们正在议事，她问：“三师叔，你们在讨论什么？”

孙谈抢先道：“三师弟说，这六回结阵虽然布好了，可是，还有一个很大的破绽。”

“破绽？”天凝和厉朝欢互看一眼。

“什么破绽？”厉朝欢问。

孙谈道：“布阵的时候，我们曾沿着结阵的地界边缘烧了一圈压阵的符纸，符纸燃烧以后会留下一种特殊的气味，招来大量的蛇虫鼠蚁。如果旎婳他们看见蛇虫鼠蚁聚集，必然会起疑心。”

金尚允道：“所以，这一仗只靠地利还不行，还得看天时。”

慕容狄对天象气候也颇有研究，他接着说：“只有下雨的时候，雨水才能盖住符纸的气味，使蛇虫鼠蚁不至于聚集。我昨夜已经推算过，雨期要在十日以后。”

十日以后？天凝一想，为难道：“据探子监视，唐烈峰他们应该会在两日之内到达山下的飞花镇。今天是四月十二日，如无意外的话，十五日他们就会上山。也就是说，我们得想办法拖延他们，在二十二日之前，都不可以被他们发现六回结阵的存在？”

众人点头，正是。

慕容狄道：“所以我们都担心，得拖延六七天的时间，这样恐怕很容易被敌方看破我们的意图。”

天凝想了想，安慰道：“不急，我们还有时间考虑。”她又问金尚允：“三师叔，能否先带我看看六回结阵？”

“嗯。”

金尚允便带天凝出了山庄，去看结阵。厉朝欢也跟着他们去了。

果然正如天凝预测的那样，四月十四日，由唐烈峰领头的一行二十余人终于抵达了飞花岭下的飞花镇。

既然深入敌方，当然要低调行事，所以，唐烈峰他们扮成了一支镖队。黄昏时分，这支镖队带着只装有石头的镖车，住进了飞花镇西的风陵客栈。

众人一安顿好，旎婳便拉住客栈老板询问，说进来的时候看外面街道十分热闹，虽然天色已晚，但似乎有很多摊贩刚开始在路边张罗生意，是不是今晚镇上有什么集会。客栈老板告诉婉婳，那是商贩们在准备夜市。

飞花镇的夜市是近几年才兴起的，似乎镇上有越来越多的居民不安于天一黑就枯守在家中，反而喜欢出门走动，有的人甚至彻夜不归，所以，夜市也应运而生。眼下，有的商户甚至全天十二个时辰都不打烊，因为即便是凌晨，街上也有不少人在闲逛。还有的百姓为了多赚些生计钱，白日里做农活，夜里就出来摆摊，以至于飞花镇的街市在夜晚甚至比白天还热闹。

婉婳听老板这样一说，顿时来了兴致，嚷着也要去逛夜市，还要唐烈峰陪她一起去。

唐烈峰虽然不情愿，但是也不放心婉婳一个人上街。她的性格那么乖张，喜怒不定，万一惹出什么麻烦，恐怕会耽误正事。他无奈之下只好答应了她。

临出客栈前，同行的一名士兵却突然慌张来报："大当家，这客栈里有邪祟，二当家好像中邪毒了！"

士兵嘴里的二当家是一位姓李的副将，刚刚大家在后院休息，冷不防从墙角蹿出一条黑蛇，照着李副将的脚踝一咬就是个大窟窿，流出的鲜血瞬间由红变黑，而那条蛇竟然瞬间就消失不见了。

客栈老板听士兵这样一说，急忙搭腔："客官切莫慌张！那可能是黑灵蛇，是我们飞花岭一带常见的一种毒蛇，不过修了点妖道罢了。我随你们去看看，你们当中若有内功高强之人，把蛇毒从那位二当家身上逼出来就没事了。"

于是，唐烈峰也跟着士兵和客栈老板去了李副将的房间。

花了一炷香的时间为李副将逼出蛇毒后，唐烈峰再回到客栈大堂，婉婳却已经等得不耐烦，自己上街去了。

唐烈峰无奈，只好赶紧出去找她。

这时，天色已经黑了，逶迤长街，灯火通明。

街道两边，许多商户都还开着门，门口还挂上了色彩过于艳丽的灯笼。

路边也有很多小摊，摊贩们卖珠钗首饰，卖团扇绣帕，还有文房四宝、鲜花果品，总之品种繁多，精美趣致。

旎孋一路走着，觉得这也好看，那也好玩，拿在手里掂来掂去，最后又放下不买，惹得沿途商贩都对她翻白眼。

唐烈峰也穿梭在人群里，却对周围琳琅的商品没有丝毫兴趣，只是一心一意寻找旎孋的身影。

偶尔有年轻的姑娘路过他身边，见他虽然是一身粗糙的江湖客打扮，却是五官俊朗、气韵非凡，俨然鹤立鸡群，不由得目光都黏在他身上。还有个面若桃花的千金小姐见了他，赶紧支开了跟随的丫鬟，取了自己一条手串丢到他跟前，大喊："公子脚下留情！"

唐烈峰此刻正经过一个卖木雕的小摊旁边，那小姐喊他，他停下脚步，一旁卖木雕的白发老妪也抬起头来，悄悄看了他一眼。小姐红着脸过来："我正纳闷手串怎么不见了，原来是公子捡到了。"

唐烈峰低头扫了一眼地上的手串，抬脚欲走，心想，我可没捡到。

小姐一看急了，自己把手串捡起来，拦着唐烈峰问："看公子的打扮像外地人，是第一次来逛我们飞花镇的夜市吧？"

唐烈峰说了句："不是。"

小姐俏脸一僵，还是绷着："公子啊，其实我是跟我的丫鬟走散了，看这夜市上人多混乱，我一个人有点儿害怕。"

唐烈峰彻底不耐烦了，脚步一顿，看着这狗皮膏药似的千金小姐，不冷不热地问："姑娘害怕吗？"

"嗯。"

"可是我不怕。"唐烈峰一说完，迈开大步就走了。

小姐揪着绣帕站在原地，气得直跺脚："哼，哪儿来的木头疙瘩，怕是注定要孤独一辈子了！"

唐烈峰当然不是木头疙瘩，那千金小姐的心思，他看得很通透。这大街上每一个明着暗着打量他的年轻女子，他都知道，她们看中的是他的好皮相。他心中既鄙视她们的肤浅，但也不无骄傲。他平时虽然冷冰冰的，可是，对于自己天生俊朗的外表，他也会自鸣得意，只不过不喜欢表现出来罢了。

摆脱那千金小姐，他连走路的姿态都更挺拔了些。

绕过镇中心的一座牌楼，唐烈峰找到了婠婳。

此刻，婠婳正站在一座石桥的桥头，望着桥的另一端那座四层高的重屋。只见那重屋檐铃漆金，窗格嵌玉，还缠花笼纱的，十分富贵俗艳。而四层楼里，每一层都是灯火通明。

唐烈峰再看了一眼楼前的匾额：飞花楼。

原来是一座酒楼。

婠婳盯着飞花楼，窃笑着搓了搓手，自言自语道："变成人也是有好处的，我终于也有机会感受一下享乐之地！"正要抬脚，却被人一掌扣住肩膀。"那不是你该去的地方。"

听声音就知道是唐烈峰那根木头，婠婳脸一黑："忙你的去吧，不用管我。"

唐烈峰小声道："时间不早了，跟我回客栈休息，明日一早就有消息回来，知道他们藏身在何处，我们立刻上山。"

婠婳狡黠一笑，大声道："难得来这里一次，让我且玩个痛快。

唐烈峰的脸更黑了："我以你主人的身份命令你！回客栈去！"

"主人？"婉婳轻蔑，"你可别忘了，我做事只有一个原则——但凭我高兴！"她大步过桥，"你爱跟就跟着来吧，我走的时候正好拿了你主子的银票，可以请你喝酒。"所谓的拿，也就是偷。

唐烈峰不好当街和婉婳拉扯，只能忍着，看她进了飞花楼，他便守在桥头，倚着栏杆等她。

婉婳在楼里一混就是两三个时辰，过了子夜，她才满身酒气地出来，跟唐烈峰回了客栈。

第二天，天色刚亮，李副将便来敲唐烈峰的门，说收到前方探路人的消息，华天凝等人就住在岭上的青部山庄。

唐烈峰似乎精神不太好，脸色也有点儿苍白，听完李副将的汇报，他只是示意他退下，没说什么。

李副将摸不着头脑："将军，我们是否应该动身上山了？"

唐烈峰半眯着眼，缓声道："不急。"

李副将问："将军可是另有计策？"

唐烈峰站起来理了理衣裳，边出门边说："你们先在这镇上随意地走动着吧，上山的事容后再说。"

此刻，青部山庄里的人也是很早就起身了。天凝跟大家商议之后，已经想到了一个拖延时间的办法。她一早便去了地窖，从初云身上抽取了一点儿鲜血，分装在几个小瓷瓶里。随后，她把瓷瓶分发给随行的副将和孙谈等人，让他们分开三路，带着瓷瓶往六回结阵的反方向而行。

血液里面有魔魂的气息，他们将血液沿途洒落，造成到处都有魔魂气息的假象，希望能借此扰乱婉婳的判断，拖延时间。

孙谈等人离开以后，庄主蒙青山便过来叫大家吃早饭。

这些天，所有人的伙食都是蒙庄主一手操办的。蒙庄主平时吃素，不杀生，他要求大家也不能破了山庄的规矩，这段时间也得和他一起吃素。天凝向来喜欢肉食，素菜寡淡，她吃不惯，没动几下筷子。

一吃完早饭，厉朝欢人就不见了。

天凝在山庄里找了他一圈，找不到人，正忧心，这时候，红顶青鸟从庄外飞进来，衔来了探子从飞花镇送来的一封信。

信上写着，唐烈峰等人目前还在客栈，并没有动身上山的迹象。天凝心中不禁疑惑，不知道对方葫芦里卖的什么药，但也不敢掉以轻心，只能叮嘱探子继续小心刺探。

过了一会儿，厉朝欢从庄外回来了。

天凝一看，只见他全身上下都湿了，脖子和手上都糊着稀泥，头发也乱糟糟的，活脱脱像个山野小子。她不禁来气，上前质问道："城主，你这是怎么了？"

厉朝欢嘻嘻一笑，道："没事儿，就是摔了一跤。"

她问："你去哪儿了？"

厉朝欢指了指门外："闲着无聊，出去散步了，活动活动筋骨。"

天凝正色道："眼下大敌当前，城主若是坚持留在山庄，就不要四处走动，以免碰上敌人，遭遇危险。"

厉朝欢嬉皮笑脸道："好的，知道了，大将军！那大将军，我现在可以回房洗个澡，换身衣服了吗？"

天凝气鼓鼓道："去吧。"厉朝欢刚想走，她又说，"你还是回慈航谷吧，趁现在他们还没上山。"

厉朝欢收起笑容："我不会走的。"

“城主！”

厉朝欢有点儿不耐烦了：“不要每次见到我，都想劝我回慈航谷好吗？天凝，你如果嫌我碍事，大不了我从现在起，就留在山庄里，大门不出二门不迈，可以吗？”说完不等天凝反驳就大步离开了。

天凝望着他的背影，一声叹息。

这天中午吃饭的时候，厉朝欢和天凝都没有理睬对方。原本平日里就数厉朝欢的话最多，话题都是他起的，他不出声，其他人便也觉得没什么好说的，各自闷头吃饭，气氛十分尴尬。

午后，唐烈峰和随行士兵都在飞花镇上闲逛起来，还是没有准备上山的迹象。而青部山庄里，厉朝欢果然依照他上午所言，大门不出二门不迈，吃完饭就回房了，整个下午都没出房门一步。

黄昏前夕，天凝听见后院里传出争吵声，过去一看，见是蒙庄主和金尚允，她听蒙庄主生气道：“在我的地方就要守我的规矩！你们来山庄的第一天我就说了，这庄里连一只蚂蚁你们都不能杀，也不能见荤腥。我管你们是什么将军、城主还是玉皇大帝，破坏规矩就是不尊重我！”

金尚允虽然心高气傲，但也是个老实本分的人，天凝听蒙庄主那样一说，心想这当中一定有误会，便赶紧过去想问个明白。刚一走近，她便闻到了一阵烤肉的香味。仔细一看，金尚允手里竟然捧着几只用蕉叶包住的烤好的麻雀。她立刻明白是怎么回事了：“三师叔，你这是？”

金尚允自知理亏，蒙青山数落他，他便闷头听着，已经憋得面红耳赤。天凝一来，他更尴尬了，立刻把麻雀塞给她，道：“城主说，他抓不到鱼，叫我烤麻雀给你吃。”说完便低着头走了。

金尚允一走，轮到天凝尴尬了。“呃，蒙庄主……”

蒙青山拂袖道："大将军，你最好管住你的人，你们嫌我这山庄饮食清淡，不合你们的胃口，想杀生、想吃肉，就到远一点儿的地方去，别给我青部山庄招麻烦。"

"是的，庄主，我会提醒他们的，今日的事还望您见谅。"天凝连连道歉。

蒙青山见她态度诚恳，便没再不依不饶，又强调了一遍不可杀生见荤腥的规矩后，离开了后院。

天凝捧着那几只麻雀去找厉朝欢，厉朝欢正跷着二郎腿躺在床上发呆，天凝一来，他一骨碌从床上坐起："什么味道这么香？"

天凝把麻雀放桌上，正色问："早上你出去，弄成那样回来，是因为去抓鱼了？"

厉朝欢看见烤麻雀，猜到金尚允把事情都告诉天凝了，不无尴尬地问道："你三师叔告诉你的？"他又嘀咕，"要不是孙谈和慕容狄都不在，我也不找那个闷葫芦了，这样就把我卖了！"

天凝看着他，微微噘起嘴："青部山庄里不能见荤腥，三师叔就因为这几只麻雀，刚才被庄主骂了。"

厉朝欢拎起一只麻雀嗅了嗅："葫芦是闷了点儿，不过烤的东西还挺香的。"

天凝皱眉："你听见我说的话了吗？"

厉朝欢笑道："听见啦，大将军，我还不是看你这几天都没胃口，所以想叫人给你弄点儿肉吃，没想到那个蒙青山这么古板呀！"

天凝叹了一口气，认真道："对不起。"

"嗯？"

"早上我的态度不好，不应该那样跟你说话。"

"哦，那你现在的态度也没好到哪儿去嘛。"厉朝欢吊儿郎当道，“不过你城主我大人有大量，不生气。”

“……”

厉朝欢看天凝皱起眉头，好像又要生气了，急忙说：“哎，别……好好，我生气，我生气，我没大量，我是小人。……我生气，这气我替你生了，你就别气了，啊？”

天凝似笑非笑：“谁说我要生气了？”

厉朝欢问：“那这几只麻雀怎么办？都烤好了，总不能扔了吧，多可惜啊！”

天凝其实早就馋了，她来找他，就是想叫他跟她一起到山庄外面吃烤麻雀。“我们到庄外吃吧。”

厉朝欢拍手：“好啊！”抬脚欲走，却又停下来，“哎，不对，我说过的，大门不出二门不迈，话说得出，就要做得到，不然，有人又有借口赶我走了。”

天凝一听，撇嘴道：“没错，你是一城之主，言出必行，不可以说到做不到。”她抱起烤麻雀，冲他嫣然一笑，“那你还是留在房中吧。”

“哎，你……”厉朝欢盯着那香喷喷的烤麻雀，吞了吞口水，还是跟了出去，“身为一城之主，言行都被你们猜透了还有什么意思？说不出去，就得出去……”

“……”

两人穿过垂花的门廊，天凝边走边问：“城主，以你的身手，怎么竟捉不到鱼，还摔得那样狼狈？”

“那是因为我抓鱼的时候正好碰上了一只山精，被它暗算了，别提多倒霉了！不但鱼没了，还差点儿弄伤我这张英俊的脸……”

“……”

这天以后，天凝没再跟厉朝欢提回慈航谷的事情。第二天，他们又在青部山庄等了一整天，唐烈峰和媲婳他们依旧逗留在飞花镇，没有上山。第三天也没有。孙谈等人已经将初云的血耗尽，却连大鱼的影子都没见着，只能折回了山庄。

第四天，根据探子的消息，情况似乎有点儿反常。唐烈峰和他的随行将士当中，过半数的人这几天什么正事也不做，只顾流连市集，寻欢作乐。而另外还有一部分死士则哪里也不去，就在他们住的风陵客栈里待着，足不出户，等候将军的指示。

天凝本来担心对方上山太早，可是，照现在这情形来看，她反而有点儿担心他们继续耗在镇上，会错过雨期。思量之后，她便决定，其他人继续驻守山庄，保护厉朝欢和初云，以防唐烈峰等人是在故弄玄虚，另有图谋。而她自己则下山查探，摸清楚对方的意图，并且确保能在大雨前夕引他们上山。

慕容狄测算的雨期是在四月二十二日，而今天是四月十八日。天黑以后，天凝来到了飞花镇。

这里，夜市又开始了。

只见街市灯影憧憧，行人如织，即便是本族最繁华的荒越城，夜晚的热闹程度竟然也不及这个小小的飞花镇，天凝不禁感到有点儿惊奇。她走到一个分岔路口，见离她最近有的是一个卖木雕的小摊，白发的摊主正在清点货品，她走过去问："请问，老人家，这附近哪里有客栈？"

摊主抬起头来，冲她慈祥地一笑，指了指左边那条路："走走就到了。"

天凝道了谢，走进了左边那条街。

此刻的飞花楼中，象板轻敲，琼杯满酌。

唐烈峰坐在二楼的窗边，姿态懒散，手里端着一杯酒，正漫不经心地浅尝一口。

几杯酒下肚后，唐烈峰只觉得脑中混混沌沌，突然，他眼角瞟到楼下街市的人群之中，出现了一抹淡青色的倩影。他心头狠狠一震，眼看婝婳和他只有一纸之隔了，他一把推开了她。

婝婳似乎意识到什么，顺着唐烈峰的目光往楼下一看。“华天凝？”

唐烈峰如梦初醒，推开婝婳，踉跄起身。不管婝婳在身后如何质问，他都没再理她，一口气冲出了飞花楼。

飞花楼的旁边就有一个客栈，叫无门客栈。而无门客栈再前行不远，就是飞花镇的北城楼。

天凝在无门客栈里的房间窗口正向着北城楼，休息一晚之后，第二天，天刚蒙蒙亮，她就被从城楼那边传来的喧哗声吵醒了。

她好奇地赶到北城楼下一看，只见城楼之上，有个年轻的男子站在栏杆的外侧，似乎想寻短见。楼下围了不少人，还包括那男子的母亲。妇人哭哭啼啼，跪在地上，已经不敢抬头看他了。

男子面容十分凄苦，痴痴地扫了一眼城楼下的人，大声喊道：“娘亲啊！孤生于世，生有何欢，死又何憾？”

说罢，纵身一跳。

城楼下的人纷纷发出尖叫，捂着眼睛往后退。

天凝猛地足尖一起，轻功飞渡，稳稳地接住那男子，抱着他安全地降落到地面。众人见状，这才松了一口气。

妇人见自己的儿子还活着，痛哭着冲上去抱住了他。男子也是满面泪痕，但眼神依旧呆滞，没说一句话。

路人纷纷围着这母子俩，出言开导安慰。天凝从他们的言语中得知，原来是那位妇人身患绝症，命不久矣，她儿子和她相依为命，想着母亲离世以后就只剩自己独活，竟然钻了牛角尖，主动寻死。

天凝功成身退，走出人群，忽然察觉前方有一道白影，端端正正地向着自己，她抬头一看。

白衣的唐烈峰，长身玉立，袍袖微扬，在这清晨的薄雾幽光里，轻盈翩然，恍如谪仙。

天凝的眉头轻轻一皱，走向他。

刚走到唐烈峰面前，忽然听身后人群好像又起了骚乱，天凝回头一看，竟然是刚才那个寻死的男子冲出了人群，又往城楼上跑去！

天凝又急又气，刚想去追，却被唐烈峰一把抓住了手腕："你救得了他第二次，也救不了他第三次。"

那也不能见死不救！天凝着急喝道："放开我！"

唐烈峰运了劲，稳稳地拉住她不放，还感同身受一般说道："孤生于世，生有何欢，死又何憾？这种痛苦，你懂吗？"

天凝刚才听那男子说这句话，一时还没有上心，可现在听唐烈峰重复一遍，她忽然心头一惊！

她明明在哪里听到过这句话！

她仍然想挣脱唐烈峰，两人便动起手来。

只是当街人多，多有不便，天凝怕伤及无辜，根本不能爽快出招。其间那男子已经再次冲上城楼，毫不犹豫地跳了下来。只听轰然一声，人落在地上，鲜血四溅。而那男子的母亲已然吓昏过去。

唐烈峰见状，轻叹一声，收了招。天凝一掌打在他胸口："唐烈峰，他只是无辜的老百姓！"

那一掌不重，唐烈峰只是微微吃痛，他正色道："我只是不想看他活着受苦。"

天凝眼中闪过一丝犹疑，正做盘算，这时，几名红袍蓝袖的巡差跑了过来，准备处理男子的尸体。

还有一名巡差因为看见天凝和唐烈峰打斗，过来质问他们："你们是什么人？"

天凝掏出大将军令，亮出身份道："我是大将军华天凝，你们飞花镇的镇令是何人？"

巡差看了看天凝手里的令牌，立刻单膝跪地："回大将军，是裘延宗裘大人。"

天凝又问："类似此人的情况，在这镇上，是不是以前就已经发生过了？"

巡差十分好奇，不知道天凝是怎么得知的，他一五一十作答："是的，大将军，飞花镇时常有人厌世寻死，有从城楼上跳下的，也有在家中自缢的，还有……"

"好了！"天凝打断巡差，"带我去见镇令大人。"

"是！"

巡差起身带路。

天凝和巡差交谈的时候，唐烈峰趁他们不注意，悄悄离开了。天凝也暂时不打算和他纠缠，便放任他没管。因为她知道，眼下她似乎遇到了一个更迫在眉睫的难题。

·第六章·

孤独苦

荒越族以荒越城为都城，除了荒越城以外，族人在第九荒还建立了七座小城。此外，还有一些零散的村镇。

村镇都是归属于距离最近的小城管理，而管理小城的官员叫作城御令。有一些城御令兼任附近村镇的管理者，也就是镇令、村令。

而距离飞花镇最近的小城是曲岚城，曲岚城的城御令裘延宗，兼任飞花镇的镇令一职。

裘延宗的年纪五十开外，在担任城御令之前本来是个武将，行过军，打过仗，外表粗犷，行为豪迈。他对天凝一直非常景仰，只是平时和她鲜少能有交流，这次见到她，自然兴奋不已。他搓着手，两眼放光道：“幸亏大将军来得巧，这个月我都在飞花镇，下个月才回曲岚城，还好没错过。只是大将军何以不在应天谷，反而只身来了飞花镇？可是前方战事有什么需要我们飞花镇配合的吗？”

天凝站在镇令府的大堂里，反问裘延宗：“刚才北城楼发生的事你知道了？”

裘延宗的眼色微微暗了些：“知道。”

天凝说：“巡差告诉我，飞花镇经常有人厌世寻死？”

裘延宗不无尴尬：“呃，倒也不是经常，只是近年来，每个月总有那么几次吧。”

这还不叫经常？天凝生气了：“你就不曾派人追究过这件事吗？”

裘延宗开始战战兢兢：“呃，可是……这并非有人行凶，都是……自杀……这要如何追究？……”

天凝问：“那些自杀的人，是不是都会在死前留下遗言，说孤生于世，生何欢、死何憾之类的话？”

裘延宗疑惑：“呃，这？有吗？”

这大堂里还有一位师爷，师爷听天凝那样说，脸色微变，小声提醒裘延宗：“大人，真有！”

天凝大怒：“你这镇令是怎么当的？”

裘延宗急出了一头冷汗，他这个人虽然平时不贪不腐，为官循规蹈矩，但就是太粗心大意。

还好天凝知道当务之急是先解决这件事情，她并不打算追究裘延宗的责任。她吩咐道：“裘大人，你现在立刻派人到百姓家里去，先问他们，可有觉得生活孤单凄苦，内心抑郁无法排解。如果没有，那就向他们每户要一勺白糖，要齐一百户，一百勺，带回来，越快越好。还有，记住，低调行事。”

裘延宗和师爷面面相觑，裘延宗问：“大将军，这是何故啊？”

天凝道：“你先把任务派下去，我再详细和你解释。”

原来，很多年以前，天凝就见过类似的情形。当时，在第四荒的一座小城里，也是不断有人厌世寻死，天凝为公务前去第四荒，经过那座小城，正好目睹了一位老道长捉妖。

捉的是一只苦树精。

那苦树精就是造成那些人厌世寻死的根源。

苦树精是一种生性孤僻的妖孽，它们既不愿意和外界交流相处，但又觉得，是这世界薄待了它们，令它们孤独而生，孤独而死。它们的内心，因孤独而凄苦，这份凄苦时常会令它们感到痛不欲生。

为了发泄，苦树精往往会藏匿于人群之中，寻找那些内心充满孤独感的人，将他们锁定为自己的目标。它们会在目标毫无察觉的情况下，给目标注入苦树精气。苦树精气会不断地加深那人心中的孤独感，时间稍长，那个人就会因为被孤独感吞噬而产生抑郁之症，最后厌世寻死。

随着那人的死亡，苦树精会感到自己内心的孤独感有所减轻，痛苦减少。

所以，苦树精需要寻找持续不断而且尽可能多的目标，分散带走它们的孤独痛苦。虽然这只能治标，不能治本，每个人的死亡都只能给苦树精带去短暂的欢愉，但是，苦树精生性冷漠残忍，它们根本不在乎别人的生死。

这个飞花镇，之所以夜市兴起，就是因为有很多人都受到了苦树精的影响，他们的内心孤独感太重，害怕冷清，害怕独处，于是就想尽可能地让自己融入热闹繁华中去，想借此排遣孤独。

天凝对裘延宗等人做了如上的解释以后，又说道：“但往往，一个人内心的孤独若不从根源上解决，是解决不了的。孤独的人，越是置身繁华之中，反而越容易看清楚繁华的虚像，越容易加深孤独。所以，他们会陷入一个病态的循环。如果我没有猜错，这镇上最繁华不歇的地方应该就是飞花楼，而那些终日沉迷在飞花楼的人，在楼中有多欢愉癫狂，离开后就会有多落寞痛苦。他们越是寻欢作乐，就会越颓唐，离死期就会越近。”

裘延宗听了，气愤不已。而在旁的师爷更是焦虑：“呃，大将军，那如此说来，我等岂不是也有可能成为苦树精的目标？”裘延宗睨了师爷一眼：“你孤独吗？你有老婆孩子热炕头，你孤独个什么！”

师爷嘀咕：“这孤独不孤独，跟身边有没有人是两码事嘛。我就觉得，我偶尔……偶尔还是……”

裘延宗推了推师爷，“行了，你就别矫情了，你大人我这辈子，到五十岁了还光棍一条呢，我都没觉得孤独！”

天凝看了看他二人，有点儿忍俊不禁，道：“师爷说得没错，孤独的是内心，不是状态，即便妻妾成群、儿女承欢的人，也有可能内心是孤独的。但是你们要记住，切莫专注于自己的孤独，多去想温情幸福之事，苦树精才不会找到下手的机会。像裘大人这样就挺好的。”

裘延宗和师爷应声：“嗯，知道了。”

裘延宗又问：“大将军，那百家糖又是什么讲究？”

天凝正色道：“百家糖是对付苦树精的第一步，这也是我从当年那位老道长那里学来的。苦树性苦，它天生怕的就是甜。把一百户幸福人家的糖聚在一起，再分成一百份，给一百个体内有苦树精气的人吃，苦树精就会现出原形。届时，我们再烧掉那棵苦树，就能杀死苦树精，解救众人。

“因为苦树精最擅长的就是变换形态，它可以变成任何人，藏身在这镇上，我们根本找不到它，所以必须用百家糖，逼它现出原形。我分糖的时候，裘大人你还要安排人手巡视全镇，发现那棵苦树，就立刻通知我。”

“嗯，没问题！”裘延宗领命的同时，顺便瞟了一眼他身旁的师爷，好像生怕他就是苦树精变出来的。

师爷也暗自嫌弃地冲裘延宗翻了个白眼。

下午晚些时候，几个手脚利落的巡差便把百家糖收齐了，放在镇令府的前院里，准备分装。

天凝本来在后院休息，听说任务办妥，便准备去前院。刚走到回廊，却看见一个巡差慌慌张张地跑过来。

“大……大将军！那糖！有……有毒！”

“有毒？”

天凝急忙赶去前院一看，只见一名巡差倒在地上，七窍流血，已然快要没了气息。裘延宗手忙脚乱，站在一旁不知道如何是好。天凝赶紧扶起那名巡差，以内功为他逼毒。幸亏她内力够强，挽救及时，那巡差才捡回了一条命，只是一身武艺就此废了，身体也成了老残之躯。

天凝问明情况，才知道那巡差最近意志消沉，时常有轻生的念头，所以怀疑自己体内就有苦树精元。他误以为吃掉百家糖就能立刻免受苦树精的迫害，所以就近水楼台，先吃了一口，没想到立刻七窍流血，险些丧命。

天凝打开巡差们带回来的那两大罐白糖，一验，发现两罐都带有邪毒。她翻心一想，是自己太心急想解决这件事情，所以就这样贸然地把任务交给了巡差去办。看来，苦树精已经发现了他们在找百家糖，这罐子里的邪毒想必就是苦树精安排的。

既然苦树精可以变换形态，那它只要变成普通的百姓，在巡差上门要糖的时候，把掺有邪毒的白糖给他们，这罐白糖就成了亡命散，而不是救命的灵药了。看来，这件事情不能只交给巡差去办，一定要亲自找糖才可以。只不过，自己也不是有法术的人，苦树精幻化出人形，自己如何才能识破呢？

天凝不禁面露难色，陷入了沉思。

须臾，她的眼神轻轻地飘向镇令府院墙外那棵高大的榆钱树上，她淡淡道："你好像对这件事也很感兴趣？"

在场众人面面相觑，不知道大将军在和谁说话。但转瞬就看到榆钱树上飞下来一道轻盈白影，翩然地落在院中，竟是个眉目英挺的少年郎。裘延宗立刻大声质问："你是什么人，敢偷窥我镇令府？"

唐烈峰并不理会裘延宗，径自走到天凝面前，胸有成竹道："我能辨毒。"

天凝问："你如何分辨？"

唐烈峰傲慢地说："每去一户人家，我都可以先以身试毒，试过没毒，你再带回来。"他又补充道，"我帮你们，是因为我的人也受到了苦树精的影响。"

天凝诧异："以身试毒？你不怕这毒？"

唐烈峰点了点头："嗯。"

"为什么？"天凝仍有疑虑。

"你只要考虑跟不跟我合作就行了。"他并不想告诉她，他现在的胃已经是万年黑木做的了。像这种通过食用传播的一般性邪毒，如果被他吃进去，他的胃部会有阵痛感，但是在非常短的时间内，黑木灵气就会替他化解这种邪毒，他的身体并不会受影响，这也是芒鞋翁给他换胃的时候告诉他的。

天凝略作思考，道："既然是这样，那我就先小人后君子，把丑话说在前头，找齐了百家糖，你的人要最先试吃。”

唐烈峰嘴角一勾，满不在乎道：“好。”

事不宜迟，天凝和唐烈峰便带了两名巡差，出镇令府重新开始搜集百家糖。

此时，天色将晚，长街华灯初上。天凝与唐烈峰并肩走在前面，两名巡差安静地跟在后面。

唐烈峰看天凝神情严肃，不发一言，他忍不住开口：“大将军不会是因为在山上等候太久，迫不及待，所以下山来迎接我们吧？如此厚待，倒也少见。”

天凝还击道：“没想到堂堂白渊族的忠威将军，再加上一只道行高深的白鸦旎婳，竟然也会着了苦树精的道儿。”

唐烈峰不甘示弱道：“苦树精动的是人心，人心是最防不胜防的。况且，受苦树精影响的只是旎婳，不是我。”

天凝揶揄：“是吗？那不知唐将军终日流连飞花楼，所为何故？”

唐烈峰藏起尴尬，故作泰然：“一个男人终日饮酒，大将军觉得是什么理由？需要我详细解释给你听吗？”

天凝眉头一皱，一本正经道：“可是我看唐将军并非贪于美色逸乐之人。”

被她这样一说，唐烈峰只当受了表扬，心中不禁暗喜，嘴角一勾，似笑非笑。天凝也察觉到他神态微妙，不禁多看了他一眼。

他们挨家挨户地敲门，说明来意，遇到符合条件的人家，就索要一勺白糖。唐烈峰先尝一口，没有问题，巡差再把白糖装进罐子里。若是发现白糖有问题，众人一警觉，面前假扮成普通老百姓的苦树精就会立刻遁地逃走，他们根本抓不住。

就这样，从黄昏直到夜深，他们搜集了四五十户人家的白糖。

天凝看巡差已经有了倦容，便放他们回家休息，准备明天继续搜集白糖。

巡差走了以后，天凝对唐烈峰说："你也回客栈休息吧，明天一早，你再到镇令府来跟我们会合。"

"不用了。"唐烈峰淡淡地说，"明日一早，我就在你住的客栈门口等你。今晚我会住在飞花楼。"

说着，他便转身往飞花楼的方向走。

天凝住的无门客栈和飞花楼相邻，他们回去的路是同一条，她缓缓地跟上去，唐烈峰故意把脚步放得很慢。

子夜时分的飞花镇，青天悬玉钩，流光过墙头。唐烈峰与天凝并肩穿行夜市，周围偶有喧哗，他们却安安静静，都没有说话。两个人的影子也不知是月光勾勒出来的，还是被街灯投映，长短胖瘦变幻，偶尔被踩在脚底，偶尔在身前交叠仿如依偎。

经过一个卖面的摊档前，唐烈峰站定问："我们晚上好像还没吃东西吧？"

天凝问："你饿了？"

"你不饿吗？"唐烈峰说，"我请你吃面。"

天凝的第一反应就是想拒绝，但转念又一想，改变了主意，跟着唐烈峰坐到面档的空桌旁。

老板给他们一人煮了一碗牛肉面，他们吃起来。

刚吃了几口，面档的老板见火不旺了，就蹲在炉子前面添柴，一边用蒲扇扇风。黑烟夹着火星子飞起来，被风一吹，正好往天凝这边涌。她有点儿被呛到了，掩着嘴轻咳两声，不过倒也没介意。

唐烈峰见状，右手一挥，袖间真气鼓出，把烟火推开，换了个方向。连续几次，直到老板不添柴了，他才收手。

天凝知道他的好意，放下筷子道："刚才，乌雀巷口那户人家的小孩儿差点儿摔倒，要不是你用内力推了他一把，他那一摔，恐怕就会被地上那块尖石戳到眼睛了吧？”

唐烈峰继续吃面，动作优雅：“你不会是想跟我说，其实我心中也有善良的一面，不是个坏人吧？”

“我什么时候把你当坏人看过？敌人和坏人还是有区别的吧？我们立场不同，在我族人的眼里，自然我为正，你为邪。但是，在你族人的眼里，你们才是正，我们是邪。怎能一概而论呢？”

唐烈峰的嘴角又有了些许笑意。

天凝道：“我只是想说，你有时或许可以让别人看到你的心意，也让你与他人有机会亲近，这样你的孤独感也会减轻。”

唐烈峰的笑意瞬间隐去：“我说了，受苦树精影响的是瓰婳，不是我。”

天凝笑笑，心道，你要这么说，那就随你吧。反正她几乎认定，他也是这镇上的受害者之一。

少顷，唐烈峰正色问：“你心中难道就没有孤独的感觉？”

天凝从容道：“有，可那又如何？”

唐烈峰思索：“你不在意？”

面档的老板离他们不远，把他们的对话有一搭没一搭地听进耳里，这时不禁插嘴道：“心中有爱的人啊，自然不在意孤独了。”

天凝认同地看了老板一眼：“老板说得对，对朋友之爱，对情人之爱，对君王之爱，甚至对苍生之爱，无一不可排遣孤独。”她还记得唐烈峰提过他是孤儿，所以特意避开了亲人之爱不提，“人都有孤独的时候，但你只要多想想那些不孤独的时刻，心中自然就舒服多了。”

唐烈峰若有所思。

“我且问你，你生平觉得最不孤独的时候是什么时候？”天凝想引导他，对抗苦树精的侵害。

唐烈峰认真地想了想，犹豫道："大概就是在我成为死士的时候。"

呃，成为死士，以万年黑木做心，心都是麻木的，自然也感受不到孤独了。所以，这次跟他一起来飞花镇的那些人当中，有一部分也是死士，苦树精没办法对他们下手，他们现在还安分地在风陵客栈里留守待命。

天凝只好又问："那除了你做死士的时候呢？"

唐烈峰又认真地想了想，不无得意地说："从军以来，第一次立下战功，被士兵们簇拥欢呼的时候。"

"还有呢？"

唐烈峰睨她一眼，道："还有与将士们勠力同心，潜入敌营，把敌人杀个片甲不留的时候……"

说来说去，没有和挚友把酒言欢的时候，也没有和心爱之人钟情共对的时候，这个唐烈峰，他的人生里，莫不是只有杀伐战争、地位功业？这样的人，想来孤独也是很深的了，难怪会被苦树精盯上。天凝对他不禁多了一分同情。

"怎么了？"唐烈峰看天凝不说话，问道。

"没什么，那你觉得孤独的时候，就想想你刚才说的那些时刻吧。"天凝说罢，重新低头吃面。

吃完面，天凝便回了无门客栈，唐烈峰进了飞花楼。

媗嫗也在飞花楼，她不知道唐烈峰来了，一心跟几个来此寻欢作乐的年轻男子一边喝酒猜拳，一边欣赏歌舞。唐烈峰跟鸨母要了二楼最靠北的雅间，又要了两壶酒，不准任何人打扰，便闭了门。

越是靠北的房间，越接近无门客栈，这样，他就能和天凝再近一些了。

他心中的孤独感大概也会减轻吧。

他虽然嘴上不承认，但是，他心里知道，自己也被苦树精算计了。一开始他还无法理解自己这几天的反常行为，后来因为跟踪天凝，听到她在镇令府做的那番解释，他才明白问题出在哪里。

他主动现身与她合作，除了想自救，还有一个原因，那就是他发现，每当自己见到她的时候，心中的孤独和不适就会减轻。所以他才会跟踪她，因为他也担心自己会有情绪崩溃、厌世轻生的时候，他很想抓住她这根救命稻草，于是才尽可能地与她接近。

其实，在面档，他没有对她说实话。

他始终还是压抑着自己，不愿意告诉她，我生平感觉最不孤独的时刻，就是现在。

现在，你我相对而坐，如寻常的百姓，吃一碗寻常的面条，说几句寻常的话，然后在这寻常的夜色之中，做寻常的告别。也知道明日我们还会如寻常人一般相见，也因为你，明日可期。这样的我，感觉才最不孤独。

你们都说，心中有爱的人便不觉得孤独，可是，于我唐烈峰而言，只有心中有你，我才不孤独。

只可惜，明白这个道理以后，我反而觉得，我更孤独了。

翌日清早，天凝依照约定，在客栈门口等唐烈峰来跟她会合。但是，都已经过了约定的时间，唐烈峰还是没有出现。

行军打仗的人向来时间观念很强，更何况是唐烈峰这种一丝不苟的人。天凝隐隐觉得有点儿不寻常，于是便进了飞花楼打听。

楼里的人见大清早就有一个姑娘上门来，都对她指指点点。天凝倒不拘泥，找了个跑堂的人一问，对方指着二楼北面的雅间道：“那位客官啊，刚刚一出门就被旎婳姑娘给拉进去了。”

天凝抬脚欲上楼，跑堂的赶紧拦着：“哎！姑娘，这不好吧？

天凝瞪了那跑堂的一眼，还是往楼上冲去。哼，唐烈峰若真是昏了头，那她就是打也要把他打清醒！

到了雅间门口，天凝一脚就把门踢开了。进屋一看，眼前的情况却令她大吃一惊。

只见满地狼藉之中，唐烈峰的身体悬浮在半空，头顶有黑气逸出，而那些黑气则缓缓地流向婉婳。婉婳侧躺在美人榻上，如吸食一般，正将黑气吞进肚子里。唐烈峰双目紧闭，看表情很是痛苦。

“婉婳！”

天凝怒喝一声，拔出腰间的紫原剑，直冲婉婳而去。

婉婳为了躲避，不得不停止吸取唐烈峰体内的黑木灵气，一个旋身，避到窗边。唐烈峰则摔落在地。

婉婳骂道：“华天凝，你还要不要脸？没事的时候他就是你的敌人，有事他就是你的盟军了？我就不让他跟你一起出去办事，怎么样？”刚才唐烈峰本来已经到门口了，婉婳却忽然而至，把他堵了回去。听说他是要去帮华天凝办事，婉婳还没有问清楚缘由就开始发脾气，说要吸走他的黑木灵气，让他寸步难行。

天凝举剑指着婉婳：“你对他做了什么？”

婉婳翻白眼道：“关你什么事，反正我又不会杀他。怎么？难道你看他被我折磨，还心疼了？”

天凝质问道：“你难道不希望我们救你，还宁可被苦树精折磨？”

“苦树精？”婉婳眨了眨眼睛，一脸迷惑，“什么苦树精？”

唐烈峰稍事调整以后，虽然还是有点儿虚弱，但行动勉强无碍，他便和天凝一起离开了飞花楼。

婉婳也跟着他们。

经过刚才一番解释，婉婳终于明白了自己这几天内心近乎狂躁的孤独感是从何而来，只是她才修成人形不久，没有做人的经验，所以还以为这种混乱异样的感觉，是人之常情。而从旎婳的嘴里，天凝也知道了唐烈峰现在是以万年黑木做了胃，所以他能够以身试毒，个中原由她也就明白了。

她还隐隐猜到了唐烈峰之所以换胃，是因为他想移走他胃里的鱼丹，以免再受到鱼骨耳环的掣肘。这样一个人，为成大事，连身体发肤也能割舍，也不知道他究竟是可敬还是可怕。

天凝暗暗想着，但并没有就这件事出声询问唐烈峰。

唐烈峰似乎也有自己的盘算，也只顾走路，默不作声。

旎婳见他二人并肩同行，心里有点儿不舒服，故意挤到他们中间，讽刺道："大将军有没有觉得很失望呀？明明可以坐视不理，任由我一日一日病入膏肓，若自寻短见，你们还能捡个现成的便宜，可是偏偏要为了这满城的百姓，反过来救我。啧啧，换作是我，回家关着门能气吐两碗血来。"

天凝淡淡道："所以这就是我跟你的区别了。"说着，她看前方路口有一户人家，便疾步上前。

旎婳翻了个白眼，却发现唐烈峰刚刚瞟了她一眼，嘴角似乎带了点嘲笑的意味。她心里一生气，决定故意给他们添乱。接下来的大半日时间，她一会儿嚷着说走不动了，一会儿又说肚子饿了，有的时候还出言挑衅那些户主，气得他们差点儿把白糖泼到她脸上。唯独遇到苦树精的化身时，她又抄着手，一副看好戏的样子，任由苦树精遁地逃走。

天凝和唐烈峰都知道旎婳是故意使性子，他们也没理她，只把她当成透明的。

他们挨家挨户上门询问，来到一户开染坊的人家时，旎婳看院子里放了好几个染缸，她坏心眼一动，突然伸手一勾，用灵力勾起染缸里面的水，朝天凝洒去。天凝本来可以躲，但是忽然醒悟，自己一躲，水就会泼到她身后巡差抱着的糖罐里，她怕污了那些糖，只好硬生生受着。霎时间，天凝湿透了半身不说，衣服上还都是彩色的污块，就连头发和脸上也污了，成了大花猫。

婳婳终于觉得有点儿解气了，指着天凝捧腹大笑，“大将军，您这上门乞讨，还可以顺便唱出大戏呢！”

天凝气极，但还是忍着怒火，拔腿就走。

走到外面街上，路人见她全身五颜六色，都暗暗笑她，还有调皮的小孩子指着她说，这个姐姐打扮得跟马戏团的猴子一模一样。天凝无暇整理，只能把头低着，时不时地抓一抓头发或者用衣袖挡脸，尴尬极了。

走着走着，就听婳婳在后面质问一声：“唐烈峰，你干什么？”

天凝停步回头一看，只见唐烈峰正把一粒碎银子抛给路边一个摊档的老板，然后就从那老板身前的架子上面，扯了一条白色的纱巾，大步走过来递给她：“拿去遮一遮吧。”

天凝愣住。

唐烈峰见天凝呆立不动，索性跨前一步，近身贴着她，把白纱罩在她发髻上，一边整理一边说道：“你身上染了什么色都好，跟白色都能搭。”而且他记得，以前和她相处时，就发现她是个在意自己仪容的人。他用白纱挡了她的脸和肩，只露出一双水盈盈的眸子，最后把白纱挂在她耳后。

她耳朵一热，退后道：“我自己来。”

唐烈峰低头看着她，眼睛里有一些似笑非笑的柔光。

婳婳心中妒火顿起：“唐烈峰，我也要！”

唐烈峰看也不看婳婳一眼，对天凝说：“走吧。”

胭脂将
YANZHI
JIANG

胭脂破梦将

YANZHI JIANG

无人可相守，与谁共白头。

“嗯。”

旎婳眼神一厉，抓住唐烈峰的手，他要往前走，她就偏把他往后拽：“你知不知道惹我不高兴有什么后果？”

唐烈峰感觉到旎婳已然用了内力在跟他拉扯，他也不遑多让，暗暗一运劲，使出反方向的力，双脚牢牢地钉在地上，一步也不肯挪动。

旎婳见状，又加大了力气。就在这时，唐烈峰突然力道一收，旎婳防不胜防，身体往后一跌，一屁股坐在地上。

天凝实在忍不住，“扑哧”一声笑出来。

旎婳气得像个小孩儿似的坐着蹬了蹬腿：“唐烈峰，你给我记住了！”

唐烈峰也觉得好笑，眉眼一弯，笑意轻轻浅浅地浮上那张英俊的面庞。他又看了看天凝，即便白纱遮住了她的脸，可单是那双藏星凝月的笑眼也足够令他心摇意动了。他忍不住微微一倾身，凑到她耳边，小声地说了一句：“谁叫她欺负你！”

天凝一听，仿佛心湖之中有人投石撞开一片涟漪，她眼神一颤，表情变得有点儿僵硬。但转念再想，唐烈峰应该是受了苦树精的影响，情绪为孤独所困，所以这两天他才会刻意与她亲近，想排遣孤独，以至于言行有些反常吧。为了掩饰自己的尴尬，天凝急忙径自往前走去。

唐烈峰看着她的背影，脸上的笑容渐渐淡去，反而多了一丝落寞。他想，现在在她的眼里，自己就是个病人，别人通常借酒装疯，而他就借病来纵容自己，亲近她，博她一笑。他更加知道，等今晚一过，除掉了苦树精，他们之间终究会有一场殊死之战。于他而言，这两日走过的所有长街短巷，看过的所有夜月辰光，还有衣角上沾过的每一朵浮尘，都只是他的梦幻泡影。

终究，她也只是他的一晌贪欢而已。

很快，百家糖终于收齐了，天凝把糖带回镇令府，分作一百份。同时让巡差们上街贴出告示，叫镇上那些感觉心中苦闷孤独的人立刻来镇令府。她以前看过老道士分糖，知道可以用滴血验证的方法来分辨一个人的体内是不是有苦树精元，于是，到这天亥时之前，糖就分完了。

包括跟唐烈峰同来的部分白渊族将士，还有嫓嫞和唐烈峰，也都吃了糖。

唐烈峰是最后一个吃糖的，虽然他不肯承认自己也被苦树精算计了，但是，转念又想扮演好天凝心中的病人角色，于是，天凝把糖给他，他便半推半就地吃掉了。

糖一入喉，南面天空忽然腾起一枚火油箭，那是巡差的暗号，表示发现了苦树的踪影。

于是，众人立刻朝南面赶去。

在飞花镇的最南端，有一座节孝牌坊。牌坊的旁边，本来是一片空地。而现在，空地之上，一棵大树拔地而起。

众人赶到一看，只见那棵树高过了一旁居民院落的外墙，树根盘结，树身粗大，而树身往上，有枝无叶，树枝张牙舞爪，十分狰狞丑陋。

没错，这就是苦树了。天凝一声令下，巡差便开始对着树身泼油，一把火点上。

这时，嫓嫞冷不防觉得心头一阵战栗，她下意识地往唐烈峰身边靠了靠，抓住他的衣袖问："你不觉得害怕吗？"

唐烈峰知道嫓嫞狡猾，只当她是惺惺作态，冷冷地看了她一眼，想把衣袖从她手里抽出来。可她反而贴得更紧了。唐烈峰这才感觉到，嫓嫞的身体真的在发抖，而且好像在发烫。

婉婳眼看着火焰扩大上升，逐渐把整棵树都吞噬，忽然，她胸口传来一阵剧痛，就像是有千万只手在撕扯她的心，她推开唐烈峰，捂着胸口，尖叫大哭起来。

“婉婳！”

在场所有人都被婉婳的反应吓了一跳。

婉婳越哭越疯狂，指着那棵苦树：“你们烧了它！你们怎么可以烧了它呢……那我……我孤生于世，生有何欢，死又何憾？生有何欢，死又何憾啊？”她说着，纵身跃起，竟然朝火中跳去。

唐烈峰见状，急忙阻拦！

婉婳反手一推，推得唐烈峰大退三步：“滚开！我要陪它，我不能让它孤零零地走，我要陪樱姬！”

樱姬正是那苦树精的名字。

唐烈峰隐约觉得婉婳是受了苦树精的迷惑，才会神志失常，不管怎么样，婉婳现在是他们白渊族的盟友，他不能眼睁睁看她送死，反而称了敌人的意，于是，他便和婉婳纠缠起来。

白渊族其他人见此情形，也纷纷出手阻拦婉婳。

天凝站在一旁，虽然也对婉婳的反应感到不解，但是，她是不会出手阻拦她寻死的。假如这场大火既能烧死苦树精，又可以除掉婉婳这个心头大患，对她而言，百利而无一害，她反而乐见其成。

就在这时候，半空里忽然杀出一道黑影，介入婉婳和唐烈峰中间。看他的出招，显然是在帮着唐烈峰阻拦婉婳。

天凝只听来人大声喊道：“婉婳不可以死，她若死了，城主也会没命！”

天凝如遭雷击，全身一颤：“小师叔！”

赶来的人正是姜游。

天凝来不及细问，但听姜游那样一说，她立刻拔出紫原剑，也加入了阻拦嫲婳的阵营。

但是，嫲婳的力量太强大，她一心要追随苦树而去，众人合力也拦不住她。天凝翻心一想，命令裘延宗赶紧灭火。

果不其然，火一灭，嫲婳也不那么冲动了。寻死的念头渐消，而孤独的感觉却比之前每一天加起来还多，像一种蚀骨剜心的折磨。她无力地跪坐在地上，啜泣起来。

天凝收了剑，问姜游道："小师叔，你怎么来了？你的伤……"

重伤初愈的姜游脸色苍白，刚才出手对付嫲婳，又动了真气，体内实则正翻腾不已，他却强忍着不适，急切道："我的伤已经没有大碍了。幸亏我来得及时，要不然后果不堪设想！"

"你刚才说，嫲婳不可以死？"

"是的，嫲婳不可以死，因为她的命、城主的命，还有唐烈峰的命，现在是连在一起的了！"

嫲婳听姜游这样一说，哭泣的表情里面，蓦地多了一点儿阴森笑意。"哼，你们终于还是知道了。"

·第七章·

夜阑珊

扈珍的书信辗转送达姜游的手里，是在昨天。一看完信，姜游便不顾云观鹤的劝阻，坚持要亲自上飞花岭找天凝。到了青部山庄，听说天凝在飞花镇，姜游又马不停蹄地赶来了飞花镇。

扈珍在信里面说，他最近对白鸦婘婳又有了一点儿新的认知，想跟姜游分享。原来，白鸦婘婳之所以要杀掉自己的主人，是因为，从换血缔盟的那一刻开始，这对主仆的生命就是连在一起的了。

一荣俱荣，一损俱损，是以在成为主仆的这段时间里，白鸦婘婳须得确保自己的主人的生命安全。

“在百日之内，主人的满意喜悦之情还能为白鸦婘婳供食，帮助它们生存和修炼，但百日过后，就如同长期服用某种药物，会产生抗药性，这个主人对白鸦婘婳来讲，不会再起到积极的效果，食之无用，弃之也不可惜，所以，白鸦婘婳通常都会选择杀掉这个鸡肋般的主人。

“因为，也只有白鸦婏嫱自己动手杀死它的主人，它才不会随着主人的死亡而死亡。除此以外，主人不管是遭遇天灾人祸而死，还是他自己病死，抑或寿终正寝，他一死，白鸦婏嫱也会跟着死去。所以，白鸦婏嫱是绝对不会任由它的主人长时间活在这世上，成为它的负累的。而反过来，假如白鸦婏嫱死了，它的主人一样会紧随其后，暴毙而亡。”

天凝和唐烈峰听完姜游的解释，都有些回不过神来。

姜游怕他们理解得不够透彻，便更具体地分析道：“也就是说，如果现在婏嫱死了，城主和唐烈峰作为她的主人，他们都会死。”

天凝接着说：“而假如我现在杀了唐烈峰，婏嫱就会死。婏嫱一死，城主也活不了。反之亦然，对吗？”

“嗯！”

天凝眼中似怒似杀，目光渐渐转向婏嫱，一剑抵上她额尖：“说，到底要怎样才能解除你们之间的关系？”

婏嫱又哭又笑，道：“解除？你不是听他说了吗？根本不可能解除。所谓的解除主仆关系，其实就只有一种方法，那就是我亲自动手，杀了他们。他们死了……不就自由了吗？哈哈哈！”

其实，这样的局面，对天凝等人而言，自然是死局。但对白鸦婏嫱们而言，主人就是它们的软肋这个秘密，一直是它们想隐藏的，因为它们担心秘密一旦公开，世人从此就抓到了对付它们的机会。

此刻，婏嫱一边觉得看华天凝拿自己束手无策很解恨，但一边仍然陷入一种近乎癫狂的孤独痛苦之中，她不知道她究竟是怎么了。

在场所有人也都不知道，这是因为，苦树精在全镇众多的受害者当中，挑了婉婳，与它共情。

现在，大火之后，苦树精的修为被烧得只剩下不到两成，所有曾经被注入苦树精元，受它影响的人，它基本上已经没有能力再去影响他们，他们的心智可以算勉强恢复正常了。但是，唯有婉婳依然受到它的影响，它甚至可以通过感情的共鸣，来达到支配婉婳的行为的目的。

苦树精挑选共情者，本来只是因为，它知道自己将会被烧死，它不愿意孤独地死去，所以想找个人陪葬。它之所以选择婉婳，是因为婉婳刚为人不久，还留有动物的心性，最忠于本能，意志也最薄弱，所以最好下手。

于是，苦树精对婉婳注入了比旁人多好几倍的精元，大火一烧，这共情效应就令婉婳感受到了苦树精的痛苦，甚至与苦树精的精神相连，觉得自己和它同呼吸，共命运，它如果死了，自己也不能独活。

然而，苦树精没有想到的是，婉婳和她身边的这群人之间，竟然有如此深的羁绊，自己本来只想拉个陪葬的，现在却反而抓到了一根救命稻草。苦树精暗暗地感到兴奋不已。

天凝虽然不清楚这当中的因果牵连，但是，从刚才婉婳的反应来看，她也明白，婉婳必然还在苦树精的掌控之中，他们如果想保住婉婳的命，恐怕也不能继续烧树了。如何是好呢？

这时候，婉婳终于彻底地从刚才烧树的痛苦中解放出来，她不哭了，缓缓地站起身，刚一起身，她竟猛地抓住唐烈峰，瞬间移动到苦树旁边，狠狠地把他抵在树干上，指尖几道玄光飞出，插入他的手筋脚筋。

唐烈峰一阵吃痛，而后便感觉自己被定在了树干上，动弹不得。

婉婳冲唐烈峰邪魅一笑，道："你就乖乖的，别再帮着华天凝来对付我了。你放心，我会回来找你的。"说完，她又转身瞪着正围上来的众人，"唐烈峰中了我的定身术，我谅你们也没本事解开。你们若是还想烧树，那就把他一起烧了，我们四个一起死。"她说的"四个"，当然还包括苦树精樱姬。

"婉婳，你想干什么？"姜游厉声质问。

此刻，婉婳的耳畔响起一个只有她才能听到的声音，那是樱姬在通过意念与她沟通。樱姬说的话被她奉为圣旨，她露出一脸孩子气的委屈，娇声道："樱姬说，孤独太苦了，要我和她做伴。我虽然要和她做伴，但也不能放着我的主人不管呀！其实最好的就是我和樱姬都有人陪，是不是，樱姬？"

被婉婳那么一问，苦树的残枝立刻张牙舞爪摆动起来，算是回应。

天凝看着那些残枝，脑海中一念闪过，她明白婉婳想干什么了！

然而婉婳却比她动一念的速度还快，顷刻便飞身而起，站上了那座节孝牌坊的顶端，几个起落便隐身于夜色之中。

婉婳是上飞花岭找厉朝欢了，天凝急忙吩咐裘延宗小心地看守苦树和唐烈峰，然后便和姜游披星戴月地往青部山庄赶。

赶回山庄时，天已破晓。

山庄里，正传出打斗之声。婉婳已经比他们早一步到了。

今天，是四月二十一日，离慕容狄预测的雨期到来，大约还有一天的时间。但是，没有办法了，不管婉婳会不会识破六回结阵，单凭他们几个人也对付不了婉婳，无论如何都得借助结阵之力。

天凝和姜游冲进山庄一看，只见金尚允和孙谈都已经受了伤，躺在地上，山庄里一片狼藉。初云因为不敢动用武力，只好跟庄主蒙青山一起，躲在假山背后。而厉朝欢和慕容狄正在全力对抗媿婳。

媿婳被樱姬蒙蔽了心智，一心只想抓厉朝欢，带他和唐烈峰一起，与樱姬结伴红尘，对抗孤独，所以，她现在的目标只有厉朝欢，连魔魂都暂时抛诸脑后了。

天凝毫不迟疑，拔剑一斩，剑气破空而去，逼得媿婳飞身退开，和厉朝欢拉开距离。

她趁机上前带厉朝欢跃上屋檐："跟我走！"说话间，还刻意回头看了金尚允一眼，暗示他启动结阵。

金尚允会了意，见天凝带厉朝欢逃出山庄，媿婳紧追而去，他便赶紧下了地窖。

地窖里有一个法阵，这是六回结阵的阵眼。金尚允可以通过这个阵眼来操控和监视六回结阵。

他抛出一面铜镜，落在法阵中央，铜镜里刹那便出现了山林峭壁的画面。六回结阵范围之内的一切景象，在这面铜镜里，一览无余。

此刻，天凝和厉朝欢还没有靠近结阵，毕竟结阵的边界已经聚满了蛇虫鼠蚁，媿婳是很容易发现破绽的。他们只能先和她周旋，拖到明日大雨到来的时候，再用自己做饵，引她入阵。

出了山庄，天凝和厉朝欢各乘一骑，扬鞭向着东南面飞驰。但没过多久，厉朝欢却掉转马头，带着天凝改向东北面疾行。北面有一座悬崖，是六回结阵的边界，天凝担心现在他们如果过于靠近北面，会被媿婳发现异常。她想叫厉朝欢改变方向，可厉朝欢却不听，反而越骑越快。

天凝隐隐觉得，厉朝欢似乎是有计划这样做的，她便决定不再反对，只管追随他。

可是没想到，厉朝欢竟然猛地再次掉转方向，直直地冲着北面悬崖而去！

他到底想干什么？

天凝暗自心惊，却要应付媿婳的追击，无暇拦截厉朝欢。到了悬崖边上，厉朝欢冷不防丢开缰绳，从马背上一跃而起，坐到天凝的马背上来，在身后将她牢牢地抱住，在她耳边轻声道了一句："相信我！"话音刚落，他把天凝向旁侧一推，天凝飞身滚入树丛。树丛里有一个深坑，她就不偏不倚地落进了那个深坑里，刹那周围的几棵树全倒了下来，将坑口堵住。

厉朝欢狠狠一夹马腹，痛快道："跟过来吧，媿婳，小爷今天就好好地收拾你！"

说着，他竟然连人带马冲出了悬崖。

那匹马虽然没有翅膀，但在那一刻，它却飘逸得好比一匹腾云御风的飞天马，在半空之中，四蹄划踏，引颈长鸣。

伴随着马儿的嘶鸣声，厉朝欢还听到了耳畔疾劲的风声。还有岚光拂面，云丝绕指，他勾唇一笑，闭上眼睛。

天凝，但愿我还能活着回去见你，听你骂我一声胆大妄为。可是，如果今日一别就是永别，你一定要记得你答应过我，好好守护我的江山。欠你的，我厉朝欢来世再还！

天凝回到青部山庄，已经是下午了。姜游看见她步伐沉钝、满身伤痕地从山庄门外走进来，连衣服都被树枝划得破破烂烂，不能蔽体，他赶紧脱了他的外袍将她裹住，扶她到大堂里坐着。

"城主回来了吗？"天凝轻声问。

姜游面露难色，摇了摇头。

孙谈解释道："这计是城主和我们几个老家伙一起想的，我们就是怕，万一这大雨还没下，媿婳提前来了，迫不得已，就只能走

胭脂将 破梦 YANZHI JIANG

无人可相守，与谁共白头。

胭脂将
YANZHI JIANG
破梦

这一步了。北面悬崖就是结阵的边界，那些蛇虫鼠蚁即便聚集在地面和石壁，但是，它们也只能遁地不能飞天，只要媿婳稍不注意，一冲出悬崖，就等于从空中闯入了结阵，也会被困住。媿婳本身就有飞天之术，她如果紧追目标，是不会对一座悬崖望而却步的。”

慕容狄接着说道：“城主说他勘察过地形，那悬崖中间长了一棵百年老树，他如果跳下去，抓得住那棵树，就不会摔死。到时候，金长老再调动结阵，把他转移到阵外，媿婳就奈何不了他了。”

六回结阵是一个能进不能出的阵法，入阵以后，只有操控阵法的人，也就是金尚允，可以用术法把阵内的人转移到阵外，否则，即便是像媿婳这样力量强大的妖孽，想强闯出阵也不是一朝一夕的事。

虽然孙谈等人都觉得厉朝欢的计划太冒险，但是，厉朝欢却胸有成竹。刚才，他跳下悬崖以后，媿婳的确也追着他来了，现在，媿婳已经身在六回结阵，犹如困兽，正气急败坏。而金尚允再用铜镜在悬崖附近寻找厉朝欢的时候，却发现根本找不到他的身影了。

此时，金尚允还在地窖里，正全神贯注地操纵着六回结阵，既要不断加强结阵的困锁之力，又要继续寻找厉朝欢。

厉朝欢冒这样的险，姜游事先也是不知情的。现在厉朝欢生死不明，他也忧心如焚，却看天凝似乎比他想象的冷静多了，他谨慎地问她道：“天凝，你受伤了吗？让我看看伤在哪儿了。”

天凝摇了摇头：“没什么，只是皮外伤。”她又望着山庄大门，“他说叫我相信他，我相信他一定会回来的。”

姜游道：“那你先去换身衣服，皮外伤也要处理。”

天凝还是坐着没动，淡淡地摇头：“真的不碍事。”

“天凝！”

姜游还想再劝，却猛听得山庄外传来一阵急促的脚步声，众人心里全都一阵吃紧，齐齐看向门外。

敞开着的朱红大门一侧，飘来一片藏青色的衣角，紧接着就是青袖黑襟的男子虽然外表略有狼狈，但却意气自若地跑了进来。众人顿时长舒了一口气。厉朝欢真的回来了！

这时，金尚允也兴奋地从地窖里跑出来，想告诉大家，他已经找到城主，并且把他安全地转移出六回结阵了。可到大堂一看，厉朝欢人都已经在了，他擦了擦汗，难得地露出了笑容。

厉朝欢从跨进山庄大门的那一刻起，就目不转睛地盯着天凝。

天凝也不转眼地望着他。

清风吹落几片绿叶，飞过他的鬓角和肩畔，他大步流星地走到她面前，两人的视线距离逐渐缩短，终于短到好像再也容不下天地万物，他释然一笑："我回来了。"

她也还他一笑："嗯！"

他又说："跳下悬崖的时候一时大意，没抓住那棵树，幸好树下面还有很多藤蔓，我慌起来乱抓了一根，发现原来顺着藤蔓可以爬进悬崖中间的一个山洞。那个山洞有路可以通到崖底，只是路太难行，我屁股都摔疼了才下去了呢。"他委屈地扁了扁嘴，又道，"然后金长老才发现我，把我弄出阵来了。"

天凝紧绷着的表情愈加放松了，道："就知道你不会死，你这人就跟樱姬一样，是个祸害，就算要死也得拉个垫背的。"

慕容狄听天凝这么说，不由得好笑。倒是孙谈一向讲究尊卑礼仪，不禁直皱眉头，这丫头怎么跟城主说话的？

厉朝欢笑得更开了："嗯，所以我活着回来了！"

天凝轻描淡写地说："你说叫我相信你，我就知道你不会食言。"她又说，"让小师叔给你看看伤吧。"

"嗯。"

天凝紧了紧姜游给她的袍子："那我回房整理一下。"

"好。"

天凝淡定地走出大堂，穿过回廊，在回廊的尽头一拐弯，确定没人看见她了，她突然扶着墙壁，痛快地大哭起来。

赶到悬崖边，望着深不见底的云海，她没有哭。沿着六回结阵的边界来回奔跑找他，她也没有哭。回到山庄，面对众人，她还是没有哭。而现在，他终于平安地回来了，她却再也忍不住，只想放肆地哭一场。

哭着哭着，身后移来一道人影。

厉朝欢轻轻地弯下腰来，用胸膛贴着她的后背，将她揽进了怀里，柔声道："好了，天凝。"

天凝抽噎了一下，反而哭得更厉害了。

这时，厉朝欢突然意识到，原来，惹她伤心流泪竟是如此罪不可恕的一件事情。他猛然有一种恨不得把全天下最好的东西都给她，换她破涕为笑的冲动。他更加手足无措，只好把她抱得更紧了。

那个拥抱静止了整个世界。

唯有清风穿廊而过，吹拂着两人的发丝和衣角，飞舞摆动，偶尔交缠，偶尔分开，像极了飘忽不定的幻梦。

待天凝和厉朝欢都稍事休息以后，大家便一起吃了晚饭。晚饭过后，所有人都聚到了大堂，商量下一步的行动。

原计划是困住媿嫗再杀死她，可现在，媿嫗不但不能杀，反而还得救，他们得想办法帮她摆脱苦树精的掣肘。虽然苦树精现在给媿嫗传达的是彼此相依为命的意念，但是，本质上，媿嫗依然深受孤独感的折磨，只要有孤独感在，只怕她最终还是会和飞花镇的受害者们一样，走上厌世轻生之路。所以，大家也都认为，当务之急还是要先解除姽婳和苦树精之间的共情关系。

但至于怎样解除这段关系，山庄内的众人都束手无策。

天凝只好决定，向芒鞋翁求助。

且不论芒鞋翁到底是什么立场，但他如果是关心唐烈峰的，他就不会对他的生死袖手旁观。天凝于是连夜修书一封，道明情况，交给红顶青鸟，叮嘱它务必小心低调，暗中把书信交给芒鞋翁。

红顶青鸟不但能通人性，而且飞行速度极快，天还没亮，它就飞到了白渊族军营，躲过了各种明岗暗哨，完成了天凝交代的任务。

一灯如豆的营帐内，芒鞋翁看完信，立刻把信纸用内力震碎了。

信纸化成粉末，撒落一地。他盯着地上的粉末，还想着信中提到的六回结阵，脑海里匆匆一念闪过。

随即，他便换上夜行衣，趁天还没亮，悄悄离开了军营，快马加鞭赶往飞花镇。

芒鞋翁到达飞花镇时，附近一带持续了好几天的大雨总算停了，天刚开始放晴。

询问镇上的居民以后，芒鞋翁很快就找到了那棵苦树。

老远就看见被定在树干上动弹不得的唐烈峰，芒鞋翁二话没说，移形换影，飞奔至苦树前。

“这都下了几天的雨了？你们也不给他撑个伞、搭个棚子，就让他这么淋着呀？”话是对周围守了一圈的白渊族随行将士们说的。

不是他们不想照顾唐将军，而是苦树精不准他们靠近，他们一靠近，就会有树枝抽打他们。再加上他们也解不开定身术，因此态度就更消极了。所以每天也只是在苦树的附近徘徊着，阻止镇民闹事。

也是因为这样，裘延宗的巡差守树两天以后就撤了，因为树在人在，唐烈峰已经插翅难飞，根本不需要守。

唐烈峰见到芒鞋翁来了，虚弱地看了他一眼。

芒鞋翁安抚道："小木头你别着急，我马上救你。一只臭乌鸦的定身术而已，还真以为能难倒谁了？"

说着，芒鞋翁身形一闪，刹那间，以苦树为中心，东南西北四个角，恍惚都有了一个芒鞋翁。

四道身影快如闪电，交错变幻，同时四道玄光亦在唐烈峰周围飘移不定。

唐烈峰只觉得前胸和四肢有好几处穴位都像是被某种无形之力撕扯着，痛意渐生。他眉头一皱，咬牙忍着，但痛苦很快就过去了。他身体一软，向前栽倒，芒鞋翁飞快地闪身过来接着他，他伏在了芒鞋翁他肩上。"多谢！"

芒鞋翁咧嘴一笑，又狠狠地拍了树干两下，架着唐烈峰沉重的身体跳开一丈，放他躺在地上。

"小木头，你觉得怎么样？"

唐烈峰支起身体，苦笑道："没什么，只不过被困了这么久，粒米未沾，觉得饿了。"

"那还不简单！"芒鞋翁扶他站起身，白渊族人急忙过来搀着，"咱们这就去镇上最好的酒楼，想吃什么，就吃什么！"

唐烈峰摇头："时间不多了，我们要赶紧找到婉婳！"

"哎呀……不着急不着急，婉婳不会有事的。"芒鞋翁说着，瞟了一眼那棵纹丝不动的苦树。

唐烈峰依稀觉得芒鞋翁话里有话，眼神之中似乎也透出了些狡猾。他给了芒鞋翁一个狐疑的眼神。

芒鞋翁昂首挺胸，勾唇一笑：“嘿，竹杖芒鞋轻胜马，一蓑烟雨任平生，吃饱肚子启程！”

这天，唐烈峰一干人等到酒楼填饱肚子以后，稍事休息，才离开飞花镇。他们到达青部山庄时，天凝早已得到消息，知道山下发生的事情，等候他们多时了。唐烈峰见山庄旁边有一块空地，便嘱托随行人员在空地安营扎寨，随时待命，而后他便和芒鞋翁一起进了山庄。

天凝走到大堂门外相迎，见芒鞋翁，礼貌地作揖：“前辈。”

芒鞋翁一脸乐呵：“大将军，好久不见啦！”

天凝报以严肃一笑，又看了看唐烈峰，做了个邀请入内的手势。

芒鞋翁一跨进门槛便问：“你们关了媂婳多久了？”大堂里，姜游和金尚允也在。

天凝道：“今天已经是第七天了。”

芒鞋翁摇头晃脑道：“哦，我谅你们这本事，最多也就能困她十天，对吧？”

金尚允一听，面露不悦。虽然芒鞋翁说的是事实，但言语间显然有看轻他的意思。

天凝道：“虽然我们也一直在加固结阵，但媂婳的力量太强大，这几天她不断反抗，每一次冲击，结阵壁都在变薄，防护能力也大大降低，的确撑不了多久。”

芒鞋翁捋着胡须道：“无妨，无妨，只要把六回结阵变成九回结阵，再多困她个十天半个月没问题。”

的确是有这么一说，但是，金尚允并不懂怎样操作九回结阵。他不服，冷冷地问道：“你会？”

芒鞋翁急忙指着金尚允对唐烈峰道：“哎，看见没，这家伙就是我跟你说的那个，一句话基本不超过五个字的，慈航谷三长老。小木头，你还只是木头，他可是块石头啊！”

金尚允被芒鞋翁这么一点评，眼神更厉了，凶巴巴地瞪着他。芒鞋翁被他一瞪，急忙往后跳开一步。“嘿嘿，我当然会了！一个九回结阵能难倒我，我就不是这七海十荒里的活典籍芒鞋翁了。”

天凝犹疑道：“可是前辈，当务之急，我们是要解除媲婳和苦树精之间的联系，而不是单单困住她。”

芒鞋翁故作严肃：“大将军，我老人家这么风尘仆仆地赶来，你以为我就这点儿本事？我自然是要把媲婳先关好了，稳住了，然后再有下一步的动作嘛，你急什么？你现在要做的就是给我准备三件东西。第一，要六面新的无符阵旗；第二，要三只出生不足月的黑狗的血；第三，要再收集一次百家糖。无符阵旗是做九回结阵用的，后两者是对付苦树精用的，越快越好，怎么样？”

天凝看向金尚允，征询他的意见：“三师叔？”

金尚允虽然不满芒鞋翁的态度，但对他的见闻学识却是信服的，他以大局为重，闷声点了点头。

这时候，芒鞋翁开始环顾室内，看见椅子，他走过去坐下：“大将军，您这待客之道不周啊，我茶还没喝一口呢。”

天凝闻言，正想找人去泡茶，却听门外传来孙谈的声音：“哼，那要不要再给你烙一张葱油饼，烫一壶杏花酒啊？”

芒鞋翁顿时苦了脸：“唉，他怎么也在啊？”

孙谈最先冲进厅来，身后还跟着厉朝欢和慕容狄。他像一阵风似的飘到芒鞋翁身前：“老芒，你对得起我给你烙的那些饼吗？”说着，一掌击去，想打芒鞋翁，却被唐烈峰伸手截住。

芒鞋翁躲到唐烈峰身后：“老谈，你给我烙饼的时候，可没说我吃了你的饼，就是你们荒越族的人了啊！我老头儿闲云野鹤，爱跟谁跟谁，你管不着！”

孙谈和芒鞋翁原本是故交，以前芒鞋翁游历四方，偶尔到慈航谷找孙谈叙旧，孙谈总会烙葱油饼给他吃。孙谈烙的葱油饼可以说是芒鞋翁生平最喜欢的美食之一了。可是，自从芒鞋翁遇到了唐烈峰以后，就把他当成半个儿子看待，还跟着他去了白渊军营，为他献计献力。孙谈知道以后，心里非常不痛快，现在见到芒鞋翁本人，便想好好地撒一撒这积压很久的怨气。

孙谈道：“你把吃了的饼给我吐出来！”

芒鞋翁跳脚说：“我吐给你，你还能回锅不成啊？回了锅你自己吃吗？”

……

两个年过半百的人竟然你一言我一语，像小孩子似的吵了起来，俨然已经把正事抛到一边了。

天凝赶紧劝架，却被孙谈用师叔的架子压着：“天凝，你别说话，我先跟他把账好好算一算。”

天凝哭笑不得，给厉朝欢递去一记眼神，希望他以城主的身份出言制止这场闹剧。哪知道厉朝欢却双手一背，一副看好戏的样子：“当初也不知道是谁趁我神志不清的时候，教唆我召唤白鸦旎旎呢！如果不是他，就不会有今天这些麻烦了。所以这账是得算，好好算，算清楚！”

“什么？”孙谈一听，更火大了，指着芒鞋翁，“是你这老小子教唆我们城主召唤白鸦旎旎的？”

芒鞋翁嬉皮笑脸，跳来跳去：“嘿嘿，是我，是我怎么样啊？”

“是你怎么样？是你……你看我今天不好好修理你！”孙谈抡起胳膊，又想动武。

芒鞋翁还是躲在唐烈峰背后，拉着他左躲右闪。唐烈峰倒是气定神闲，一副纵容芒鞋翁的样子。

这时候，门外突然传来庄主蒙青山的声音："吃饭啦。"

蒙青山高高兴兴地带着几名士兵，端着饭菜进来，开始布餐。

芒鞋翁顿时脚不跳了，人不躲了："嘻嘻，吃饭了？听见没有？来得早不如来得巧，还能赶上晚饭，我要吃饭咯！"说着，自己拉了只凳子，到圆桌边坐下。

孙谈想追过去，天凝赶紧拦在他面前，半是动怒半是撒娇的样子："二师叔，您再这么闹下去，我回慈航谷就告诉大师叔，以后不做好吃的给您，您就天天只吃葱油饼吧！"孙谈一噎，不耐烦地摆了摆手："唉，算了算了，大局为重，这笔账我以后再跟他算！"姜游趁机打圆场："都吃饭吧，吃完还要商量正事呢。"

于是，众人便纷纷围桌坐下。

唐烈峰不经意挑了个挨着天凝的位置，正要入座，厉朝欢突然拍桌子："等等！那个位置不是你坐的！"

天凝诧异地看着厉朝欢，他们这几天在山庄吃饭可都不讲究座次的。

厉朝欢斜身对旁边的姜游耳语道："别让他挨着天凝，当心他出阴招。"说完，又大声指挥道，"姜游，你坐那边去！"

喂，主意是你出的，为什么不是你自己坐过去？姜游瞪了厉朝欢一眼。

厉朝欢心道，你是神医，万一他用毒，你比我能防。

唐烈峰似乎心情不错，并不在乎厉朝欢给他脸色。他看芒鞋翁的身边还有个空位，便走到那个空位坐下了。天凝看了他一眼，发现他端起饭碗的时候，嘴角竟有轻松的笑意。

吃完饭，众人商议，由于无符阵旗是现成的，所以，变六回结阵为九回结阵随时都可以进行。芒鞋翁由于连日奔波，有些疲困，便决定好好地休息一晚，明天一早再着手这件事情。而黑狗血和百家糖的准备，天凝便交给了孙谈。正好也能借此支开孙谈，免得他再和芒鞋翁起冲突。

议事完毕，众人便各自散了。蒙青山准备带唐烈峰和芒鞋翁去客房休息。这时，天凝又喊住芒鞋翁："前辈。"

芒鞋翁问："大将军，还有事儿？"

天凝开门见山道："以前辈对白鸦施婳的认知，解除他们的主仆关系，是否真的别无他法了？"

芒鞋翁和唐烈峰对视一眼，道："这个问题小木头早已问过我了，可我只能说，我信世事无绝对，但是，目前为止，我也没有办法。或许，这其中的答案，只有施婳自己才知道了。"

天凝无言以对。

芒鞋翁问："大将军没别的问题了？"

她摇头。

"那我就去睡觉咯！"芒鞋翁打了个哈欠，朗声道，"吃饱喝足再睡个好觉，人生一大幸事也。"

待几人离去，天凝站在大堂门外的走廊，环顾四周，已经不见别的人影，只剩几盏灯笼在夜风里微微地晃动着。

过了一会儿，天凝去了姜游的房间，可姜游不在房间里。

她再去厉朝欢的房间，窗户是开着的，走到窗边就能听见里面的动静。厉朝欢低声埋怨道："你能不能轻点儿？你弄疼我了！"

姜游气定神闲道："你忍一忍，一会儿就不疼了。"

厉朝欢还是叫唤："哎呀呀，疼，疼啊！姜游，你们行医的人是不是一点儿怜香惜玉的心都没有啊？"

姜游好笑地问："所以你是香还是玉呢？"

两个人正说着，天凝直接把门一推，不客气地进去了。

厉朝欢正光着上身，露出肩膀上拳头大的一团腐肉，姜游正在给他刮腐上药。他见天凝进来，急忙抓起上衣想遮掩：“天凝，你再不拘小节，也是女儿家，怎么这男人的房间说进来就进来了？”

天凝只管瞪着那伤口，又惊又气：“你别岔开话题，你怎么会受伤的？”

厉朝欢挠挠耳朵，尴尬道：“呃，就是上次跳崖以后受的伤。”

天凝问：“不是说都是外伤吗？怎么还没好？”

厉朝欢忙道：“就快好了。”

姜游插嘴说：“你就好好给她解释吧，别再让她担心了。”他拿起手里的竹片，刮掉最后一点儿腐肉说，“城主在结阵里碰到了树怪，前几天情况比较危险，所以没有告诉你，不过从昨天起这危险期就过了，现在就只等伤口愈合便算康复了。”

天凝难以置信地看着两人，质问：“那如果过不了危险期呢？”

姜游自知理亏，假装专心给厉朝欢处理伤口，不再说话。

厉朝欢低着头，清了清嗓子，强硬道：“天凝，我怎么说也是个城主吧，你现在这样的态度，是在向我问责吗？”说到这里，他又把大腿一拍，“你骂得对！我太不应该了，我保证，以后我再也不瞒着你了！”

天凝本来一脸严肃，可是被厉朝欢这样一逗，竟然绷不住，“扑哧”笑了出来。

姜游倾身在厉朝欢耳边道：“这就被你蒙混过关了。”

厉朝欢眉毛一挑，给姜游递去一个扬扬得意的眼神。

天凝话锋一转，看着姜游：“还有你，小师叔，你的伤真的都好了吗？”

姜游把药膏贴在厉朝欢的伤口处，平静道：“好了呀。”

天凝径自走到床边，从枕头底下摸出一个瓷瓶，姜游想阻止却分身不暇。“好了你怎么还在吃这鹿饮金蝉丹？”她是昨天无意间发现他偷偷吃这丹药的。鹿饮金蝉丹的效用类似于止痛散，受内伤的人吃了它，在药效期内，就感觉不到内伤的折磨，但药效一过，伤痛就又回来了，典型的治标不治本。“你的内伤根本就没好，你每天就是靠着它在大家面前假装没事的吧？”

姜游忙道：“即便还没有完全好，但也跟城主一样，就快好了。”

“你们两个！真是……”都不知道说他们什么好了。

厉朝欢赶紧接茬：“就是，姜游，你这样太不对了，伤还没好，逞什么能？你看你把她气的……女人最经不住的，就是被人气，会影响容貌，变丑的嘛！”

姜游淡淡道：“这为人臣子的，最经不住的，也就是被自己的主子甩黑锅了，还不敢反抗……只是这一不小心，被黑锅砸到了手，这手就掌握不好力度……”说着，突然加重了两分力道，往厉朝欢的伤口一按。厉朝欢肩膀一缩，痛得站起来：“哎呀，痛痛痛！姜游！你这是想谋杀亲主啊！”

天凝看这两人一唱一和，好气又好笑，不过还是好笑多一点儿，毕竟也不是真的跟他们生气，只好由着他们了。

厉朝欢走过来拽拽天凝的衣袖，委屈巴巴道：“你看看你这小师叔，回头我要治他欺君之罪，你给我当证人。”

到底是男女有别，本来隔着一点儿距离还好，可他一靠拢，天凝就有点儿不好意思了，目光不敢停在他赤裸的上身，只好故意看别处，吞吐道：“小师叔，你那些药省着点儿用，不怕给他留疤，也好让他长个教训。”说罢便匆匆地走出了房门。

厉朝欢望着天凝的背影，嘴角不禁浮起一丝笑意。如果他没有看错，她刚才是害羞了吧？瓷白若雪的肌肤，面颊上两团红晕，像极了被春色浸染的桃花。自己以前怎么没有发现呢？原来，她害羞起来也是可爱的，好像又惹得他想把全天下最好的东西都给她，来留住刚才的一缕温柔了。

一旁，厉朝欢眉目间的情生意动，都被姜游清楚地看在眼里。他也负手一笑，只是，欣慰的笑容里，还带了几分藏不住的落寞。

天凝走出厉朝欢的房间，在房门外站了站，静下心来。就在这时，她听到了极细微的脚步声，远处走廊转角正好飘过某人的一片衣袖，她知道是谁，一想，闲庭信步地跟了过去。

唐烈峰走到花园之中，停下脚步。不一会儿，天凝便走到他身后：“你还不休息？”

唐烈峰道：“睡不着，出来走动走动。”

“刚才我们在房间里说的话你都听到了吧？”她问。

“我无意刺探。”他说。

她微微一笑，表示信他。

静了静，他沉声道：“见到你身边的人，我终于明白，你为何没有孤独感了。”

她问：“你还感觉受苦树精的影响吗？”

他摇头。

她又问：“那你身边难道就没有这样的朋友？”

他还是摇头。

似乎自飞花镇相处以来，面前这个看似岿然硬朗的男子，总是会令她生出些惋惜同情之意。她想了想，道：“那芒鞋翁呢？他很关心你。”唐烈峰淡淡道：“他是这世上唯一待我好的人。”

天凝并不善言辞，这时也不知道说点儿什么好。唐烈峰见她无言以对，主动开口："从军的时候，一心想着要出人头地，所以自告奋勇做了全族的第一个死士。可没想到，原来死士会那么麻木。麻木之人还怎能交朋友呢？恐怕我那时连朋友是什么都忘了。"他顿了顿，又说，"等到恢复血肉之心，做回一个正常人，方才切身地体会到军中生活的残酷、人心的险恶，就更没有办法交到朋友了。"

他越说，目光越是专注："我这一生，孤生于世，原以为就是万里长路，策马独行，谁知道，我终究还是遇到了一个，我想和她做朋友的人。而这个人，却也是我这辈子最大的敌人。"

天凝知道唐烈峰嘴里的这个人就是她自己，她突然心中感慨不已，皱眉望着他，眼里还藏了些许不忍。

"唐烈峰，你有没有想过，假如我们两族之间不再有战争杀戮，又会有多少人可以称心如意地过自己想要的生活，结交值得相交的朋友？"

唐烈峰的表情变得冷傲了些："浮罗山本来是属于白渊族的，我们只想拿回自己失去的东西。"

"可那已经是很早以前的事情了，现如今两族各安一隅，各有发展，何必一定要兴战乱，再做殊死之斗？我们荒越族向来是人不犯我，我不犯人，我们也只是想保住自己的安乐生活。"

"哼，你们是有了安身立命之地，可我们却是寄人篱下，屈居在项族人的地方，仰人鼻息度日！"

"可你也应该知道，你们的女皇以夺回失地为借口，大兴杀戮，还招揽了不少的邪魔外道，她的野心绝不只是称霸第九荒这么简单！"

虽然唐烈峰心中明白，天凝说的确是实情，他也并不认同哥舒意与邪魔为伍的作风，但是，在天凝面前，他还是硬撑，道：“不过是御敌的手段而已。”她立刻反驳：“若换了你是决策人，你会用这种手段吗？”

唐烈峰被问得一愣，眼神突然放软。

少顷，他拂袖道：“算了，华天凝，多说无益，到头来你我也不过是各为其主，生死无尤！”

“各为其主，生死无尤？”天凝呢喃着这句话，心中似乎仍有些说不清道不明的情绪在奔走，她不禁幽幽道，“唐烈峰，假如你我不是各为其主，想来也是可以成为朋友的吧？”

唐烈峰心中一滞，无以作答。

他没有想到她会这样问自己，这一问，是他饥寒交迫时得到的热饭和棉衣，是他深陷重围时得到的铠甲和神兵，却也是他意气风发时，破空而来穿心的利箭，是他对酒当歌时，一饮而尽的荒唐。

他忽然有点儿不敢直视她了，便匆匆地告辞，回房去了。

她一个人在花园里站了许久，抬头望一望天边的弦月。

玉钩清朗，明日当是一个好天吧？

翌日，天还没亮，孙谈便离开了青部山庄，准备到飞花镇找裘延宗协助他完成天凝交代的任务。

其他人也陆续起了床，都等在地窖外面，想看芒鞋翁如何变六回结阵为九回结阵。

可芒鞋翁一来，却说怕被金尚允偷师，而慕容狄和姜游都帮不上忙，便只准天凝和厉朝欢、唐烈峰随他一起下地窖。

天凝同意了。

来到地窖，芒鞋翁先好奇地把一旁石床上的初云打量了一番，顺带着夸了夸慕容世家的九曲梦回术，然后才慢悠悠地拿出金尚允给他的六面无符阵旗，动手布阵。

他把其中两面阵旗抛向悬浮在阵中的铜镜，阵旗便一左一右，竖立在铜镜的两侧。他朗声道："千举万变，其道一也。这世间九九八十一种结界与阵法，互通变换，正如木多一点为术，术少一点为木，往往只在几个手法之间。我只需要加入阵旗，变动这阵眼里几味元素的位置方向，布阵就能达成。"

芒鞋翁一边解说，一边肢体动作不断，抛入新的阵旗，再加上原来的阵旗，渐渐地，阵旗已经多达二十四面。阵旗移动旋转，刹那间仿佛变实为虚，又变虚为实，虚虚实实，阵眼之中光影明灭。

过了一会儿，当光影静止，阵旗都定住了，芒鞋翁收回内力，拍了拍手，道："大功告成。"

厉朝欢观察阵眼："这就行了？"

芒鞋翁走过去拍了拍他的背，给他指那面铜镜："城主，你看看这镜面的颜色是不是比刚才深了？"

厉朝欢认真看道："有吗？"

芒鞋翁的嘴角忽然勾起一抹邪笑，声音变得阴冷起来："没有就对了！"话音未落，他扶在厉朝欢背上的那只手已经运劲往前一推，厉朝欢被他推得飞身跌进阵眼，一头撞向那面铜镜！

说时迟那时快，天凝已经觉察到不对劲儿，她就在厉朝欢身边，伸手想拉住他，却被唐烈峰一掌打开，扑向石床，险些撞到初云。她一个反身，拔出紫原剑，剑气隔空挥斩，唐烈峰和芒鞋翁同时避开，各自闪身绕到地窖的东西两角。

不好，中计了！

天凝心中一凉，再看厉朝欢，他的身体和那面铜镜一样，犹如被某种无形之力禁锢，悬浮在半空，动弹不得。

天凝想救他，却被芒鞋翁和唐烈峰一左一右夹攻，很难靠近他。

这时候，地窖外面的人听到打斗声，意识到不对劲儿，姜游第一个冲了进来。天凝扭头看他："小师叔，救城主！啊——"芒鞋翁趁天凝分神，打了她一掌，真气如利箭，刺在她腹部，她跌倒在地。

厉朝欢见状大喊："姜游，不要管我，保护她！"话出，他突然意识到自己的声音听起来就像是从某个很远的地方传来，细小轻微，连他自己都听不清楚。他感觉身体也在变轻，轻得像一片羽毛。

他突然方寸大乱！

惊恐令他窒息，那是他前所未有的恐惧。他望着分明近在咫尺，却仿佛远在天边的天凝，向她伸出手，同时更嘶声地喊她，然而这时，他的声音却更轻了，几不可闻。

他眼前猛地一黑，天地万物如同化成齑粉，不复存在，他什么也看不到了。

那一瞬间，天凝被敌人牵制，近在咫尺的人，她想救却不能救，忽然，她听到铜镜发出呜咽之声，接着便看到厉朝欢的身体好像化成了纸片，刹那又成了飞灰，再一眨眼，他便消失了。

地窖里，突然空得像荒芜的烈火地狱。

天凝愣住了。

芒鞋翁见目的达成，和唐烈峰退到一边，以防守姿态看着其他人。芒鞋翁大声对天凝道："大将军，对不住了！为了保住小木头的命，我也只能牺牲你们城主了。"

天凝的眼中已有血丝，她冷冷地看向芒鞋翁，厉声道："你把他怎么了？"

芒鞋翁道："我实话告诉你吧，我没有做九回结阵，我这是把这个阵眼直接给转成永生结界了。"

永生结界？

这四个字一出，在场众人除了早已知情的唐烈峰以外，心中绝望顿生。他们都知道，永生结界，美其名曰永生，进入者将永生不死，然而，他却也永远无法离开结界，重回到现世中来了。

名为永生，实则与现世永隔，其实根本就是一种变相的死亡！

天凝望着已经被破坏的阵眼，铜镜跌落在地，刹那镜面破碎，条条裂纹，如割在心上的裂痕，她握剑的手开始抑制不住地颤抖。

他……

就这样不在了吗？

还没有来得及多看他一眼，还没有来得及和他告别，甚至来不及为他流一滴眼泪，他就不在了？

……

我从不奢望得到他的好，我只想对他好，可是现在……难道我就连对他好的机会都没有了？

这江山漠漠，芸芸众生，他交给我来替他守护，而我却还没有告诉他，其实我最想守护的，终究还是他一人而已。

可他，就……不在了吗？……

天凝的脑海里万念翻涌，每一念都如一个巨浪，铺天盖地，将她打沉，沉入黑暗冰冷的深海地狱。她眼中泪光一闪，却感觉那闪动的好像不是泪光，而是血光，鲜血模糊了她的眼睛，她的眼睛变得猩红，像发狂的野兽，失控的鬼魅，她蓦地握紧了手中的紫原剑，目光扫射，最后，定定地落在唐烈峰身上。

·第八章·

众　生　劫

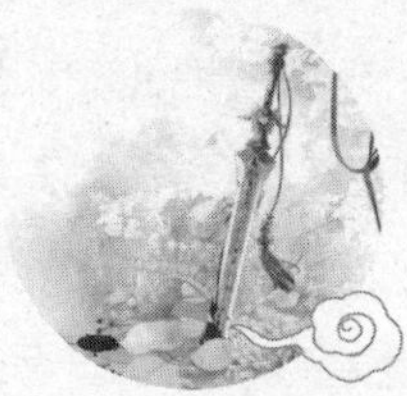

“我要杀了你们！啊——”片刻的安静之后，姜游突然大吼一声，声音撕心裂肺，紧接着便赤手空拳冲向了芒鞋翁。

杀气犹如滔天的巨浪，将这方寸之地瞬间淹没。姜游再也不复一贯的冷静优雅了，他恨不得自己就是这个世界上最残暴、最凶恶的猛兽，能把敌人狠狠地撕碎，剥他们的皮，拆他们的骨，给厉朝欢报仇。

他知道，芒鞋翁把厉朝欢送入永生结界，相当于厉朝欢在另一个世界里永生不死，只要他不死，他就不会影响到婋婳和唐烈峰的生死了。

芒鞋翁最担心的便是这三人的性命一旦连成一线，哥舒意恐怕会为了对付厉朝欢，而牺牲唐烈峰。即便她暂时不会，但唐烈峰死，则厉朝欢死，这个关系只要不解除，对唐烈峰而言，威胁就会永远存在。

所以，当天凝在书信里提到，他们用六回结阵暂时困住了媲婳时，芒鞋翁便想到，六回结阵和永生结界恰好都是依附于土地这个元素，有共通性，他只要把六回结阵加以变换，就可以将其转换成永生结界。而把厉朝欢关入永生结界，也是他眼下唯一能想到的帮唐烈峰解除威胁的办法。

于是，上山之前，芒鞋翁就把他的计划告诉了唐烈峰。所谓的找黑狗血和百家糖都只不过是故弄玄虚，毫无用处。

天凝他们都以为，既然厉朝欢与唐烈峰的生死都连成了一线，那芒鞋翁最不会加害的就是厉朝欢了。而就连熟悉结界阵法的金尚允也是生平第一次听说，六回结阵竟然可以变换成永生结界。

此时的地窖里，众人各出奇招，已是殊死相拼。而飞花镇上，还在专心求取百家糖的孙谈忽然得到巡差的通报，说那棵苦树似乎有异象。孙谈赶到一看，只见苦树无风而颤，枝条乱抖，原本丰满的树干正急速枯萎。突然又一个瞬间，苦树根须离地，轰然倒塌，竟然化成了劫灰。

孙谈心知不好，担心山庄有事，便把收糖的任务丢给裘延宗，自己立刻赶回山庄。

这一切都在芒鞋翁的计划之中。其实，在解除定身术的时候，他就已经打散了苦树的元神，并且将一枚化心钉打入了苦树的身体里，正中苦树精的心脉。心脉被封闭，苦树精就不能再通过意念和媲婳联系。而元神被打散，苦树精必死无疑。它一死，媲婳就可以不药而愈了。

只是，芒鞋翁在打散苦树元神的时候，还故意往它体内注入了两道真气，这两道真气拉长了苦树的死亡过程，到现在，苦树才彻底死去，山上的人就算得到消息，发现不妥，也已经太迟了。

青部山庄里，刀光剑影，杀气冲天。

所有人都加入了这场厮杀，包括早就驻扎在山庄里的荒越族将士和刚刚在山庄外过了一夜的白渊族人。

原是不染尘俗的一处世外清居，转眼之间，就成了刀污血染的修罗战场。

此刻，天凝的目标只有一个，那就是唐烈峰。

她想起自己昨晚还问他，假如没有两族纷争，他们是可以成为朋友的吧？她终于明白他当时为何不敢回答了。

是的，他们不可能成为朋友，永远不可能！昔日她对他说过的每一句良言，给过他的每一个笑容，到这时都是打在她脸上的耳光，是扎在她心头的尖刀。她的心很痛。这种心痛折磨着她，告诫她，有生之年，再也不要对眼前这个人心慈手软，她要恨他，是要把他碎尸万段的那种恨！

唐烈峰且战且退，退七分，战三分，他不想进攻，只想防守。

看见厉朝欢被吸入永生结界的一刹那，他也看见了天凝眼中的无助和崩溃，那眼神刺痛了他。

他的计划成功了，可是，他感受不到喜悦。

她刺向他的每一剑，仿佛都化成了两道，一道有形，擦身而过，一道无形，钻心而入。

她有她的痛苦。他也有他的。

他们各为其主，生死无尤，华天凝注定只能是他唐烈峰的黄粱一梦。然而，他不得不承认，原来这世间还有一种梦，与日月齐辉，与天地同寿，做一场梦，就过了一生。这种梦的名字，便叫作情之所钟。

就在众人酣战之时，山庄大堂的屋顶上，突然飘下来少女银铃般的笑声。

大家抬头一看，媲婳正背着手，站在屋脊中央，轻轻噘着嘴，眉眼含笑地望着他们。“哎呀，做人还是清醒一点儿好呀！”她伸了个懒腰，“唐烈峰，看不出来你还有点儿本事嘛，这次你救了我，我记你一功！”

唐烈峰面无表情地看了婝婳一眼。

六回结阵已经被转换成永生结界，相当于结阵不复存在，婝婳当然恢复自由了。天凝知道她迟早会现身，这时，她一个闪身，移步到慕容狄身边，二话没说，从他衣袖里抽出一物攥在手里。

那是一块令牌。

折断令牌就等于解除初云身上的九曲梦回术，一直以来，慕容狄都小心翼翼地把令牌随身携带着。

“大将军！”慕容狄面露难色。真的只能这样做了吗？初云醒来以后，极有可能会恢复她昏迷之前的癫狂状态，她若是跟婝婳交手，魔魂崛起，局面必定难以掌控。可是，若不算上她，这里所有的荒越族人恐怕都要命丧婝婳之手，势如骑虎，好像也没有别的选择了……

天凝冷冷地看着婝婳，拇指按住令牌，一运劲，令牌折成两半。这一霎，她的脑海中只有一个念头：

生死无尤！

婝婳起初并不懂天凝折断令牌的用意，但很快她就明白了。魔魂之气顷刻之间便从初云的身体里逸出，如涌动的巨浪一般扑打着她。她享受地深吸一口气：“啊，终于闻到这天下间最好的食物的味道了！”

话音一落，堂前空地上，便多出了一道身影。

初云如鬼魅般从地窖里飘出，置身人群。她周身散发着黑气，猩红的眼睛，直勾勾地盯着婝婳。

下一瞬间，她人便已经在屋脊上，和婝婳只有半步之遥了。

就如猎豹雄狮相遇，两人正面相扑，第一招便是殊死。在场众人只觉得这青部山庄仿佛被狂风雷电席卷，几乎睁不开眼睛。但很快适应这奇特的环境以后，大家又开始了新一轮的恶战。

天凝依旧招招不放过唐烈峰，唐烈峰已经有居于下风之势。

芒鞋翁见状，急忙过来帮忙，他一来，姜游和金尚允也紧紧追至，这样一来，几个人便混战在一起。

而旎婳和初云则打斗得更为激烈，两人的身体之间正在形成一个巨大的黑色旋涡。有士兵不慎被敌人打飞，正好撞进那旋涡中央，刹那身体就被打散了。

就在这时，芒鞋翁突然发现天凝招数里的破绽，不失时机猛挫她一掌，天凝反击，却不想和芒鞋翁真气相撞，她的身体猛地向后飞起，贴上旋涡的边缘。她眼疾手快，赶紧将紫原剑插向地面，借力止住后跌。然而那旋涡里就像有一股无形的吸力，已经锁定了她，将她慢慢地往旋涡的中心拖去。

姜游大惊失色，急忙扑上去想拉住天凝，却惊动了旎婳。旎婳一甩袖，便将他推开数丈远。他撞上树干，滚落在地，口吐鲜血。旎婳阴恻恻地一笑，再运出两道真气，一道向着初云，一道则向着天凝。

天凝猛觉得握剑的右手一麻，力道卸去，拖着紫原剑一起，往旋涡的中心倒跌而去。

但仅仅是眨眼间，有人便拉住了她。

准确地说，是拉住了紫原剑。

她握着剑柄，唐烈峰则抓住了剑尖，手掌已经被剑锋割破，鲜血红了白刃，如涓涓的细流，落在地上。

他紧皱着眉头，强忍着痛，试图将她缓缓地拉回来。

唐烈峰此举，旎婳始料未及，她不禁分了神，正在想怎么阻止唐烈峰，却冷不防感到背后吃痛，仿佛有冰刀刺入，她扭头一看，原来是姜游以踏雪寒衣调的第九重攻击了她。她后悔自己分神大意，刹那真气便卸去了三成，几乎站不稳，开始步步后退。

唐烈峰顿时感觉到旋涡的吸力小了很多，他趁机更加用力地把天凝朝自己身前一拉，使她彻底离开了那旋涡边缘。

他知道他这个动作意味着什么。

天凝被他拉回，扑向他的同时，紫原剑也刺向他，他若要救她，是避不开这一剑的。

可是，他宁可不避。

他眼睁睁地看着她靠近自己，他忽然嘴角一抽，眉头一皱，胸口传来一阵剧痛。他低头一看，紫原剑身已经从他的胸膛穿入，从后背穿出，红血白刃。他再抬头看向她近在咫尺的脸，一汪剪水般的清澈里，映出他这一生最狼狈也最失意的模样。他颤声道："华天凝，我还是输了。"

——我总说想在战场上打败你，其实，我想打败的，是你的军队，你的君王，和你们所坐拥的这个第九荒。

我始终希望，他日无论你我谁为王，谁为寇，你都要活着。

你能活着，就是我这一生中最大的安慰。

这个想法总令我觉得，我不再是我，不再是那个曾经在战场上可以杀人如麻、冷血无情的将军。

可是，如果我不这样想，我还能怎样去面对我爱上你这件事情？

我爱上了你，欲进却不敢，欲退却不能。我真的不再是我了。

而且，除了打败你的军队，你的君王，和你们所坐拥的这个第九荒以外，我还能怎样呢？

难道我真的能打败你吗？

华天凝，就算我唐烈峰能赢得天下人，可我也知道，我根本赢不了你一人。

所以，我输了。

也许从我爱上你的那一天起，我就已经输了。而从我对你心软的那一天起，我就已经不配再受人一拜，听他们叫我一声唐将军了……

那一刻，唐烈峰感觉天旋地转，眼前所有事物都变成了模糊的光影，晃动交叠，最后被黑暗吞没。

他倒在地上。

他倒地的同时，旎婳受他拖累，能量大减，也被初云重创。她几乎抱着跟魔魂同归于尽的心态做出了最后的反击。她的最后一击，敌我不辨，在场所有人都被她的玄光所伤，包括初云在内。

初云一时也倒地不起，七窍流血，周身黑气几乎散尽。

慕容狄见状，急忙飞扑上前，又对她施以九曲梦回术，将她控制住。

芒鞋翁看旎婳和唐烈峰都奄奄一息，急忙一手架起一人，带他们撤退。其余的白渊族人纷纷殿后。

天凝全力追击，无奈自己体力早已透支，追到半山，终于支撑不住，险些连人带马滚下山坡。她只好把追穷寇的任务交给了部下和刚刚赶回来的孙谈，但最终，芒鞋翁还是把唐烈峰和旎婳带回了白渊军营。

旎婳重伤不醒，而唐烈峰则只有一息尚存了。

十天后，荒越军突然向白渊军发动了大规模的进攻，这也是两族开战以来，荒越军济河焚舟的一战。

领兵的是大将军华天凝。

很多士兵都见她仿佛变了一个人似的，面无慈悲，杀气盈身。

平时一剑杀几人，而这一战，她几乎每一剑都能杀十几人。

士兵们看她脸颊消瘦、嘴唇苍白，是一副病态，担心她在战场上撑不了多久，可是，当白渊族女皇哥舒意也亲披铠甲、骑马上阵的时候，她竟然还能用紫原剑引来雷电，给了对方一顿痛击。

要知道，衔雷引电，劈山断石，是需要把紫原剑气用到极致的，这必然会损耗天凝很多的内力。所以用剑多年，她很少用到这一招。但这次，她不但用了，而且连用三次，不仅差点儿就要了敌方大将都凛的小命，而且就连哥舒意也因此受了伤。哥舒意被迫临阵脱逃，逃回军营之后，便再没亲自上阵。

半个月后，白渊军开始节节败退，退到墨玉江边，最后，还弃掉了部分战船，才渡江逃回了东岸。

这一仗令白渊军元气大伤，鼓馁旗靡，暂时不敢再轻举妄动。随即，荒越族则开始重新布置江岸防线，严防死守，而且军队的士气也是彼竭我盈，越发高昂了。

此时，夏暑退去，秋意早已在不知不觉间爬满了树梢，逼得那些树叶也像败军之将一样，纷纷出逃，落了一地。墨玉江畔的景色愈加冷清了。不过，荒越族军营里倒还热闹。因为战事顺利，敌军溃败，所以士兵们高兴，便偷闲聚在一起，饮酒作乐一番，俨然是一场小型的庆功宴。

士兵们大碗喝酒，大口吃肉，大声谈笑，大家都为最近这场胜仗感到兴奋不已，也都盼着，可以早日结束战争，回家与父母亲朋团聚。有个瘦瘦小小的新兵一说到回家，眼眶都红了，半醉不醉地说想爹娘了，周围一帮粗犷的大老爷们见状，非但不安慰他，还齐声唱起了他的家乡小调，逗得他涕泗横流。

天凝正巧从营帐里出来，看见这一幕，微笑着轻轻摇了摇头，往军营后方走去。她本来在看兵书，但喝酒吃肉的士兵们太吵，她只想找个清静的地方待着。她走到一块四周无人的野地上坐下来，抬头望着天。

没多久，姜游也来了。

他和她并排坐下，没说话，也望着天空。

过了一会儿，她缓缓开口问："小师叔，你知道永生结界里面到底是什么样吗？"

"或许也跟我们这里一样，有蓝天白云、山川绿树、城镇村庄。"他故作轻松地笑笑，"说不定他现在也跟我们一样，闲极无事，正望着天空发呆呢。他可倒好，再也不受战事烦心，逍遥自在了。"

她轻声问："那他看到的天空和我们看到的天空，会是一样的吗？"

他认真地看着她，安慰道："会的！"

"我真想去找他啊……"天凝长叹一声，"可我若是真的在永生结界里找到他了，他肯定会不高兴的。"所以，她想，痛苦还是由她一人来承担好了。她还要守护他的江山，这是她对他的承诺，她不可以食言，令他即便在另一个世界也过得不安心。

她又说："前天有探子的消息，说芒鞋翁还是把唐烈峰的命给救回来了。"

"他还活着，就意味着媲嫡也还活着。"姜游也知道这个消息，倍感无奈，"这场仗以后还会更难打。"

"再难打也要打下去！"天凝想到唐烈峰，眼睛里又多了些恨意。

姜游云淡风轻地笑了笑："怎么打我都陪着你。"他想，就像你守护他的决心一样。

他又问："你是不是又好几天没睡觉了？"

天凝说："还是睡不着。"

这几个月，她常常连续很多天不睡觉，直到实在坚持不住，她才倒头睡上几个时辰。她告诉姜游她是睡不着，但其实她是不想睡。因为一睡着就会梦见厉朝欢被送入永生结界的那一幕，一遍一遍看着他在自己面前消失，即便是梦，但那种剜心之痛，却残酷真实，甚至令她感到害怕。

他其实知道她是在用清醒逃避痛苦，他也曾经半夜躲在她的营帐外面，听她从噩梦里惊醒，失声痛哭。

他很想进去安慰她，可是他更害怕，亲眼看见她哭，他自己也会崩溃。

他不想在她面前流露出软弱和痛苦，把两个人的悲伤叠加在一起，令彼此的悲伤加剧。

她失去的是挚爱，而他失去的是挚友，她的心被割碎、被碾压，他心里又何尝不是插着利刃，痛苦难当。

只不过，他越是痛苦，反而越刻意在她面前装作坚强而已。

他伸手说："我还是替你把个脉吧，开点儿药给你，缓一缓你这失眠。"

她淡淡道："不用了。"

他不等她同意，径自扣上她右手腕，作势把脉。她不防，忽然觉得身体一阵酥麻，两眼一闭，倒向他肩头。

原来他趁她不备，点了她的睡穴。

他把她打横抱起，觉得她很轻，很瘦，骨头几乎硌着他，他顿时心疼起来。他把她抱回营帐，放在床上，仔细地盖好被子，又看她连睡着了都皱着眉头，他忍不住轻轻地抚摸她的额头，温柔道："好好睡一觉吧，我就在这儿陪着你。"

"喀喀！"

这时候，门口忽然传来有人刻意清嗓子的声音。

姜游不用看也知道是谁，他起身走过去问："还有更厚的被子吗？现在天凉了，你再拿一床出来给她盖上吧，初云。"

初云走进来，小声笑道："有的，大叔，这就给你拿，不会冻着她的。"

跟魆魎一战，初云算是因祸得福。那日魆魎重挫了魔魂，魔魂已是强弩之末，它凭着一丝残念，在初云体内挣扎求生，姜游觉得这是初云最后的机会了，便把她带进慈航谷，由云观鹤和几位长老联手救她，合力逼走她体内的魔魂。最后，他们成功了，魔魂因为抵受不住众人不断为初云输入的玄天真气，不得不离开了初云的身体，而后化成了劫灰，蒸发于无形。

初云捡回一命，又能做回以前那个活泼纯真的白蚁精了。

她从箱子里取出一床棉被，给天凝盖好以后，小声对姜游说："大叔，你出来一下，我有正事和你说。"

姜游跟着初云走出营帐，走到一片空旷的地方。"何事？"

初云环顾四周，看见不远处有一个小土堆，她指了指："到那边说。"

姜游不知道这小妖葫芦里卖的什么药，但依然好脾气地跟着她。那小土堆大概只有一只凳子那么大，旁边有一些乱石。初云站到土堆上，跟姜游之间的身高差便缩小了一点儿："大叔，你知不知道大将军她想学越女心法啊？"说完，身体摇摇晃晃的，差点儿没站稳。

姜游奇怪地看了看她，问："她想学？她要你教她？"这件事情天凝还没有跟他提过。

"嗯！"

他们都知道，虽然魔魂已除，但是，由于它在初云体内寄生了较长一段时间，和初云意念相通，初云恢复以后，竟然发现她已经无师自通，掌握了越女心法。只是，施展起来，尚不熟练。

姜游考虑道："越女心法是虚家的先祖所创，以天地为依托，以正气为源头，是十荒里最接近仙家路数的武功心法，练习的话，有百利而无一害，她想学，你便教她吧，只是别操之过急。"

"哦。"初云其实猜到姜游会这么说，所以讨论这件事并不是这场谈话的重点。

姜游又道："现在军队正是用人之际，你自己也要勤加练习，否则，你也就成了纸上谈兵，不能实战，也是枉然。"

"知道啦，大叔。"初云笑笑。

姜游看初云一直摇摇晃晃的，站不稳，他忍不住又想端长辈的架子："为什么不站下来好好说话？"

初云身材娇小，姜游则健硕高大，她即便站在土堆上，还是比他矮了半个头。被他一问，她更加调皮地踮起脚："哦，你看我这样站高一点儿，你跟我说话是不是就不用过分低着头，没那么累了？"

"嗯？"

"还不是都怪你啊，大叔，我发现你最近都不怎么爱跟我说话，跟我说话的时候还不怎么看我，我这样子，尽量跟你——"她用手比画，"喏，视线平一点儿，你就能多看我两眼了呗。"

姜游眉头一皱："你这是什么道理？"

"歪理嘛。"初云吐吐舌头。

她又说："我知道，你跟大将军都很为城主伤心，可是，事情已经发生了，也无可挽回了呀。你自己以前怎么说的？哭着也是过，笑着也是过，如果敌人希望你哭着过，那你就偏要笑着过。这样的姜游去哪儿了？大将军她是明着伤心，可你呢，你就是表面平静，暗地里伤心。你不但要为城主伤心，还要为大将军痛心，你一个人得伤两份，我看着都难过。你别这样了好不好？”

这一番话，说得姜游百感交集。他正色道：“好了，我没事。”

初云古灵精怪，眼珠子骨碌一转：“哦，没事啊？没事那大叔就给小侄女笑一个呗！”说着，她踮起脚去捏姜游的脸，把他两边嘴角拉开翘起，做出笑的样子，“笑一个，笑一个嘛！”

姜游无奈，推开初云：“好了，你怎么越来越没规矩了？”他本来还想凶她，可是刚板起脸却又忍不住笑了。这个小妖，他还真是拿她没办法。

初云眯起眼睛：“嘻嘻，笑了吧？这就对了嘛！所谓笑一笑十年少，你多笑几次，以后就不是大叔，都能回娘胎里去了。”

“……”

“还有啊，既然我马上就要教大将军越女心法，那我就是她的老师了！我这么厉害，还用跟你讲规矩？”

初云嘀嘀咕咕，说个没完。换作以前，姜游多半头痛，溜之大吉了。但现在他却破天荒地觉得，有她聒聒噪噪，其实也挺好。总好过夜深人静，他一个人冷冷清清地待着，沉浸在难以释怀的痛苦之中。他索性走到路边的草丛里坐下。

初云看姜游竟然不嫌自己烦他，忙不迭地跟着坐到他身边，继续和他聊天。

此时月影沉江，微露轻洒，漫长难熬的夜，便在不知不觉间温柔地缩短着。

第二天，直到日正当午，天凝才睡醒。

因为知道姜游是好意，所以，她没有责怪他。她用过午饭以后便叫来了初云，开始勤学越女心法。

白渊族军营。

唐烈峰苏醒以后，这是他可以下地行走的第二天。

胸口的伤依然会有撕裂般的阵痛，痛到极致的时候，就仿佛紫原剑还插在那里，转动翻搅，让他咬牙切齿，大汗淋漓。

芒鞋翁说，他这是心病。

心里就像被那把剑剜开了一个洞，风吹会痛，日晒也会痛，淋雨会痛，经霜沐雪，也会痛。

他很清楚这心痛的根源是什么。

他甚至想，假如自己的心还跟那些死士一样，是用万年黑木雕成的，一切是不是就简单了？那就还是做个冷心无情的人，不会爱上自己的敌人，不会在连生死都看惯了以后，还天真到以为这世间能有双全之法。

他想到这里，嘴角勾起一丝自嘲的笑意。

他坐在椅子上，芒鞋翁站在他面前，正在给他换药。这时，他隐隐听到帐外传来很轻的哭声。

“是谁在哭？”他奇怪。

芒鞋翁慢慢地把调好的药膏涂在他胸前的伤口处，漫不经心道：“你还不知道，这几天你们那女皇陛下因为打了败仗，脾气可坏了，动不动就拿士兵出气。饭菜不好吃要骂，说话声太大，嫌吵也要骂。更别说在训练场上犯点儿小过失的那种了，直接吃板子。哭的不就是那些小可怜虫咯？”

唐烈峰皱眉不言。

芒鞋翁暗暗地扫了唐烈峰一眼，看他是深信不疑的表情，他故意岔开话题，道：“小木头，你就安心养伤，别理这些小事了。你换胃的事，女皇现在还不知情，还有青部山庄发生的事，我和婉婳把该说的说了，不该说的，我们都替你瞒下来了。”

唐烈峰问："何谓不该说的？"其实他大概能猜到，只是想确认一下。

芒鞋翁苦笑着说："不该说的，不就是跟那个人有关的咯？"他们对哥舒意交代，说旎婳和唐烈峰是技不如人，被魔魂打伤。而至于当时在场亲眼看到唐烈峰在关键时刻出手救华天凝的那些人，也都被芒鞋翁打点过，封了口。

芒鞋翁又问："小木头，你后悔吗？"

唐烈峰道："已经发生的事情，也许会有一瞬间觉得可惜、无奈，但我从不后悔。后悔是一个人最没用的情绪。"

涂好药，芒鞋翁开始用白布条给唐烈峰包扎伤口："那你有没有想过抽身而退呢？"

"抽身而退？"唐烈峰的眼前不禁浮现出天凝的身影，他失笑摇头，"恐怕已经太迟了。"

芒鞋翁道："我不是叫你从这段感情里抽身而退，我是叫你从这场战争里抽身而退。"

他又道："自古情义难两全，尤其是像你这样的，你的身份、你的重担，你自问，还能管得住你自己的心吗？若是管不住，你再到战场去，结果还不是跟在山庄一样，你永远会输给她。"

唐烈峰深吸一口气道："我是不是已经没有资格再上战场了？"

芒鞋翁心疼道："我不是这个意思！小木头，我是说你以后可以像我这样，索性不问世事，做只闲云野鹤。"

唐烈峰失笑："闲云野鹤？我可以吗？"

芒鞋翁急忙道："怎么不可以？只要你开口，我跟旎婳马上就带你离开这个鬼地方。管他什么两族纷争呢，我老人家就是不想看你情义两难全，夹在中间，到头来受折磨的还不是你自己？"

唐烈峰心乱，暂时不想和芒鞋翁讨论这个话题，便顾左右而言他："你老说你和媸媸，说得好像你们已经连成一气了。"

的确如此，当时大家从青部山庄一路且战且退，唐烈峰陷入昏迷，是芒鞋翁和媸媸合力抵挡追兵，杀出了一条血路。回到军营后，芒鞋翁要照顾唐烈峰，媸媸也经常在他的营帐出出入入，两个人一碰上就爱斗嘴，斗着斗着，感情倒增进了不少。

"其实吧，你昏迷这段时间，我发现媸媸那丫头虽然脾气臭了点，还有点儿罔顾他人的性命，但她也没你想的那么坏。"他顽皮一笑，"嘿嘿，而且她炖的蛇羹真是比我走遍十荒吃到的都要好！"

"所以你也知道她视人命如草芥？"唐烈峰无奈。

"她视人命如草芥，你那女皇又比她好到哪儿去？"芒鞋翁反驳。

唐烈峰面色一冷："不可胡言。"

芒鞋翁小声说："媸媸本来就是妖嘛，而且是妖怪里面天生邪气旺盛的那种，这也是本性使然不是？至少她肯听我劝，我叫她隐瞒山庄的事，她不也瞒了吗？她其实就是小女孩心性，还得靠人教，而且得好言相教，因为她啊，吃软不吃硬。"

说话间，伤口已经包扎好了，唐烈峰站起身穿衣："看来你已经很了解她了，那以后就你教她吧。"

"好啊，我要是教她，以后蛇羹也是我一个人吃，我不分给你……"芒鞋翁嘀咕着整理药箱。

唐烈峰在床上躺了太久，想活动活动筋骨，便打起门帘，缓缓地走了出去。

外面的士兵见唐烈峰伤势恢复得不错，可以出来走动了，都挺为他高兴，恭敬地向他问好。

唐烈峰想去个人少的地方待着，见营地后方有一处溪涧，他便向溪涧的低处走去。刚走了不远，耳畔就传来士兵们的说话声，他循声而去，看见有十来名士兵坐在溪边的草丛里，正以曲水流觞做消遣。

那草丛里被挖出了一条弯弯曲曲的水道，头尾都连着一旁的溪水。头部，溪水被分流灌入水道，蜿蜒几转，到尾部又融回溪中去。水面上，缓缓地漂浮着一只羽杯，杯中还装了酒。

唐烈峰因为内功深厚，无须靠得太近就能听清楚士兵们说话，所以士兵们暂时还没发现他来了。只听其中一人道："你们听说了吗？兵部的左大人又送奏疏来了，还是想说服女皇停战。这都是第二次了！"

另一名士兵说："我当然知道了，奏疏还是我送到女皇面前的，当时女皇生气的样子啊，啧啧，有点儿吓人！"

他们说的奏疏大概是六天前送来的，当时唐烈峰还昏迷着，军中事务他现在还没来得及过问，这件事情他并不知情。

先前那人又说道："那你又晓不晓得，左大人的侄子上个月在白渊城犯了点儿事，本来只是件小事，结果却被空相大国师借题发挥，给砍了脑袋？"

"是吗？这就真不知道了。"大家面面相觑。

那人解释道："空相大国师可是咱女皇的心腹，比大将军还得女皇欢心呢。我听说朝廷上下就数他最支持女皇打这场仗。现在左大人却拉着那几个主和派的大臣，处处跟大国师唱反调，你说大国师能不生气吗？他动不了左大人，不就只得拿左大人的侄子出气，给左大人一个下马威嘛！"

有一个看起来年纪很小的士兵插嘴道："哎，你们说，那左大人能斗得过女皇跟大国师吗？"

旁边的士兵拍他后脑勺，大笑道：“你是笨蛋啊？左大人怎么跟女皇斗？”

年纪小的士兵委屈地揉着后脑勺，道：“可是我还挺希望左大人能赢的，这仗别再打了。”

他旁边的士兵继续笑话他：“你就这点儿出息啊？老子就想上战场，把荒越族那些狗崽子全都杀光！”

年纪小的士兵哭丧着脸道：“现在就连唐将军和姽婳都差点儿死在华天凝手上，你们不怕吗？我就怕我那家乡的老娘白发人送黑发人，唉！”

提到家乡的亲人，有个士兵不禁也动容了：“是啊！反正这仗到底打还是不打，那些大人都是动动嘴皮子，最后要拿命去拼的也不是他们。都出来这么久了，我也想我家乡的娘子了。我走的时候她还有身孕，现在孩子都能走路了，我却连是男是女都不知道，也不知道这辈子还能不能见他们娘俩一面！”

还是那个年纪小的士兵搭话道：“其实我也不是那么恨荒越族人的，只是我爹叫我来打仗，说我们白渊族的男儿生来就要杀尽荒越狗，可是我们难道这辈子就这样打打杀杀下去吗？你想见你的妻儿，我想见我的爹娘，不求富贵，但求安稳，为什么一定要争这第九荒的主权呢？”

此话一出，士兵们有赞同的，也有反对的，立刻各抒己见，争论不休。

这时候，有人眼尖，看到了树后唐烈峰的身影，“噌”地站起来，大喊道：“唐将军！”

众人闻言，赶紧心慌闭嘴。

唐烈峰从树后走出来，只当自己没有听见他们刚才的争论，盯着地上的水道问：“你们在做什么？”

那个年纪小的士兵怕唐烈峰追究他刚才说了大不敬的话，赶紧蒙混道：“呃，我们没做什么！唐将军，我们就是在玩曲水流觞呢。”

另一个络腮胡的士兵也接着说：“对对，这是媲婳姑娘教我们用来消遣的！”

“媲婳？”

络腮胡士兵道：“媲婳姑娘说，用酸甜苦辣咸五味掺入酒中装杯，杯子随水漂流，停在谁面前，谁就得选择，是喝下这怪味酒还是回答在场某个人的提问，而且必须诚实作答。她说这样可以增进大家之间的感情，我们行军在外，若能以此交到几个真心的朋友，也没那么孤独。”

其他士兵也都跟着把话题往曲水流觞上扯：“对对，这曲水也是媲婳姑娘用法术给我们开的，羽杯也是她做的。她有时还跟我们一起玩，说……说是在飞花镇学的……”

飞花镇？怕是飞花楼吧？唐烈峰很是无奈。他想了想，道：“消遣归消遣，但不可以沉迷，忘了自己的职责身份。”

“是！唐将军。”众人齐声答应。

唐烈峰缓步离开，边走边听身后有人嘀咕：“喂，我们刚才说的那些话，他都听到了吗？”

“听到了又怎么样？还能砍我们脑袋不成？我可是有言论自由的。”

“我都说了，叫你们好好玩曲水流觞就行了，聊什么国家大事嘛！”

“哎呀！你们别瞎想了，唐将军为人是不好亲近，可他行事还是挺磊落的，从来不在背后捅人刀子，他要是追究，刚才就直接骂咱们了。”

“那倒也是！你们看他都能下床走动了，伤可能快好了吧？是不是他伤一好，咱们又得打仗了？”

……

唐烈峰听着这些议论，脚步越走越慢，最后，他索性转身又回到了曲水流觞处。

大家见他折回，心又慌起来。唐烈峰却出乎他们的意料，轻声问道：“不介意我和你们一起玩吧？”

众人面面相觑，有点儿傻眼。

那个络腮胡士兵最先反应过来，热情道：“不介意不介意，唐将军，请到这边来坐。”

其他人等唐烈峰入了座，才敢诚惶诚恐地坐下，开始玩起了曲水流觞。

初时还有点儿拘谨，但见唐烈峰和颜悦色，很是放松，大家也跟着放轻松了。

唐烈峰看着羽杯随水而漂，他的思绪也随水而漂，漂回了在飞花镇的那个深夜。他想起天凝建议他不要封闭自己，与人交流才可以排遣内心的孤独，于是，他现在很想照着她说的去做。

以前他从不在意自己到底是怎样的一个人，可是现在，他却很想试着做她说的那样一个人。

也许她从来不曾想过，自己的只言片语，于这世间的某个人而言，却有着攻城略地、移山填海的影响。就如她从来不曾知道，多少次午夜梦回，她都是他在梦境之中的心驰神往，也是他在梦醒之后的黯然神伤。

羽杯一次也没有停在唐烈峰面前，所以他全程都安静地坐着。士兵们也没敢再谈论什么战和问题了，说的都是一些家常话。不过，唐烈峰看得出来，这些人或多或少都有思乡或者畏敌的情绪，战斗的意志已经大不如前了。

活动结束后，士兵们都恭送唐将军先行离开。等他走了，他们又交头接耳了一会儿才散去。

有人说，唐将军这次死里逃生之后，感觉跟以前有点儿不一样了，少了点儿冷漠孤傲，多了几分温和。大家也都对此喜闻乐见，毕竟在白渊军中的四位大将里面，跟都凛、成弗和呼延汀相比，唐烈峰虽然品阶最低，但最能服众。他如果变得更好相处了，士兵们当然求之不得。

唐烈峰离开众人以后，没有立刻回营地，他独自沿溪走了一段。

走着走着，他发现小溪中漂来一只羽杯。任由溪水湍急冲撞，羽杯也保持着缓慢的流速，跟他的步调一致。他知道，是有人用法术控制了这只羽杯。目前军营里会法术的就只有婋婳了。

果不其然，婋婳从溪边一棵歪脖树上轻巧地跳下来，笑嘻嘻地走到唐烈峰面前："怎么样？杯子停在你面前了，你是喝掉里面的酒呢，还是回答我一个问题呢？"

唐烈峰想了想，便弯腰去端水里的羽杯。可是手还没碰到杯沿，一个浪花涌过来，羽杯就被打翻了，朝下游漂去。

"哎呀，这可是意外，真不是我做的手脚！"婋婳举手做投降状，"嘻嘻，看来你注定要回答我的问题了。"

唐烈峰淡淡地扫了她一眼。

她背着手凑到他面前："唐烈峰，我就想问问你，你是不是爱上华天凝了？"

唐烈峰面色一冷，婋婳问的是他最不想回答的一个问题。

婋婳又道："如果你没有爱上她，在青部山庄，为何要连自己的命都不要去救她？要不是因为你，我也不会输给魔魂！我可被你连累惨了，你也该给我个交代吧？”

“那你知道什么是爱吗？”唐烈峰反问。

婝嫿立刻说：“我当然知道了！就算我是妖，但我还是白鸦婝嫿的时候，也尽览这七海十荒，人世间的爱恨情仇，我哪样没见过？你也太小看我了吧！”说到这里，她噘着嘴，一脸的不服气。唐烈峰不禁想起芒鞋翁说她是小孩儿的心性，她这会儿倒真有点儿像个生气的小孩子了。他取笑她道：“只有小孩儿才会急于伪装成熟。”意思是只有不懂爱的人才会急于澄清自己懂爱。

婝嫿也不遑多让，道：“哼，只有心虚不敢正面回答问题的人，才会顾左右而言他。”

唐烈峰想了想，正色道：“谢谢你。”

婝嫿高兴：“谢我？哦……你是想谢我……有些不该说的话，我没说吧？所以你今天难得以这么好的态度跟我讲话，是因为你不敢得罪我？”她眨眨眼睛，攀上他肩膀，“那你以后都得这样跟我说话了吗？哎呀……岂不是太委屈你了？”

唐烈峰盯着她搭在自己肩上的手：“本来是可以好好跟你说话的……”

婝嫿做了个鬼脸，站直道：“嘁，这世间的男人，就数你最无趣。我要是华天凝啊，我才不稀罕你呢。”

她又道：“还有啊，我丑话可说在前头，如果你下次再对她心慈手软，连累到我，我一定杀了你！”

说完，她眯眼一笑，转身离开。刚才她坐过的那棵歪脖树此时被风轻轻一吹，枝叶抖动，抖落了躲在里面的一群绿翅飞萤。霎时，幽光点点在树与溪水之间盘旋，看起来十分漂亮。

只不过，唐烈峰并没有注意到，在那群绿翅飞萤里，还暗暗地藏了一只绿头苍蝇。

那苍蝇很快就飞到了哥舒意的营帐中，把唐烈峰与婉婳交谈的内容都告诉了哥舒意。

哥舒意略作盘算，吩咐帐外站岗的士兵：“去找大将军来见我！”

黄昏时分，都凛便从训练场赶回来了。

都凛去见哥舒意时，唐烈峰也正气冲冲地回到自己的营帐。芒鞋翁刚吃完饭，正摸着肚子躺在榻上，嘴里还哼着小曲。

“你起来！”唐烈峰不客气地说。

“怎么了？小木头，谁惹你生气啦？”芒鞋翁一骨碌坐起，隐约觉得来者不善。

唐烈峰质问：“今天白天在我帐外哭的，真的是犯错受罚的士兵？”

“呃？”芒鞋翁装糊涂，“难道不是吗？”

唐烈峰怒声道：“是你向女皇进言，要婉婳以死士体内的黑木灵气疗伤的！”

芒鞋翁一听，当即哑口无言。

原来，刚才唐烈峰从溪涧回来，又看见有士兵坐在草垛上哭，他过去询问才知道，他重伤昏迷这段时间，婉婳之所以复原得那么快，是因为哥舒意每天都会安排一名死士，与婉婳建立主仆关系，这样婉婳就可以吸取对方体内的黑木灵气，用以疗伤和增强功力。但为了确保这名死士不会成为自己的负累，婉婳当天就会杀死他。

哭泣的士兵的兄长就是一名死士，满以为哥哥就算死也要死在沙场上，保住自己身为一名战士的尊严，可是现在，他却被一只妖孽杀死，士兵为哥哥的死感到十分悲恸愤怒，却敢怒不敢言，只好整天以泪洗面。

唐烈峰质问芒鞋翁道："你明知媿婳视人命如草芥，你怎么也跟她一样？"

芒鞋翁觉得唐烈峰不理解自己的一番苦心，生气地反驳道："我能怎么做啊？她当时伤得那么重，万一要是死了，你就得给她陪葬了！而且你自己也半死不活，我难道还能叫她来吸取你体内的黑木灵气哦？我就只能给女皇出这个主意了嘛！幸亏她没追究我是怎么知道这个方法的，她为了保住媿婳，日后用她对付荒越军，立刻就答应了。你怎么不想想，我们救了媿婳，其实也是变相地救了很多你自己的士兵，这不就是所谓的……牺牲小我，成全大我吗？"

"荒谬！"

"我荒谬？小木头，我知道这事儿瞒不住你，你早晚会知道。不过你也应该知道，我来这军营的第一天就说过，你们两族之间，再怎么打得鸡飞狗跳，我根本不在乎，我只是来帮你的。你要是不出声，连玉皇大帝都喊不动我！你要是有危险，就算让你陷入危险的是玉皇大帝，我一糟老头，也是遇神杀神，遇佛杀佛，玉皇大帝敢来，我就敢掀了他的天灵盖儿！"

唐烈峰又何尝不知道，芒鞋翁一直把自己当成半个儿子看待，对自己处处维护。而自己心中，也早已抛开了最初的生疏芥蒂，视他如父兄般关怀敬重。可是眼下，偏偏正是因为芒鞋翁对自己的这份关爱，导致了他用无辜死士的性命来换取自己的平安。或许，自己之所以这样生气，反而不是气芒鞋翁，也不是气媿婳，而是气他自己吧？他一时哑口无言，只是闷头坐着。

芒鞋翁见状，叹气道："行了，我要说的都说完了，你好好想想吧。我出去找人陪我喝酒了……"

芒鞋翁离开后，一夜未归。

第二天一早，有士兵来通报，说战船出现问题，大将军吩咐，事情由唐将军处理。唐烈峰便去了江畔巡视。

从江边回来，已经是酉时了，芒鞋翁还是不见人影。唐烈峰心想，他肯定还在生他的气吧，于是他只好自己给自己换药。

刚换好药，媲婳便慌慌张张地冲了进来。“唐烈峰，不好了！芒鞋翁出事了！”

什么？

唐烈峰一惊，“噌”地站起身，险些扯裂伤口。“他怎么了？”

媲婳道：“哥舒意叫我来告诉你，她给芒鞋翁喂了毒，还把他关起来了，以后你要是敢对白渊族有什么忤逆的心思，她就杀了芒鞋翁！”

唐烈峰翻心一想，快步走出营帐。

媲婳也赶紧跟在后面，和他一起，未经通传便闯进了主帅营。

哥舒意正在和都凛下棋，刚落下一颗白子，她淡淡地扫了唐烈峰一眼：“媲婳都跟你说清楚了？”

唐烈峰一字一顿地问：“为什么？”

哥舒意盯着棋盘，柔声道：“因为我器重唐将军，不想失去一员猛将。”

唐烈峰目露凶光：“这就是女皇器重我的方式？”

哥舒意冷笑：“哎，你说你心里装着谁不好，怎么偏偏就是华天凝呢？你现在还敢说，你对我军没有异心？你跟媲婳在溪涧里说了什么，我可都知道了。”

媲婳一听，原来是自己说漏了嘴，抱歉地对唐烈峰笑了笑。

唐烈峰铿锵道：“我绝不会背叛自己的族人！”

哥舒意一边下棋一边说：“既然不会，那芒鞋翁在我这儿，又有什么关系呢？”

“你把他关在哪儿？”

“一个就连婉婳都找不到的地方。”

“他中了什么毒？”

“一种只有我才有解药的毒。”

“你……”

“唐将军——”都凛打断道，“你现在都敢用这样的态度跟女皇说话了，那就说明，女皇的决定是正确的。”

婉婳一向讨厌都凛，她觉得自己平时都已经够自大了，可这个都凛，比她还自大，而且每次一见到唐烈峰，说话就阴阳怪气的，招人烦。她忍不住讽刺他道：“你主子说话呢，你一个奴才，拍什么马屁？”

都凛气得拍桌：“你这妖女，敢这么跟本大将军说话？”

婉婳眯眼一笑：“你信不信我这妖女用一根手指头就要了你的小贱命？”

都凛狠声道：“那你们也别想再见到活着的芒鞋翁！”

“好了！”哥舒意喝止都凛，“婉婳姑娘是来帮我们的，不可对她不敬！”她又对唐烈峰笑里藏刀说：“只要你以后安安心心，尽忠职守，为我扭转眼前这败局，我就会把芒鞋翁还给你。这段时间我是不会为难他的，我令他好吃好住，其实比在军营里强多了。”

唐烈峰知道多说无益，便没有行礼，拂袖而去。

回到自己的营帐，婉婳追进来问：“喂，唐烈峰，你打算怎么办？”

唐烈峰郑重地看着婉婳：“你能帮我一个忙吗？”

婉婳噘嘴：“你是想叫我帮你找芒鞋翁吧？”

唐烈峰默认。

媿婳翻白眼道："我是白鸦，不是白蚁，你以为我跟对面军营里那个小蠢货一样，能凭气息寻人吗？"

"至少尽你所能。"

"嗯，那我试试吧……"其实媿婳初听哥舒意说挟持了芒鞋翁的时候，第一反应就是着急，不过，到了唐烈峰面前，她却故意表现得一点儿都不在意。她耸肩道："怎么说我做了人以后，那老头也是第一个懂得欣赏我做的食物的人，我也不想他有事。"

"谢谢！"

"唉……"媿婳夸张地叹了一口气，"唐烈峰，你自从当了我的主人以后，这还是第一次正式要求我做一件事情吧？可是我看你这人，整天一副无欲无求的样子，恐怕我就算帮你把人找到了，你也兴奋不起来吧？"她愁眉苦脸做打量盘算状，"我到底能从你身上得到多少喜悦之情啊？怎么感觉我是做了一桩赔本买卖呢？"

唐烈峰不理媿婳的唠叨，继续说："我还有一件事要你做。"

媿婳不乐意地问："什么？"

唐烈峰道："你的伤已经好了，你现在利用那些死士，只不过是为了增加你的修为而已，我要你停止接受他们的召唤。"

"唐烈峰！"媿婳的脾气果然跟小孩子一样，说翻脸就翻脸，"你真当姑奶奶我是开善堂的？他们都叫我妖女你没听见吗？妖女会跟他们讲恻隐？我现在是你们女皇的贵宾，我要增强修为，也是为了帮你们对付敌人，区区几个死士的命算什么？你堂堂一个将军，还这么妇人之仁！"

媿婳正骂得激烈，忽然见唐烈峰上前两步，一把抓住她的手腕，将她往自己的怀里一抱。

她猝不及防，一头撞上他结实的胸膛。

突然嫓嫿"啊"了一声，被唐烈峰一把推开，差点儿摔倒。

"唐烈峰，你干什么呀？"她气得跺脚。

此时唐烈峰的手里竟然拿着一支竹钗，是从嫓嫿的发髻上摘下来的。嫓嫿摸了摸头："我的？"

她平时要戴也是指着金的银的戴，从来不戴这种朴素的首饰。

刚才唐烈峰是发现嫓嫿的头顶忽然有一物发光，以为是哥舒意又派了绿头苍蝇来监听他们，他想眼疾手快抓住那邪物，但近了才看清楚，发光的是一支竹钗。

"哪来的？"

"我不知道啊！"

此时，竹钗的光芒已经消失了，嫓嫿又仔细地看了看："咦，这是传音竹嘛！"

"传音竹？"

"喊，你们这些凡夫俗子当然不知道了。"嫓嫿把竹钗拿过来，"看来……那老头走南闯北这些年，还是收了点儿法宝的。"说着，她指尖在钗头一绕，施了法术，竹钗再一次放出绿光。

须臾，竹钗里便传出芒鞋翁的声音："小木头，是你吗？"

千山暮雪

QIAN SHAN MUXUE

第三卷

若还能在飞雪的日子见到她，霜雪满头，宛如白首，或许就已经是他们之间最好的结局了吧？

·第九章·
无凭语

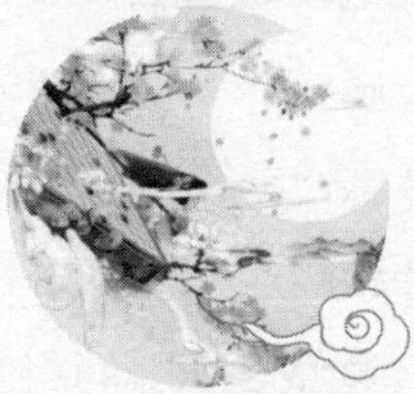

且说芒鞋翁因为和唐烈峰吵了一架，心情不好，找了几名士兵陪他喝酒。喝醉了便倒在草垛上，一觉睡到了天亮。

天亮时，唐烈峰被都凛以巡防为名，调去了江边，芒鞋翁则被召入了主帅营。

哥舒意因为知道了唐烈峰在青部山庄的所作所为，对他失去了信任，但此刻白渊军正是用人之际，唐烈峰又是不可多得的人才，再加上他和媲婳之间生死一线的关系，哥舒意心里很清楚，自己怎么都不可能在这个时候弃用他。为了确保他还能继续忠于自己，她便打起了芒鞋翁的主意。

哥舒意美其名曰，想跟芒鞋翁询问唐烈峰的伤势，但芒鞋翁一进主帅营，她便乘其不备，点了他的穴道，强行把一颗毒药喂给了他。

那外表平平无奇的一粒银色药丸，因为浑圆而光洁，宛如天上的满月，故而制毒的人给它取名叫夜蟾宫。

世间有五种最厉害的邪毒，天凝和唐烈峰曾经中过的花朝映雪是其中之一，而这夜蟾宫，也是五毒之一。

中毒的人，手筋脚筋会先慢慢地腐烂在皮肉之下，逐渐失去行动能力。渐渐地，腐烂处的皮肉也会爆裂，手脚断落，人遭受极大的痛苦，并且毒还会向心脉转移，这人离死也就不远了。

天下五毒之一，哥舒意一直握有夜蟾宫，宫中很多人都知道。

哥舒意满以为，只要芒鞋翁吃下夜蟾宫，她就能控制住唐烈峰了，可是没想到，芒鞋翁竟然能在瞬间将穴位转移，他其实并没有被点穴，他一个挺身，敏捷地跳到了帐内的虎皮榻上，运功把那颗夜蟾宫从嘴里吐了出来。

“啧啧啧，你们那个女皇，可真是阴毒啊！要不是我老人家机智，还真得哭着求她拿解药了！我真想吐她一脸口水！”此刻，营帐内，芒鞋翁的声音从传音竹里面传出来，声音很轻，只有离传音竹很近的唐烈峰和嫣婳才可以听到。

芒鞋翁解释着事情的来龙去脉，唐烈峰焦急地问他：“那你现在在哪儿？”

芒鞋翁此时正骑着马，马儿慢悠悠地走在墨玉江边。“你听我把话说完嘛……那哥舒意武功还真厉害，我跟她打，勉强打个平手。她看喂毒不成，就想强行把我绑了。还好我机智，跟她做了个协定，把她给蒙住了。”

嫣婳忙问：“什么协定？”

“我说，只要她放我离开军营，我保证，在你们没有扭转败局之前，我都不会在你面前出现。只要我不出现，话就由得她说。她可以骗你说我中毒了也好，被关起来也好，你照样会就范呀，嘿嘿！”

婉婳瞪着竹钗："那你现在什么事都没有嘛！害我们担心！"

"嘿，你担不担心我是不知道啦，我只知道，那家伙肯定担心我了。"芒鞋翁得意地摇头晃脑。

"那家伙"想着自己昨天吵架时凶巴巴的态度，不禁有点儿羞愧，所以这时连说话也变温柔了："你真没事？"

"没事，好着呢！……哥舒意她要是不放我，再打下去，我就冲出去找你，还不给搞个鸡飞狗跳？再说了，她这次不成功，下次还想暗算我老人家，那可就更难了。她这不没办法，只好妥协了嘛。"

他又说："哎呀，你们这算来算去、阴谋诡计的，我还真搞不定！我要是继续留在军营里，感觉自己头上跟悬了把铡刀似的，指不定那坏女人哪天又暗算我了。我惹不起她，可我躲不起吗？"

婉婳想了想，又问："你什么时候把传音竹插在我头上的？你有这本事，连我都没有察觉到，还用怕哥舒意？"

芒鞋翁说："小丫头，不是我有本事，是你大意。我走的时候，看你着急忙慌的，捂着肚子，是要去茅厕吧？"

婉婳生平还是第一次感受到什么是尴尬："喂，老头，好歹我也是个姑娘！"

芒鞋翁反驳："你不是只鸟吗？……反正我就是趁你满脑子都想着茅坑的时候，把传音竹偷偷给你插上的。一般人还不见得知道这是什么玩意儿，知道了，没法术也不懂使用，找你就对了。"

婉婳撇了撇嘴。

传音竹是一些山野精怪之间惯用的传声工具，和芒鞋翁通话期间，婉婳需要一直用法术罩着这支竹钗。

唐烈峰又对着竹钗问道："那你要去哪儿？"

芒鞋翁道："总之离开第九荒吧，别让哥舒意找到我，保住我的小命就行。也免得给你这小木头添麻烦，成为你的累赘呀。”

唐烈峰明白芒鞋翁的苦心，眉头一皱，道：“连累你了！”

这时，芒鞋翁停了马，嬉笑的表情也变得严肃起来：“小木头啊，其实昨天吵完架，喝两口酒我就不生气了。我知道你就是刀子嘴豆腐心，骂完我，你不也转身就消气了吗？我真要是有什么事，你还是会顾着我的。我就是知道你会顾着我，所以，我才决定离开你。我走了之后，这仗你想打也好，不想打也好，你反了那恶毒的女皇都好，全凭你自己高兴。我芒鞋翁这一生最看重自由，所以我也希望，你能跟我一样，自由地去做你心中想做的事情。虽说男儿志在四方，不过，我这竹杖一根，芒鞋一双，走遍这七海十荒，用眼睛看的，用双脚量的，不也是天下吗？所以这世间万事，其实全在人的一念之间，你要是真觉得难受了，那退一步，也能海阔天空啊！”

唐烈峰听了芒鞋翁这一番话，心中涌起万般滋味，不过他还是习惯性地不动声色，平静地说：“我知道了。”

传音竹的另一头，芒鞋翁的眼中有黯然之意一闪而过。他庆幸唐烈峰和媕婳此刻看不到他脸上的愁容，他悄悄地叹了一口气，然后便挥动马鞭，骑马快跑起来。

他又朗声道：“好啦！我老人家这点儿皮毛法术，跟媕婳可比不得，再聊下去我都要头晕了。小木头，你以后要是想我了，就用这传音竹给我带两句话就行。等我玩够了，我就回来找你。你可别忘了，你还答应过我，要管我以后的生养死葬哎！……”

听芒鞋翁的声音渐渐飘远，媕婳便收起了法术。

唐烈峰把竹钗小心翼翼地揣进怀里，准备贴身携带。

媕婳试探着问道：“姓唐的，我问你，这场仗你到底还想不想打了？”

唐烈峰看了旎婳一眼，他虽然满腹心事，可还是不想跟她倾诉，便只是淡淡地说了一句："既然现在女皇对我已经有了信任危机，那我们以后凡事都得更加小心，你平日的言行尤其要谨慎。"

旎婳问："那就是还要打咯？"

是啊！唐烈峰在心中轻叹道，是还要打，也不得不打。他这两天已经把芒鞋翁的那番劝慰思来想去，即便哥舒意不用芒鞋翁来威胁他，他还是决定，要继续挑着这一军之将的重担。他道："白渊族没有放弃我，我便不会放弃白渊族。我已经做错过一次了，下一次我不能再错了。"

旎婳似信非信，戏谑道："先听着吧！"

她又一笑："哼，我看不是白渊族没有放弃你，是你那女皇不肯放过你呢！"

唐烈峰再次提醒道："谨言慎行！"

旎婳翻了个白眼："知道了，唐将军！"

这一年，墨玉江畔的雨季变长了。往年九月就逐渐消退的绵绵阴雨，在今年十月依然笼罩着两岸。

雨季期间，白渊军和荒越军各自都在养精蓄锐，为即将到来的大战做准备。哥舒意更是剑走偏锋，开始大肆地招揽邪道的妖魔。虽然以前她也招揽过一些妖邪助阵，但都不像这次这样大张旗鼓。消息一发出，不少的山精水怪、地鬼天兽，但凡是觉得能趁机捞到好处的，纷纷前来参战。甚至有两位地狱道的罗刹，也被哥舒意恭敬地请上来了。

罗刹的法术远超那些山精水怪，就连旎婳也要忌惮他们三分。

同时，白渊城里依旧有奏疏送过来，还是以那位左大人为代表的主和派再三劝谏，说近来民间也开始出现反对之声了，不少百姓也希望女皇不要本末倒置，一味地沉迷于战争和武力，尤其希望她不要与外族邪魔为伍，越陷越深，既损人也不利己。

但是，这些反对的声音对哥舒意而言，都不过是耳边蚊响虫鸣，除了令她心烦生气以外，丝毫也改变不了她箭已上弦，仍一意开弓的决心。接下来的这场仗她是非打不可的。

而荒越族那边，因为得知哥舒意招揽了很多的邪道妖魔，为怕彼此实力悬殊，他们也想方设法，广纳人才，尤其是向第四荒的半神后裔姜陵族人请求援助。未几，姜陵族中便应援来了一位仙姑和三位伏魔将。

这个消息一传到白渊军中，士兵们便议论道，再这样下去，真的就要变成神仙打仗凡人遭殃了，到头来最受苦的还是他们这些普通的士兵。好些人本来在战争之初心怀壮志，盼着杀敌立功，衣锦还乡，可是现在，对于前途和生死，他们感到越来越迷惘，甚至充满无力和恐惧感。

整个白渊族军营都被一股浓烈的低沉的气息笼罩着，士兵们的负面情绪也空前高涨。

而负面情绪也带动着人的思乡情绪，有一段时间，天一黑，便会有人开始哼唱自己的家乡小调。

那些熟悉的乡音唤起了人内心深处的柔软，有的人一听到乡音就会忍不住长吁短叹。

哥舒意原本对此睁只眼闭只眼，但后来又觉得这样太容易软化人心，消磨斗志，便下令禁止。禁令一下，有人面服心不服，虽然不唱乡音了，但暗地里却又开始议论女皇的专制残忍，不近人情。

有一天，唐烈峰从训练场回来，看见几名士兵窝在草垛里偷懒，一边议论军队里最近的情况，一边还忍不住表达对女皇的不满。

这个时候，恰好哥舒意和都凛也从另一个方向过来了，唐烈峰怕士兵们的议论被哥舒意听到，正想打断他们，却突然看见媿嫗从草垛后面跳了出来，一巴掌打在其中一个士兵的脸上："我们这些妖怪怎么了？是你们女皇请我们来的！整天说三道四，你们说不烦，我都听烦了，滚！"

士兵们吓得脸色苍白，翻身从草垛上跳下来，低着头跑开了。

媿嫗见他们离开，满意地拍了拍手，转身迎着哥舒意和都凛的来向，皮笑肉不笑道："女皇大人，晚上好啊！"

哥舒意看了媿嫗一眼，又看看一旁静立的唐烈峰，没说什么，带着都凛继续往前走去。

见他们走远，唐烈峰走向媿嫗，眼中露出些许赞赏之意。

媿嫗骄傲地仰起头："你为什么用这种眼光看我？"

直觉告诉唐烈峰，刚才媿嫗并不是真想教训那几名士兵，她也是怕哥舒意听到他们的非议，会责罚他们，所以才出言打断。他想起前段时间，虽然媿嫗嘴上不答应停止吸取死士体内的黑木灵气，但是，芒鞋翁走后，她向哥舒意索要新主人的频率还是降低了，前几天她甚至拒绝了死士的召唤，还告诉哥舒意，她已经饱食黑木灵气，过犹不及，她暂时不再需要死士了。

说起来，这应该都是芒鞋翁的功劳。唐烈峰第二次用传音竹和芒鞋翁对话时，便拜托芒鞋翁，力所能及地引导媿嫗向善。于是，芒鞋翁常常会用传音竹找媿嫗聊天。因为他们都是走过了万水千山的人，都有着丰富的经历见闻。芒鞋翁说他的耳闻目见，媿嫗便聊她以前跟随的那些主人，竟然还交流得十分热络。

芒鞋翁就像一个书塾先生，他可以用故事来引起媿嫗的兴趣，再把一些向善的道理融入其中，潜移默化地影响着媿嫗。媿嫗有时听得入神，还会忘了芒鞋翁法术低微，不可以长时间使用传音竹，要不是唐烈峰制止她，她非得追着芒鞋翁把她想听的故事讲完。

唐烈峰也渐渐认同了芒鞋翁所说，婉婳是孩童心性，而且吃软不吃硬，拿捏到她的脾性以后，和她的相处也更得心应手了。

这时，婉婳见唐烈峰走神，一直不作声，她便用手肘撞了撞他，说出他心中所想："没错啊，我刚才就是想救那几名士兵来着，你是不是觉得我做了件好事，想夸我啊？那就别忍着，尽管夸呗！"

唐烈峰的嘴角勾起一抹清浅的笑意，但嘴上还是不肯松口。

婉婳眉毛一挑，给他抛去一个媚眼："算了，反正难得唐将军对我笑了，我就当是在夸我了。"

唐烈峰负手离开。

婉婳脚步轻快地跟了上去。

走着走着，迎面来了几个头上长着犄角、面貌丑陋的鹿精。鹿精们走远以后，前方不远处又横着爬过了几只体形硕大的螃蟹。婉婳突然笑出了声："我要是不经常提醒自己，我是在白渊军营里，简直都快以为自己回到焚鼓山了。你们这女皇也是有意思得很哪！"

唐烈峰若有所思，微微皱眉，提醒道："谨言慎行。"

婉婳见四下无人，毫不收敛，道："真不知道这哥舒意图什么呢？以前不是经常有人这样说我吗——请神容易送神难？嘁，我倒要看看，她这坑越挖越大，越踩越深，将来要怎么收场。"

唐烈峰还是冷着脸，不置一词，快步走回了营帐。

寒天催日短，风浪与云平。

墨玉江畔，眼看着便入了冬。

这段时间，天凝的内伤彻底好了，一有空，她就会练习越女心法。心法有十二重口诀，初云都逐一教给了她，剩下的，便看她自己的能力和悟性了。

除了练功和处理军务以外，天凝偶尔也会得空去慈航谷，向金尚允学习结界之术。她始终怀有一丝希望，希望对永生结界有了更深、更全面的了解以后，会找到办法，把厉朝欢从结界里救出来。

但金尚允的所知有限，对永生结界的了解更是疏少，他也把慈航谷的藏书都翻遍了，还是无济于事。

时间就如风中的残烛，一点儿一点儿地燃烧，好像每过一天，烛火就微弱一点儿，希望就减少一分。有时天凝仿佛也会听到某种声音回荡在耳边，说他不会回来了，叫她不要再抱着不可能的希望。但是，越是听到那些丧气的声音，她反而越会提醒自己，不，希望还在。

他只是一个迷路的人，她要为他搭一条回家的路。

终有一天，他翻山越岭地回来，抖落一肩的风雪，她便会接过他换下的旧袍，听他讲讲沿途的经历，再给他酿一壶新酒，看他自罚三杯，眉眼间都是清浅的笑意。她便时常这样告诫自己，一定要相信，那一天总会到来的。

自从入冬以后，初云便发现，大将军似乎每晚睡前都会写一封信。但是，她却从来不叫她送信，也不见有红顶青鸟入帐来把信叼走。初云问她写信给谁，她却不说，她想偷看她写了什么，却会被她支开。就这样，初云的好奇心越来越重了。

有一天，初云便趁着天凝外出，翻遍了营帐，终于找到了天凝放在一个木盒里面的十几封信。

看过信以后，初云慌不迭地抱着盒子去找姜游。

最近天气寒冷，军营里伤风感冒的人不少，姜游刚从慈航谷运来一批药材，正在指导医员如何配药。

初云一见到他，便把他往无人的地方拽。“大叔，你跟我来，我有事情和你商量！”

姜游无奈地跟着她到了江边，问：“究竟什么事情这么神秘？”

初云顺口接道：“这么神秘，多半不是什么好事情。”

“嗯？”

“哦，是这样的，你自己看嘛——”初云把盒子塞给姜游。

姜游打开看里面的信，认出是天凝的笔迹，问：“这些东西是从哪儿来的？”

初云便把她发现天凝每晚写信的事情告诉了姜游。

姜游想了想，把信纸一张张叠好，放回木盒里，教育道：“你以后不可以这样偷看别人的隐私。”

初云立刻申辩：“我当然知道这样不对，可我也是担心大将军嘛。你看这些信，每一封都没有称呼，她就好像在跟谁对话一样，写的都是我今日怎样怎样，做了些什么，可她说的却又不是生活日常，还都是军务上的事情。”

说着，初云开始在姜游面前走来走去，两手比画：“她今天对收信人说，新一批的粮草运到了，明天又对收信人说，她去巡了江岸的布防，把几艘战船从二线调到了三线！这牵涉到战略布防的，难道不是军事机密吗？大将军不会是在通敌吧？……哎哟！”话刚说完，就被姜游不轻不重地拍了一下后脑勺。

“大叔，你干吗拍我呀？”初云苦着脸，揉着后脑勺。

姜游教训道：“大将军如果通敌，这仗还用打吗？”

初云迷糊：“我也觉得不应该呀，可是这些信怎么解释嘛？”

“这些信她是写给城主的。”

“给城主的？”

“我想，是因为城主要她帮自己守护好他的族人和江山，所以她就写信告诉他，她现在每天都在遵守承诺吧。城主的离开对她打击太大，可是有些话她不想说出口，便用写信的方式予以排解。”

初云叹气道：“可是，我要是思念一个人，我肯定会写信告诉他，我有多想他，多舍不得他，怎么会写这样的信呢？这些信里面，一句思念的话都没有。”

姜游仰头望天，慢慢道：“相思本是无凭语，莫向花笺费泪行。”

初云听不懂，挠头问：“大叔，你说这句话是什么意思呀？”

姜游也懒得解释，只说道：“没什么，这些信你都收好，趁大将军还没发现，给她放回去。”

“哦……”

初云越想越觉得心疼天凝，不禁感叹：“大将军真可怜啊，她每天看起来还是和以前一样，好像什么事都没有，可是其实每天都在伤心……不过大叔，将来要是你死了，我也会这么伤心的。”

她看了看姜游，发现姜游眼色有点儿不对，顿时反应过来：“哎！我……不是咒你死！我是想说，大叔……你……总归是个人嘛，怎么说我也是妖，如无意外的话，我肯定比你长寿吧？那将来……要是你比我先死了，就由还活着的我来思念你，我来承受痛苦，你就不会像大将军这么可怜了。”

她一脸认真地继续盘算道：“但是，万一我比你先死了，留下你孤零零一个人，那你就得……呃，也不对，我死了你又不会这么伤心……”她摇头，“那这么一想，其实，你不喜欢我，好像也没那么糟糕了。”

姜游听初云嘀嘀咕咕，本想转身就走。但又想了想，还是挥袖在她眼前晃了晃，打断她说：“大将军应该就快回来了，别再耽误了。”

“嗯！”

两人便一同回营了。

在白渊族军营驻地南面三十里的山腰上，有一个偏僻的小镇，叫暮遥镇。此地归属于项族，镇上居民也都是项族人。在这个只有寥寥几百人的袖珍小镇里，居民们的生活都是自给自足，很少与外界交流，大家的日子都过得清贫简朴，但是倒也自在，这里颇有点儿隐世桃源的感觉。

自从入冬以来，婳婳时不时地就会瞒着军营里的人，到暮遥镇闲耍一番。

有时候是当天去，当天回，但也有时候彻夜不归，就在镇上一户姓荀的人家里夜宿。

荀家的主人叫荀无衣，是个只要不耕田种地，就会抱着棋盘过活的棋痴。而且他性格孤僻，不合群，所以很少找别人下棋，大部分时间，他都是自己跟自己下棋。镇上的人暗地里都管他叫怪人。

现在，怪人的家里隔三岔五就会住进一个美人，暮遥镇的居民当然好奇了。明明荀无衣年近不惑，样貌普通，家里也没钱，怎么会有年纪轻轻又美艳异常的姑娘看上他呢？说不定那姑娘是山里的狐妖，是来谋他性命的！

婳婳听见有人说她是狐妖，她心里还挺生气，想我白鸦婳婳在妖怪之中就算不是处于最高层级的，但至少也是第二层级当中的佼佼者，岂是那些低级的狐妖可比的？这天，她在去荀家的路上便偷偷地施了个法术，把路边议论她的几个妇人篮子里装的鸡鸭鱼肉偷龙转凤，变到了她的包袱里。

走进荀家院子，婳婳把包袱往荀无衣的棋盘上一扔：“棋痴，今天晚上我们有好东西吃了，你去把这些东西都洗洗。”

荀无衣本来正在院中下棋，被婳婳这么一搅和，棋子飞落一地。他生气地瞪了她一眼，抓起包袱，准备进厨房。

就在这时，荀家小院的院门被人推开了。唐烈峰就负手站在门外。

媲嫗顿时有些仓皇，嘀咕：“他今日不是去验收兵器吗？”

显然验收兵器是假的，说个谎降低媲嫗的戒心才是真的。唐烈峰也是前几天刚发现媲嫗瞒着他出入暮遥镇，他觉得可疑，便跟踪了她。

他气势逼人地走进院中，刚想质问媲嫗，西厢的一间屋子里却突然传出一个熟悉的声音：“丫头，今晚打算给老人家我做什么好吃的呀？”

竟然是芒鞋翁!

唐烈峰大吃一惊，循声一看，只见房门缓缓地开了。室内的暗光里，芒鞋翁坐在一辆轮椅上，形容枯槁，面目黧黑。两人目光一交汇，芒鞋翁的笑容便僵在了脸上。

原来，当初在哥舒意面前，芒鞋翁始终还是棋差一着。哥舒意强迫他服毒的时候，那颗毒药他其实吃下去了。

他有个随身的锦囊，锦囊里装的是一些应急用的外伤药，其中有一种从外观来看，跟夜蟾宫极为相似。情急之下，他拿着那颗药丸，假装是他从嘴里吐出来的，让哥舒意以为他真的没有中毒。然后再和哥舒意交涉，逼她放了自己。他原本计划，离开军营以后，赶去第八荒的苍颐关。在苍颐关，有一个叫寒胥的人。芒鞋翁在十年前跟他有过交集。而寒胥便是夜蟾宫的发明者寒道廉唯一的后人。

芒鞋翁满以为找到寒胥他的毒便能解除了，然而，当他见到寒胥时，寒胥却和他现在一样，半瘫在轮椅上。而且不出五日，寒胥便过世了。

寒胥正是死于夜蟾宫。

此刻，芒鞋翁向唐烈峰提到寒胥，面露哀色道：“世人都说，这世间最狠的五毒，目前只有字水青烟尚且无药可解，但其实，夜蟾宫的解药根本是无效的。服下解药的人，虽然中毒的症状会消失，看起来好像恢复了健康，但是，好日子也只能持续三五七天，那人还是会暴毙。只是从死因来看，他的死似乎是心脏出了问题，世人便一直误以为那跟夜蟾宫无关。”

“寒胥这一生，致力于寻找真正有效的解药，但他自己却在试药的过程中中了毒，把命给丢了。”芒鞋翁所言，婉婳已经听过一遍了，她便替他向唐烈峰补充解释道。

唐烈峰问芒鞋翁：“你为什么不跟我说实话？”

芒鞋翁道：“我原以为找寒胥这么简单的事情，我自己来就行了，等我解了毒，我再把实情告诉你，也省得你夹在我和哥舒意之间，左右为难。现在我既然知道解药是没用的，也就不用再挣扎了。我就想在这小地方悄悄地住着，别让人找到我。我还雇了这位荀家的小哥每天照顾我。”

唐烈峰看了看比自己还沉默寡言的荀无衣，他看起来是个老实憨厚的人。

婉婳对唐烈峰说道：“老头说，他打算快死的时候，再让我告诉你，叫你来送他最后一程。如果横竖都是死，生活在这里，起码自在，总好过在军营里，还得被哥舒意监视，甚至用来牵制你，对吧，老头？”

芒鞋翁微笑着点头：“对。”

唐烈峰翻心一想：“婉婳，难道连你都没有办法给他解毒吗？”

婉婳难得露出汗颜之色，摇头道：“法术也不是万能的，我最多只能在老头手脚作痛的时候帮他减轻点痛苦，但是这毒怕是连神仙都解不了咯。”媕婳有一次用传音竹跟芒鞋翁聊天的时候，正好他手脚痛得厉害，她说可以帮他止痛，他才忍不住把自己躲在暮遥镇的事情告诉了她。

唐烈峰心中久久不能平静，看着昔日鹤发童颜的芒鞋翁变成眼前这副憔悴的模样，他知道是自己连累了他，自责不已。芒鞋翁似乎看穿了他的心思，道：“人固有一死，更何况我老人家都活了七十多年了，也不算太亏。我最欣慰的就是我终于不是孤零零一个人了，起码我走的时候有你们俩送我。”

就算媕婳平日刁钻刻薄，凡事都不上心，但这时看着眼前的一老一少，心里还是有点儿难受。但她嘴上不依不饶：“哎，老头，你知道自己快死就行了，就别老提了，影响大家心情。”

芒鞋翁跟媕婳相处日久，知道她向来在他面前都是刀子嘴豆腐心，他笑道：“那你赶紧给我做吃的去吧。”说着他又拉着唐烈峰，“你知道吗？这丫头做吃的还真有一套，回头在军营你也叫她做给你吃。”

“呵呵，他想得美！”媕婳摇头扭腰，拉着荀无衣去了厨房。

唐烈峰见天寒，便脱下自己的披风给芒鞋翁盖腿，然后就蹲在轮椅前，陪他说话。

直到饭菜做好，吃完饭，大家都没再提中毒的事。

眼看着天色渐晚，唐烈峰担心再不回营会惹哥舒意起疑，便催促媕婳和他一起离开。

两人骑马狂奔离开暮遥镇，中途休息时，唐烈峰才问媕婳：“媕婳，依你看他还能活多久？”

媕婳笃定地说：“最多一个月！”

此时，烟岚云岫，弦月当空，分明是晴朗优美的夜色，但唐烈峰却只看出了一抹清冷萧瑟之意。

只有一个月了？他心里面像被暴力撕扯了一下，吃痛难受。

婉婳看唐烈峰只是皱紧眉头，默不作声，她问他道：“你难过吗？”又见他不回答，就当是默认了，她又说，“你难过就说出来啊！憋在心里干吗？从你见到芒鞋翁到现在，瞎的都能看出你有多难过，偏偏你就死鸭子嘴硬，说出来会怎么样？你现在就算在我面前大哭一场我都不会笑你。”

婉婳虽然凶巴巴的，但唐烈峰知道她是好意。他不禁又想起了天凝在飞花镇开解他的那番话，他轻轻地叹了一口气，抬头望向那一弯白镰，然后便破天荒地对婉婳讲起了他和芒鞋翁之间的相识。

婉婳见唐烈峰终于肯和自己倾谈心事了，不禁大感欣慰。她也不再像平时那样逮住机会就对他言语讥诮，便只是安静地听着，态度十分温和，偶尔还好言安慰他。

唐烈峰说道，当初芒鞋翁之所以来蹚两族征战这潭浑水，是为了增进彼此的感情，希望自己百年归老以后，唐烈峰能到坟前为自己哭丧，婉婳一听，这理由虽然令她哭笑不得，可是也心酸难受，她问唐烈峰：“他为什么一定要有人为他哭丧？”

唐烈峰道：“芒鞋翁一种说法，如果人死后，无人为其哭丧，那他今世的孤独悲凉还会延续到下一世，他是不希望自己的下一世重复跟今世一样的命运吧！其实，他这一生看似潇洒不羁，可始终还是希望有人陪伴，想要有一个家的。”

婉婳感同身受，轻轻一笑：“谁不是呢？”

唐烈峰没想到婉婳也会这样说，好奇地看着她。

婉婳望天笑道：“以前我还没有开始修炼妖道的时候，只是一只普通的白鸦。即便我们白鸦的羽毛是白色的，但终究也是乌鸦，飞到哪里都千人恨，万人嫌。有一次，我还差点儿被几个小屁孩拿石头给砸死。我那时就想，我一定要像一些同族的前辈那样，修炼成妖，成为白鸦婉娅，让这些俗世蠢人都来讨好我！

“我是做到了。可是，做到了以后，我才发现每一个主人对我的讨好顺从，都是出于畏惧。没有人真的关心我，他们甚至恨不得我死。

“唐烈峰，你知道这一年之中，我最讨厌的日子是哪天吗？就是除夕。

“你们这些人哪，在除夕都会有家人、朋友、同僚相伴，可我始终是那只不管飞到哪里都会被人嫌弃的乌鸦。我也不屑于和其他妖怪做朋友，便终日独自流连人世，可是，人世却并没有我真正的容身之所。大概我心中想的这容身之所，也就是芒鞋翁心里面想的那个家吧。”

婉娅顿了顿，又说：“不过，现在我已经算是个人了，今年除夕，我能在军营里，跟那些士兵一起过，倒也不错。”她喜滋滋道，“喂，姓唐的，我看你孤家寡人的，比我也好不到哪儿去，不如到时候咱们一起喝酒吧？你要是肯陪我喝酒，我就照芒鞋翁说的，做菜给你吃，怎么样？”

唐烈峰想了想，轻声道：“好。”

咦？婉娅没想到他竟然答应得如此爽快，还以为自己听错了。“你真答应了？你不是撞邪了吧？”她作势要去探他的额头，却被他推开催促，“抓紧赶路吧，午夜之前最好回到军营。”

婉娅的心情愉快极了：“呵，这还不容易？”说着便对两匹马施了点法术，待他们一骑上马，马儿便以加倍的速度跑了起来。

一夜浅眠之后，唐烈峰心事重重地去见都凛，和其他几位将军一起，商量作战策略。

眼下军队的准备已经很充分了，作战时机日趋成熟，再加上主和派更加频繁地施压，哥舒意打算速战速决，不日便渡江和敌人开战。

会议结束，唐烈峰回到帐内，独自坐在案前沉思良久。这时，娩婳到曲水流觞的山涧里玩了大半日回来，经过唐烈峰帐外，听见他在里面喊她。她进去道："狗鼻子真灵，一闻就知道是我了？"

唐烈峰不理娩婳的刻薄，好言道："你能帮我一个忙吗？"

"帮忙啊？"娩婳撇嘴，"上次帮你找芒鞋翁，人是找到了，可你还不高兴，我什么都没捞着。"

唐烈峰忙道："这次不会了。我希望你今晚留在我帐中……"

"啊，你想干什么？"娩婳看着他问。

唐烈峰正色附在娩婳耳边，小声说出他想去暮遥镇找芒鞋翁，要娩婳留在营帐里，假扮他掩人耳目。

娩婳一听，赖皮道："我也要去！"

唐烈峰知道娩婳是能分轻重的人，不会真的和他死缠烂打，他不同意，她最后也只得乖乖留在军营里。

稍后，唐烈峰便悄悄地离营，骑了一匹快马，马不停蹄地往暮遥镇赶。

骏马飞驰，唐烈峰觉得心情也愈加轻快起来，甚至有点儿心潮澎湃。他想到了小时候的自己。小时候，他是个孤儿，自打有记忆以来，就不知道父母是谁。在他成长的小村庄里，有几个跟他同龄的孩子，因为见他没有父母撑腰，总是欺负他。每逢雨后，那些小孩儿就喜欢围攻他，把他推进泥地里，弄得他浑身脏兮兮的。他生起气来，便像头蛮牛似的，去拉扯那些人，把他们也拽进泥地。

大家在泥地里扭打成一团，直到炊烟升起，那些孩子的母亲都会站在自家门口喊他们回家吃饭。

孩子们便丢下唐烈峰，剩他孤零零地站在泥地里，望着他们四散而去，跑向自己倚门盼归的母亲。

他那时就很羡慕他们，他也很渴望有人为他煮菜温粥，倚门相候。而此刻，他觉得芒鞋翁仿佛就是他渴望的那个人，他恨不得立刻就能见到他。

他终于赶到暮遥镇，天已经黑了。

马儿停在荀家小院的门口，他下马进门，几乎是用跑的，像小时候的那些孩子跑向自己的亲人那样欢快。

芒鞋翁正和荀无衣在院子里下棋，见唐烈峰来了，颇为吃惊。

唐烈峰一鼓作气冲到芒鞋翁面前，单膝跪地作揖："峰儿拜见义父！"

芒鞋翁愣住了："你……你喊我什么？"

"义父！"平日里冷酷威武的将军此刻的表情是兴奋中带着点傻气，一双深邃明亮的眼睛里面，都是天真的渴望，"您如果不嫌弃我这样叫您的话……"

"不嫌弃！我不嫌弃！"芒鞋翁赶紧接道，"哎呀，平白捡了这么个有出息的儿子，还跟我年轻的时候一样帅气，我怎么会嫌弃呢？哈哈哈！"芒鞋翁兴奋地拉着荀无衣，"棋痴，你看，我儿子！我儿子呀！"

一向呆头呆脑的荀无衣这时也由衷地笑了起来，不无羡慕地看着这一老一少。

芒鞋翁虽然在笑，可眼睛里已经有了泪花。"儿子儿子，你推我在这院子里转转吧，咱们赏月去！"

今夜天空无星无月，不过，虽然天上无月，但人心中的那轮明月却已经皎洁光亮得不得了了。唐烈峰便推着轮椅，在这巴掌大的院子里走了一圈又一圈，嘴角一直挂着笑。

直到照顾芒鞋翁就了寝，他才离开暮遥镇，快马加鞭回到军营。

回到军营，天已经蒙蒙亮了。

一进营帐，就闻到一阵刺鼻的酒气。

只见婉婳坐在床边的地上，已经瘫成了一块软泥。她怀里还抱着一个不知道从哪儿捡来的木桶，正朝木桶里呕吐。

唐烈峰眉头一皱，责问道：“你竟然去跟人喝酒了！”

婉婳醉醺醺地望着唐烈峰：“你回来啦？我……没事……没事！”

唐烈峰过去拉她：“起来！”

婉婳擦擦嘴，张开双臂，要唐烈峰抱她：“我起不来，我要休息。我要睡觉……”

唐烈峰问：“到底怎么回事？”她可是白鸦婉婳，明明靠着修为可以千杯不醉，怎么会这样？不过，看她现在似乎不但醉了酒，好像还受了什么折磨，笑容里带着痛苦，他也有点于心不忍，便抱起她，把她放到床上，给她盖好被子。

婉婳抓着唐烈峰的衣袖，骂骂咧咧道：“那群小王八蛋，给我喝的根本不是酒，是他们用法术做过手脚的，我早就知道！”

“谁？”

婉婳说道：“就是荆灵、除摇，还有鬼世子那帮浑蛋！”这些人都是都凛召回来帮白渊族打仗的。

原来，昨晚天刚黑，那个叫除摇的槐树精就来了唐烈峰帐外，说他和他的兄弟们初来乍到，一直听闻唐将军的威名，但无缘交流，想邀请他去参加他们的饮酒小聚。

如果只是普通的士兵来报个军情什么的，婉婳用障眼法变成唐烈峰的样子，还能蒙混过去。但是，对方也是妖，她的障眼法轻易就会被识破。无奈之下，她只好恢复本貌，以婉婳的身份替唐烈峰赴约，谎称唐将军身体不适，改日再回请大家以示歉意。

那鬼世子是个好色之徒，早就垂涎媲婳的美貌，所以，唐烈峰没来，他倒不生气，便拉着媲婳一个劲儿地灌她酒。也知道她是法力高深的白鸦，于是为了能灌醉她，他们还在酒里面做了点手脚。

唐烈峰听媲婳断断续续地解释完，才知道自己错怪她了，她原来不是贪玩喝酒，是为了帮他隐瞒行踪。他有点儿惭愧，赶紧问她："他们有没有对你不敬？"

媲婳一听，咯咯地笑了起来："知道关心我啦？……你放心吧，姑奶奶我是那么容易被人欺负的？你别看我现在这样，我告诉你，那帮臭男人，我保证他们三天之内连一只蚂蚁都弄不死！"

唐烈峰松了一口气："那你好好休息，我就在这儿。"

媲婳却又瞬间从笑脸转成了哭脸："可我还是很吃亏啊，唐烈峰！"

他赶紧问："怎么了？"

媲婳捶着床板道："你说他们要是长得好看，那我被摸个小手、搂个腰什么的，也不算吃亏了。可偏偏那群妖孽，个顶个地丑！哇……"她咿哇乱叫，好像还真的要哭了，"我亏大了……"

唐烈峰听她这么一说，顿时有点儿哭笑不得，起身去拧了块湿帕子，给她搭在发烫的额头上。

迷糊间，媲婳看唐烈峰就坐在她身边，剑眉星目，比平日里多了几分温柔，她的心也跟着温柔起来。他把浸湿的帕子放在她额头上的时候，微凉的指尖碰到她，她却觉得额头更烫了，连耳朵也在发烫。她不想睡着，只想睁着眼睛多看他一会儿，但后来还是忍不住睡着了，没想到梦里还是他，玉树临风，柔情似水，她又不想醒过来了。

从那以后，唐烈峰再见到鬼世子等妖孽，就没再给过他们好脸色看。媲婳知道他维护自己，心中窃喜不已。她便也时常主动为他掩护，帮他去暮遥镇和芒鞋翁相聚。

芒鞋翁的精神状况一天不如一天，偶尔还会一睡就昏沉沉的好几天不苏醒。他们都知道，他是大限将至了。

这一年，当墨玉江畔大雪满山之时，白渊军倾巢而动，对荒越军发动了猛攻。

白渊族人兵分左、中、右三路，左右包抄，互为配合，中路军则负责正面强攻，冲在队伍的最前头。

左路军由大将军都凛带头，那两位地狱罗刹则伴随左右，听他差遣。右路军由忠威将军呼延汀率领，还有一众山精树怪跟着他。而中路军则由唐烈峰和成弗指挥，姽婳也和他们在一起。

中路军因为正面进攻，路线短，很快便靠近了敌营。

姽婳帮助唐烈峰在敌军的连环战船防线中打破了缺口，后来的白渊军便源源不断地由缺口登陆江岸，对荒越族军形成前后包抄之势。

天凝坐镇指挥，听下属汇报说，江岸战船防线的第三和第四阵之间有了缺口，是被敌方悍将唐烈峰攻破的，而唐烈峰和姽婳等人现已经登上西岸，她顿时火起，立刻赶往前线第三阵。

这一天，白雪纷扬，阴风阵阵。

哥舒意站在营帐前，负手望着天空飘浮的乌云，她知道，乌云对华天凝而言就是一种武器。

遇到太过强悍的敌人，靠普通的人力难以对付的，比如地狱罗刹和姽婳，华天凝就会用紫原剑气破云翻天，引雷电落地来攻击他们。

这是她的撒手锏。

以前哥舒意很畏惧她的撒手锏，可是现在，她反而期盼她会用撒手锏。因为她已经有准备了。

这一仗，不成功，便成仁，对哥舒意而言，就是背水一战。为了请来地狱罗刹，她甚至承诺每年都会献祭活物，给他们享用。也明知道军中有人对她颇有微词，可是，为了霸业，她还是一意孤行。

如果这一仗输了，如果她终究还是实现不了自己称霸第九荒，乃至染指其他几荒的梦想，她似乎就不知道自己活着的意义在哪里了。

她望着战场的方向，似乎隐约还能看见幽幽的火光。这时，侍女见雪天风寒，便拿了件鹤氅出来，给她披上。

刚搭上肩，侍女突然惊呼一声。哥舒意眉头一皱，不悦地问：“你大呼小叫什么？”

侍女指着鹤氅，道：“莫不是帐内有老鼠？这鹤氅竟被咬出了个大窟窿！”

哥舒意道：“这鹤氅乃是用玉鹤的羽毛做的，玉鹤的灵气，岂是老鼠敢碰的？”她除下鹤氅一看，果然见背心处有一个比拳头还大的窟窿。她气坏了，将鹤氅扔在地上，侍女吓得跪在地上，不敢抬头。

少顷，哥舒意用过晚膳，便早早地就了寝。只是，她不但莫名地觉得胃口不好，食难下咽，而且睡眠也不好，翻来覆去，怎么都睡不着。越到夜深，便越觉得心中压抑不安。天快亮时，她索性翻身从床上坐起，披衣走到了辕门外。

这时候，因为是黎明前夕，天色最是黑暗，黑暗之中，远方战场上的火光就更加清晰可见了。

她盯着火光最亮之处，若有所思。

不一会儿，她猛然惊觉，那片被火光照亮的云团之中，好像隐约有一道金色的轮廓，蜿蜿蜒蜒，甚至有点儿张牙舞爪。

那是？

哥舒意心头一惊，倒抽一口凉气，那是——龙？

·第十章·

纵有约

时间再倒回一点儿，一炷香之前，墨玉江西岸战场。

敌我双方再度彻夜交战，战火越烧越旺。纵然有仙姑和伏魔将的帮忙，但从左路而来的地狱罗刹依然无人能挡，荒越军死伤惨重。可天凝这边，她率众和唐烈峰、媣婳对阵已经多时，得知南线情况告急，她却分身不暇，不由得心急如焚。

就在这时，夜空之中，一团厚重的乌云飘到了战场上方。天凝见正是时机，便挺身飞上一座哨台，拔剑向天，欲引雷电。

而这正中了哥舒意的下怀。

在哥舒意请来的援兵之中，有一只名为附骨的女妖。附骨上能飞天，下能遁地，身体还能化为烟云水雾等各种形态。此刻，她就躲在半空之中，一旦天凝引下雷电，附骨就会把自己也投身到一道闪电之中，再顺着紫原剑气而下，附到紫原剑上，偷袭天凝，给予她致命的一击。

整个过程非常快，几乎是和雷鸣电闪同时，附骨就已经快要来到天凝面前，离她的剑尖只有几寸之遥了！

就在这时，半空之中，突然飞来一道金色玄光，击中附骨。

原本是水雾形态、肉眼几不可见的附骨顿时现出人形，惨叫着扑倒在地。天凝还没弄清楚是怎么回事，紧接着就看到第二道玄光从背后擦过，直冲向姽婳。姽婳侧身一闪，那玄光却也拐了个弯，继续追着她，从她的身体穿过。她刹那间全身僵硬，不能动弹，直直地倒在地上。

天凝奇怪极了，循着玄光的来向一看，却是漆黑一片虚空，什么也看不见。

到底是什么人在帮他们？

而且这金光还如此厉害，竟能一击就对姽婳造成重挫。

过了没多久，云层里面便出现了一条若隐若现、浑身闪着金光的飞龙。也就是哥舒意看见的那一条。

哥舒意隔得太远，看不真切，那条金色飞龙其实并没有实体，它是半透明状态的，有龙的轮廓，似龙，却非龙，它只是一道龙影。

整个战场，所有的山精树怪，还有罗刹与姽婳，几乎都在同一时间看清楚了那道龙影。

姽婳的脸色瞬间惨白。

紧接着那龙影竟然好像有了十几个分身，十几道龙影破云而出，投向地面，在战场上飞窜，所过之处，哀声四起。

而发出痛苦哀嚎声的，正是白渊族请来的那些精怪邪魔。普通的白渊族士兵全都安然无恙。

姽婳突然尖叫起来，抱头蜷在地上，哀哭吼叫：“啊！不要！您放过我，我不敢了！不敢了！”

唐烈峰见状，急忙过去扶起她："婋婳，这是怎么回事？"

婋婳全身轻颤，忍着身体的剧痛，眼含泪光望着天空中曾出现龙影的地方，哽咽道："那些是……是幻影金龙！"

唐烈峰心头一震："幻影金龙？也就是说，扶摇令现世了？"

当今世上的人，对于扶摇令，大都略知一二。从祖辈上流传下来的说法，是说得扶摇令者，便能够震慑和号令天下间所有的妖魔鬼怪，任其驱策。而妖魔鬼怪若是违抗扶摇令，必然会遭受惩罚。

只不过，当世之人也都没有亲眼见过扶摇令。因为扶摇令上一次出现，已经是好几百年前的事情了。

而妖魔鬼怪对于扶摇令的了解则更深一层。他们即便还没有亲眼见过扶摇令，但也都听闻，谁拥有扶摇令，谁就能释放幻影金龙。而幻影金龙可以杀掉这世上任何妖魔鬼怪。

天凝听见婋婳提及扶摇令，她虽然也很震惊，但还来不及多想，因为眼下局势大逆转，敌弱我强，她必须不失时机，痛打落水狗，于是，她便下令所有将士不要受外力干扰，继续杀敌。

唐烈峰知道势态对白渊军不利，而且婋婳重伤在身，他便带着士兵们且战且退。

天亮时，三路白渊军全都呈现出撤退的阵势。

左路军撤退最快，兵力也是保存最完好的。而右路军则在撤退的过程中损失了过半的战船和人力，状况惨烈。

至于中路，成弗在墨玉江边被乱箭射中，跌落江中，而后尸体在下游被荒越军打捞上来。

还有之前为求富贵荣华，信誓旦旦效忠女皇的那些妖魔鬼怪，在天亮时几乎全都丢开了军队，各施所长逃回了江东。

江东的白渊军营里，哥舒意听人汇报战况，突然之间，竟有了万念俱灰的恐慌。

天色大亮以后，墨玉江西岸，弥漫了多日的硝烟与血腥之气开始变淡。太阳也出来了。

阳光一照，满山的白雪都泛起银鳞般的波光，映得天空一片澄明清朗。

虽然兵凶战危，不过，唐烈峰还是带着媲婳和他的亲信部队杀出了一条血路，沿江向北而逃。

由于北面多山林，逃兵们隐入山林之后，很快就行踪不明了。

天凝于是下令全面搜索追击，务必不可以放唐烈峰渡江回营。

此事由布、卿两位将军负责，他们带兵离开以后，天凝准备先去一趟南线，追击撤逃的左路军。

战马就在一旁，她刚想上马，忽然见天空之中又是一道龙影飞过，刹那没入不远处的山林里。

而一阵大风刮来，卷起那林间树上的雪花飞到半空，又缓缓地飘落过来。有一些落在她的脚边。

她低头看了看，再次抬头的时候，竟然看见山林之中走出一个人来。

那人一身青衣，恍如山间松竹所化。颀长的身姿被清雪萦绕点缀，他又像从天而降的谪仙一般，湛然优雅。

周围的士兵一看，猛地都忍不住惊呼起来："城主？真是城主啊！"

沸腾的声音此起彼伏。

天凝定定地看着那人。是他，真的是他！

她突然像被人点了穴似的，一动不动，目不转睛地盯着那人款款地走到面前，与她四目相对。

她在他清澈的瞳仁里留下一道温柔的倩影。

他也温柔地看着她，见她愣着不说话，他便凑得更近一点儿，笑意从眼睛里漫出来：“怎么不说话？”

她吞吐犹疑：“刚才，用扶摇令打退敌军的人，是你吗？”

他的笑容和眼神都加深了一分，从容道：“是我，我回来了。这里有我的江山、我的百姓，还有我最想守护的人，所以，不管有多困难，我还是回来了。”

虽然她还是觉得没有真实感，这突如其来的一切太像一场虚幻的美梦了，但是，看见他的笑容，她还是跟着笑了起来。这一刻她似乎只知道笑，已经不知道要说什么了。

这一天，他们一起去了南线督战。南线战船终于在傍晚追截到都凛的部队，与之在墨玉江上展开激战。都凛的战船起火，他跳江以后生死不明。整个左路军顿时成了一盘散沙，败局已定。

直到夜深时分，天凝才和厉朝欢离开南线，回营休息。

由于时间已经很晚了，那些暂时从战场上退下来的士兵得抓紧时间养精蓄锐，都已经睡了。营地和战场仿佛是两个天地。这里没有杀伐之声，只有士兵们的鼾声和风吹旌旗的声音。

厉朝欢一进辕门，听着这些声音，心中温软一片。

这时，天凝故意放慢了脚步，落后厉朝欢一点儿，看着他的背影，目光一瞬间也舍不得从他身上挪开。

她什么也不想说，什么也不想做，只想这么看着他，把他看个够。

厉朝欢觉察到身后胶着的目光，突然回过头来看她：“你是不是觉得几个月不见，我又出落得更英俊了？”

天凝的小心思冷不丁被发现，差点儿红了脸，不过还是嘴硬道：“几个月不见，你的脸皮倒越发厚了。”

厉朝欢走进他的营帐，大剌剌坐到椅子上：“我真不知道我为什么老纵容你用这种态度跟我讲话。”

天凝心情好，微微一笑看着他："你说呢？"

厉朝欢调皮地眨了眨眼睛："我说出来可别吓着你。"他站起身，正要走向她，门外就冲进来两个人。

初云跑在前面，姜游跟在后面，他们俩都是刚从北线战场回来。白天就听到城主平安归来的消息了，只是忙到现在，才有空来找他。

"城主！"初云走路连蹦带跳，"刺溜"一下闪到厉朝欢面前，隔在他和天凝中间，"谢天谢地，你可回来了！"她上上下下打量他，"哎，你是怎么从永生结界里逃出来的？你知不知道大家都为你伤心死了呀？你怎么整个人就变样了呢，竟然会有扶摇令？是在结界里面找到的吗？"

初云叽里咕噜问个不停，姜游一把拽开她："问这么多，城主怎么回答你？"

"哎呀，我激动嘛！"初云傻笑，又挤回厉朝欢面前，一脸讨赏，"城主，我能先看看扶摇令吗？"

厉朝欢故意拨开这碍事的初云，直勾勾地看着天凝，问："你想看扶摇令吗？"

天凝点头："嗯。"白天忙于战事，她还没找到机会问清楚他这几个月发生的事情。

厉朝欢便拉起衣袖，亮出右手臂内侧，约有一掌长、两指宽、张牙舞爪面目狰狞的金龙图案。

三人一看，初云惊道："这就是扶摇令？"

厉朝欢道："这算不算是扶摇令我也不知道，不过，扶摇令自从进入我身体以后，我的手臂上就出现了这个图案。"

"扶摇令在你的身体里面？"

"嗯。给我扶摇令的那个人将扶摇令打入我的身体，我用了几个月的时间才学会如何驾驭它，尤其是驾驭那些幻影金龙。”

“那些龙影啊？你还说呢，我今天都差点儿被误伤了。它们怎么连自己人也打啊？”初云噘着小嘴道。

厉朝欢摸了摸鼻梁，尴尬一笑：“是我忘了咱们这儿还有个小白蚁精。”

初云眼睛一瞪：“啊，我就这么没有存在感啊？你不会以为我死了吧？”

厉朝欢赶紧点头：“嗯嗯，真没想到你还能活着。”

“你……”

“哈哈哈！”其他人都笑了。

轮到姜游发问了：“那你是怎么从永生结界逃出来的？”

厉朝欢讲述道：“我进入永生结界以后，发现自己竟置身于一座金碧辉煌的城池里，城中街道纵横，商铺林立，任何东西应有尽有，而且都不需要用钱买，可以随意取用。只不过，那几乎是一座空城，我在城中这几个月，见到的人也好，仙魔妖怪也好，总共也只有十个。而我也从来没有走到过城的边际，看不见城门、角楼之类的建筑，那座城就好像是没有边际的。

“我一直想找到逃出结界的办法，可是没有用。但是当我想放弃的时候，我却遇到了一个自称枕仙的人。扶摇令就是他给我的。也是他告诉我，只要我接受扶摇令，他就能助我脱离结界。”

天凝不解地问：“枕仙的意思是，你必须先接受扶摇令，逃离结界才有可能？”

厉朝欢道：“是的。枕仙说，如果没有扶摇令护体，我就会在出结界的过程中被一股邪恶之气吞噬，粉身碎骨。”

初云问：“那枕仙真是一位仙家？他怎么会有扶摇令？”

厉朝欢摇头：“这个他就没有向我解释了。”

初云想想觉得更疑惑了：“那如果有可以得到扶摇令这天大的好事，又能逃出结界，困在里面的那些人，还有枕仙自己，为什么都不走呢？”

厉朝欢苦笑道：“那是因为没有人像你的城主一样，这么倒霉，他们都是自愿进入结界的。有人是为了躲避仇家，也有人贪图那里不劳而获的生活，还有人是为了追求永生，比如枕仙。我听枕仙说，他被饿鬼所伤，魂魄已经不齐了，如果离开永生结界，他很快就会灰飞烟灭。”

他又正色道：“可我不一样，不管付出什么代价，我都得回来，因为我知道这里有人在等着我。”

初云眼珠子骨碌一转：“可不是嘛！等你的人等得可心酸、可凄凉了，你可得好好地补偿人家！”她瞟了天凝一眼。

姜游忽然想到一个很关键的问题：“城主，有了扶摇令，你和白鸦媲婳之间的关系也解除了吗？”

厉朝欢苦笑着摇了摇头：“没有。”

众人的喜悦之情霎时消散。

天凝沉思道：“我们一定要拦截住唐烈峰和媲婳，不可以让他们回白渊族。”一旦他们回去了，恐怕就会成为哥舒意用来对付厉朝欢的工具。

初云急忙道：“那我们为什么不直接用扶摇令控制媲婳，叫她把唐烈峰抓回来？”

厉朝欢否定道：“不行。扶摇令要号令妖魔鬼怪，也不是凭空一句话就可以的，我一定要见到媲婳本人。所以我们现在首先要做的就是找到她和那些逃兵。”

事不宜迟，天凝便赶紧修书一封，交给红顶青鸟，连夜送给布将军，要他们着重阻止唐烈峰和媲婳渡江，但不可以伤他们性命，一旦发现他们的行踪，立刻来报。

红顶青鸟送走了信，姜游看出厉朝欢还有话想单独跟天凝说，便催促初云："今天太晚了，有话留着明天再说吧，你早点儿回去休息吧。"

初云也的确是很困倦了，打了个哈欠，对天凝说："嗯，大将军，那我们回去吧。"

姜游碰了碰她："你先回去！"

初云愣了一下，突然反应过来，捂着嘴做了个鬼脸，一溜烟钻出营帐去了。姜游也快步离开了。

他们一走，帐内静得可以听清楚灯芯燃烧的声音。烛泪滴落，落在两人交叠的影子上。

厉朝欢道："我一出结界就来找你了。"

天凝道："幸亏你来了，否则这一仗我们恐怕会输给敌人。"

他说："我们有了扶摇令，对哥舒意来讲，无疑是致命的打击。所以，这一仗我们很快就会胜利了。"

她说："明日一早我们就去跟布将军会合，再带上初云，她擅长追踪，应该很快就能找到唐烈峰。"

他知道她忧心，笑着点点头："好。"

她说："你早点儿休息吧。"

"天凝，"他话还没说完，"你有没有想过，等我们班师回城以后，有什么事情是你必须做的？"

她想了想，道："要哥舒意跟我们签订协议，从此以后再不向我族兴兵，纵然她敢自称女皇，日后也要以我荒越为君！"

他问："还有呢？"

还有？她一想："给你酿酒喝？"

厉朝欢忍俊不禁："还有呢？"

她有点儿茫然，眉头轻蹙：“还有？”

他问：“你终究是个女儿家，不考虑自己的终身大事吗？”

她心里泛酸，哭笑不得：“你不会看我护族有功，就要赏赐我一个如意郎君吧？”

他认真地看着她：“如果我赏赐给你的如意郎君，就是我自己呢？”

她忽然心头一震：“你？”

他像在佛前发愿一般虔诚，一字一字郑重道：“我，娶你，做我的城主夫人！”

她几乎不敢相信自己的耳朵，冷静一想，却变了脸色：“如果你是因为感激我，大可不必牺牲你自己。”

他没想到自己一番深情款款的话语竟然还惹她生气了，见她气鼓鼓的样子，他觉得又怜又爱，恨不得立刻把满肚子的衷肠都道给她。不过转念一想，他决定再逗逗她：“哎呀，被你看出来了！”

天凝气得咬牙：“你若是尊重我，以后就休得再提这件事情！我上阵杀敌，岂是为了你一个人？我是为了这荒越族所有的百姓！我知道，你早已看穿了我的心思，可我从未想过从你那里得到什么，也请你以后继续假装不知道。你为君，我为臣，你我之间，不谈儿女私情！”

她是真的生气了，为他痛苦的这几个月，连痛不欲生都不足以形容，却还要扛着两肩的重担，故作坚强。她好多次都觉得，那重担简直要压得她粉身碎骨。但是，她没有一刻图过回报。若说她也是有所求的，那求的也是他的真心，而不是他的感激和怜悯。

她平复了下心情，又道：“城主还是休息吧，末将告退了！”

她刚想走，厉朝欢突然追过来，一把将她拽进怀里，紧紧地抱着，耳语道：“天凝！对不起对不起，我刚才是跟你开玩笑的！

呃，不……我是说，我想娶你，不是开玩笑的！”他差点儿语无伦次了，“你这个傻丫头，我不是说了吗……这里有人在等我，等我的人不就是你吗？

“这里的江山、百姓，我都可以交给你，我可以撒手不管，我相信你做城主会做得比我更好，我是可以不回来的。天凝，我是为了你而回来的！”

她木讷地靠在他怀里：“为了我？”

他的手指温柔地穿过她背后一瀑青丝，激动道：“我喜欢你，华天凝，你听着，我喜欢你！”

她还是魂不守舍：“可是……晚庭姑娘呢？”

他轻抚她道：“天凝，对不起！其实我以前明明早就知道你的心意，却故意装聋作哑，一味地逃避。都说曾经沧海难为水，她既然是沧海，我想，我又怎么可以让你屈居于任何一段感情之下呢？

“可是，困在永生结界里的那段时间，我才知道我后悔了。我明明可以把江山、性命都毫不犹豫地交付给你，试问这世上除了你，还有谁？我之所以不想看你屈居于任何一段感情之下，不就是因为你已经是我在这世上最珍视的人了吗？”

“天凝，我不想骗你，已经过去的我不会忘记，所以，她也会在我的回忆里面永远存在着。但是，这里——”他指了指自己的胸口，道，“从今以后，这里就只有你了。我是曾经爱过她，甚至曾经愿意为了她而死，可是现在，我却只想为了你而生。”

厉朝欢把话说完，天凝已然泪盈于睫。这一刻，仿佛世间的每一盏灯光，甚至是漫天的星光，都不如她眼中这一抹泪光，如此温柔明亮。她就算拼命地想忍着不哭，可眼泪还是滚落下来。

这些年所有的委屈到这时都轰然爆发了，她委屈得想像个不懂事的孩子那样哇哇大哭一场。

可是，这也是幸福的委屈。

宛如一枕黄粱美梦般，似真似假，又患得患失的幸福。

她的眼泪就像一颗一颗的雨点似的，落在他身上，弄湿了他的前襟。

他抚摸着她的头，想哄她不哭，便温柔地喊了她一声："天凝？"

不喊还好，这一喊，她竟然哭得更厉害了。

不过，整个荒越族还没人知道，他们的城主有一个顶好的本事，那就是在他的大将军面前撒娇。他见她越哄越哭，于是赶紧给她擦眼泪，柔声道："哎，我回来之前每天都在想，见到你要怎么跟你说这番话，说得惊天地泣鬼神，让你一辈子都忘不了！将军大人，我说得这么好，你怎么还哭了嘛？"

这一招果然奏效，天凝一听他撒娇，顿时有点儿想哭又想笑，不过眼泪还是没止住。"你再胡说！"

厉朝欢眼神狡猾地看着她："哎，那你回城以后，还做不做我的城主夫人了？还是说你想做城主，我做你的夫君？"

天凝终于忍不住了，"扑哧"笑了出来。

厉朝欢见她梨花带雨，又两颊生云，浅笑温柔，他心中一动，又把她抱得更紧了。

饶是她在阵前如何骁勇无敌，这一刻也胆怯起来，推了他一下。

他不但不肯松手，反而坏笑一下，缓缓地循着她的两瓣樱唇而去。她一紧张，闭起了眼睛，紧紧捏着他的袖角。

就在这时，她猛然觉得胸口涌起一团浊气，痛苦难当，四肢真气逆行，身体一晃，险些站不稳。

厉朝欢始料未及，慌忙扶着她："天凝你怎么了？"

天凝本想说话，一张嘴却两眼发黑，吐出一口鲜血，昏了过去。

帐外一阵大风刮了进来，吹灭了室内所有的灯盏，黑暗铺天盖地，将两人淹没其中。

昏迷了几个时辰以后，天凝苏醒了。一醒来姜游就告诉她，初云一早便去跟布将军会合了，现在已经有消息传回来，说媲媔用了法术遮掩逃兵留下的痕迹，初云暂时还追踪不到他们的气息。不过，不需要太忧心的是，目前对岸还没有船只来接应他们，所以他们暂时还渡不了江。

天凝感觉自己体内的气息十分不稳，心脏的位置仍有阵痛，她问："小师叔，难道你是想告诉我，先不要操心逃兵的事，专心养伤？我这是怎么了？很严重吗？"

姜游面色凝重道："可以说严重，但也可以说不严重。"

她问："你倒是说明白。"

他看看帐门："城主就在外面，但是他不能进来。"

"为什么？"

"因为他若是靠近你，你就会像昨晚那样，真气逆行，郁伤在内。"

"我不明白……"她使劲摇头。

姜游道："昨晚回营后，初云也出现了跟你类似的症状，只是她和城主接触不深，没你这么严重。"

"怎么会这样？"

"我想……是因为你们俩都有越女心法在身，而越女心法乃是这世间至纯至正的内功心法，但城主身上的扶摇令却是这世间妖邪之气的凝结。正邪相冲，所以你们才会有此反应。"

这变故来得太突然，天凝几乎接受不了。"那……可有解决之法？”

姜游面无表情地摇了摇头：“闻所未闻。”

扶摇令一入，此生不除。这是枕仙早就告诉过厉朝欢的。从此以后扶摇令与他融为一体，直到他寿命终尽，扶摇令才会离开他，回到永生结界里。

枕仙也告诉过他，身怀扶摇令的人，本身就会成为一个邪气之源。他问枕仙，成为邪气之源会怎样，枕仙说，就是不可以修道升仙了。他当时便对枕仙笑言，这有什么关系？只羡鸳鸯不羡仙，江山多娇，美人如花，我才舍不得这俗世红尘呢。

枕仙对他说：“好，那本仙就助你江山在手，美人在抱，逍遥红尘。”

然而，那番话还清晰在耳，却没想到眼前的局面变成了这样。厉朝欢站在帐外，和美人咫尺之隔，却犹如天涯之远。他听见她说，不相信会有这样的事情，她想冲出来见他，他赶紧拔腿跑开了。

他一口气冲到江边，感觉胸口似要炸裂般难受，大吼一声，一掌打向江面。刹那江水炸开涌起，白沫四溅，溅湿了他的前襟，像极了昨晚，她伏在他的怀里哭时，泪水的氤氲。谁会想到，一夜之间竟然面目全非了呢？

从这天起，厉朝欢就十分小心谨慎，尽量避免靠近天凝和初云。尤其是天凝。她与他接触的时间很长，正邪之气在她体内悄然博弈，等到爆发的时候，她的内伤已经不轻了，还得休养一段时间才能痊愈。

为此，他还特意搬到了军营最边上的一顶帐篷里住，平时吃饭也是自己一个人。

他们偶尔碰见，他就会赶紧和她拉开距离。这个距离究竟应该具体达到多远，他们都不知道，只不过她一见到他，还是会觉得心痛。却也很难断言，这心痛到底是内伤之痛，还是咫尺天涯的相思之痛。

她终于明白，原来，情之一字，伤人的方法可以有千百种，但都不及他们正遭受的这一种。

触手可及，却一碰即碎。

唐烈峰是在梦见自己被一条金龙捏得粉身碎骨时，从噩梦里惊醒的。此时，他和婉婳带着大约四百名幸存的将士，刚躲进离墨玉江不远的一个山谷里。婉婳在山谷四周布上了障眼法，追兵暂时还没有发现他们。

但是，这根本拖不了多久。而且队伍中还有不少的伤兵，因为逃难的过程艰苦，他们又得不到医治，这几天，几乎每天都有人失救而死。再加上天寒地冻，食物也不充足，这山谷里的每一个人几乎都快陷入绝望之中。他们最后的一点儿希望便寄托在唐将军身上了。

唐烈峰看天色逐渐亮起，山谷四周，杀气渐退，追兵应该暂时去了另一方向。他轻轻地推了推就蜷在他身边的婉婳。婉婳虚弱地坐起来，道："天还没亮呢，你再睡会儿吧，这里我替你看着。"

唐烈峰问："你的伤怎么样了？"

婉婳懒洋洋一笑："厉朝欢他自己要想活命，就不能杀了我。我现在死不了，但是修为却折损了一大半。"逃亡这一路，她还得用法术为大家掩护，更是耗空了自己，她再也不是以前那个可以令无数人闻风丧胆的白鸦婉婳了。

唐烈峰见她嘴唇发干起了白皮，他问道："渴吗？我去给你取点儿水。"

婉婳点头："好。"

唐烈峰取水回来，见婉婳正捧着那支传音竹发呆，他问：“怎么了？”

婉婳说：“不知道，刚刚这传音竹忽然发光，我还以为是你义父想找我们，但是他没出声。我再叫他，他也没应了。算来他的大限也就是这一两天了，会不会……”

唐烈峰急忙道：“你再试试！”

婉婳又试了好几次，但她无论怎么呼叫，芒鞋翁都没有再回应她。

午后，有士兵采了野果回来，分给大家充饥。一名重伤的士兵接到野果，拿在手里看了又看，突然发脾气把野果扔了，愤怒却有气无力道：“还吃什么？早死早超生！”说完又痛哭起来。

他身边是一名年纪老迈的士兵，一边安慰他，一边自己也忍不住擦眼泪。

重伤士兵抬起自己只剩半截的右手，对老兵道：“你说可笑不可笑，我这条手臂不是被荒越族的士兵给砍断的，是因为我们自己这边的鹿精跟龙影打，我被误伤了！我就算还能活着回江东，这辈子也是个笑话了。”

他说完，又有人砸了手里的野果，骂道：“呸！老子也真想活着回江东，亲口对咱女皇说一句，老子不干了！这仗她爱怎么打就怎么打，她把地狱阎王请上来都行……等荒越再搬个玉皇大帝，痛痛快快地，把这七海都给填平了！”

唐烈峰见士兵们抱怨连连，情绪激动，他只得过去出言安抚。

稳定了大家的情绪以后，他走到一个无人的角落，想吃几口野果饱腹，但是果子拿在手里，却又只是盯着，一点儿胃口都没有。

婉婳跟过来道：“姓唐的，你都听见了？这场仗打到现在，已经失去公平了，也已经不是这些人所理解的战争了。”

唐烈峰虽然不情愿，却还是说出了这句话：“我知道。”

婝婳又说：“其实不用我提醒，你也应该很清楚，假如我们回到江东军营，哥舒意是不会放过我们的吧？现在厉朝欢有扶摇令，天下妖魔都不敢帮着哥舒意来打荒越族。她也不可能奈何得了厉朝欢，所以她最后的机会就在你我身上。杀了你或者我，是她唯一可以毁掉扶摇令的方法。”

她又道：“姓唐的，你要忠于你的女皇，但我不会，我不会容许你拖累我。”

唐烈峰望了望还在低泣的士兵：“这里的每一个人都曾经跟着我出生入死，我现在最想做的，就是把他们都平安地送回故乡。”

婝婳斩钉截铁道：“我可以帮你们！”

离他们比较近的几名士兵听见这话，立刻两眼放光地看向婝婳。

婝婳道：“现在最大的问题就是我们孤立无援。但我只要变回白鸦，很容易就能避开追兵，飞回对岸的军营，通知哥舒意派船来接应你们。我想她现在应该也很担心你，怕你一旦被逼上绝路，会为活命而投降，那她就连最后的机会都没有了，所以她一定会不遗余力地来救你、救大家。”

有个士兵忍不住插嘴问：“照你这么说，唐将军若是带我们回去，他自己不就是回去送死吗？”

婝婳故意打趣士兵道：“嘁，送死的可不止你们唐将军，还有我呢，你怎么不关心关心我呀？”

士兵无言以对，低下了头。

唐烈峰记得婝婳说过，她现在修成人形，如果再变回白鸦本体，是会损耗修为的。他不是没有想过叫她飞回对岸找救兵，可是，见她已经重伤在身，他于心不忍，始终没有开口。

婉婳挑眉问道："怎么样，姓唐的，你回不回啊？你若是回了，哥舒意要杀你，你，又悔不悔？"

身后是龙潭，前方有虎穴，两条都是绝路，可是，却没有第三条路可走。唐烈峰坚定道："那就拜托你了！"

婉婳其实料到了他会这样说，她笑笑道："好吧，既然你决定了，那我对你也只有一个要求。只要我们过了江，你就得立刻下船跟我走，不许回军营，不能见哥舒意，你能答应我吗？"

唐烈峰略作思考，道："好，我答应你。"

逃亡的这几天，唐烈峰时常自问，事到如今，在这场已经变得越来越畸形的战争里，是不是有扶摇令的存在，未尝不是一件好事呢？有扶摇令的约束，哥舒意若还想继续打这场仗，她就不能再借助邪魔之势，而事实上，以白渊族目前的情况来看，切断邪魔外援，无异于釜底抽薪，或许，战争也会结束了。

朝廷中虽然有主战与主和两派，但唐烈峰从来都不觉得自己属于任何一派。他参军为的是施展男儿的抱负，为出人头地，也为忠君爱国。他曾经和这里的许多人一样，以为女皇的意愿就是他的意愿，可是，他也和这里的许多人一样，眼睁睁看着女皇是如何专断独裁，倒行逆施，他的信念动摇了。

虽然他总是一遍遍地对自己说，白渊荒越，世代为敌，只要能对付荒越族人，就可以不管用任何手段，这也是白渊族人生来就被灌输的思想。可是现在，他即便不介意荒越族人在这场战争里如何凄惨，但他却介意自己的族人也在这场战争里迷失了自己，最终做了无辜的牺牲品。

不知还有多少人和那个断臂的士兵一样，觉得自己的牺牲是可怜可笑的呢？而他们所信仰的战争、仇恨，真的就是眼前这种荒诞的局面吗？

从扶摇令龙影惊现的那一天开始，唐烈峰就知道，或许，他是时候做出一个最后的选择了。

事不宜迟，婉婳便准备立刻动身。她看了看唐烈峰手里还纹丝不动的野果，道："吃了吧。你吃了我就走。"

唐烈峰无奈一笑，吃掉了野果。

"喊——"婉婳嘴巴一噘，调笑道，"吃东西还要人哄，我看你以后可离不开我了。"

唐烈峰道："呃，对了，我还有一件事情想拜托你。"

婉婳说："我知道，我既然回去了，会替你去看看你义父的。"

"谢谢你！"虽然很少对婉婳言谢，但是他心里知道，他对她的感激早已不是三言两语就可以说完的了。

婉婳叫唐烈峰把传音竹拿出来，在上面施了法术以后交还给他，道："我在这上面施了法，下次我如果呼叫你，你就可以直接用它和我通话。但是你记住，这个只能用一次，就不能再用了。"

唐烈峰点头："嗯。"

婉婳见一切都交代妥当了，伸了个懒腰，舒展舒展筋骨。这时，她发现周围有很多士兵都在眼巴巴地看着她，每一双眼睛里都充满期待的光芒。她忽然有点儿自豪起来，便大声说道："嘿嘿，不管你们情不情愿，现在……你们的生死啊……都得交到我这个妖女的手上了！祝我好运吧！"

唐烈峰百感交集地看着婉婳。

婉婳又扫了他一眼，凑过去对他耳语道："知道你感激我，那不如等咱们都脱险以后，你以身相许来报答我吧。"

虽然明知婉婳是在开玩笑，但唐烈峰向来一板一眼，被她这么一说，还是禁不住有点儿尴尬。

婉婳掩嘴轻笑："哼，你这根朽木，给我我还嫌不可雕呢！"说完，她便转身朝人群外走去。

刚走出人群，身后不知是谁突然喊了一声："婉婳姑娘，请受小人一拜！"

婉婳感到猝不及防，脚步一顿，背影微微一颤。

接着，越来越多的人单膝跪地，向婉婳抱拳叩谢。身后传来此起彼伏的声音："婉婳姑娘，也请受小人一拜！"

婉婳不禁笑了。

虽然她很爱笑，但是，这一次的笑容和以往的任何一次都不一样。她心中有一种从未有过的温暖与满足感，堪堪地充盈着她。

其实，在龙影惊现的那天晚上，白渊军大败时，婉婳就有过一个念头，她想把唐烈峰强行带走，躲开扶摇令，不再插手这场战争。可是，这个念头很快就打消了。因为她知道，唐烈峰不会心甘情愿跟她走。他的心始终都在这一帮将士身上。她如果强迫他放弃他们，他就算保得住这条命，也不会快乐。她不想看他不快乐。现在的她只想看他遵从本心，去做他想做的事情。她也愿意陪着他一起去做他想做的事情。

不过，她没有想到的是，她此番奉陪，除了得到唐烈峰的感激，还得到了这帮士兵的一声声叩谢。修炼成人以来，这还是她第一次最真实地体会到生而为人的痛快。

霎时，她双臂一展，化作白鸦，飞向天空。

有风迎面而来，吹着她的眼睛，她觉得眼睛里湿湿凉凉的，似蓄了两泓清水。她回头看向地面，所有人也都在望着她。她立刻把头转回去了，因为她怕自己再多看一眼，眼泪也许就会掉下来。

自视甚高的白鸦婉婳又岂能为一群凡夫俗子掉眼泪呢？

婉婳离开后的第二天，传音竹便有了动静。唐烈峰拿起来一听，婉婳说，一切果然如她所料，哥舒意正担心他们为求自保，投靠敌人，所以也在积极地营救他们，只是一直没办法和他们取得联络。正好婉婳回去了，她们当即便商量好了接应的时间和地点。两天后就会有船来，所以他们只要再坚持两天就有希望了。

山谷中，士兵们听到这个消息，都振奋不已。

唐烈峰知道，既然婉婳是用传音竹在和他联络，那就表示她已经见到芒鞋翁了，他急忙问她："我义父呢？"

通话时，婉婳正站在芒鞋翁的床边，那位面如枯槁的白发老人已经只剩最后一口气了。

身体不能动，话也不能说，只剩下一双眼睛还能勉强看一看这个世界。

婉婳小声道："我现在就在荀家，我已经向你义父报了平安。他知道你没事，他也放心了。"

她又用更小的声音询问："姓唐的，我坦白告诉你，你义父他可能熬不过今日了，你还想见他最后一面吗？"

唐烈峰对于芒鞋翁将不久于人世已经做好心理准备了，所以，即便难过，但也能稳住自己的情绪。他问："我……怎么见他？"

婉婳说："我记得那个山谷有一面很高的悬崖，你如果能在天黑之前爬上那悬崖，看到墨玉江，你就能见到他。"

唐烈峰虽然还不知道婉婳会怎么做，但为了见芒鞋翁，他还是立刻找到了那面悬崖，小心翼翼地爬了上去。

高崖之上，深冬枯木的缝隙之中，墨玉江水清晰可见。

唐烈峰心急如焚地等着，眼看日色渐晚，西边天幕晚霞泛起，红云叠嶂。这时候，墨玉江上漂来了一叶翠绿的竹筏。

婉婳撑着竹筏，而芒鞋翁就躺在竹筏上，他们看起来就像甲虫一般大小。

唐烈峰霎时红了眼眶。

婉婳知道芒鞋翁还有一点儿神志，她便指着那高崖上小小的人影，对他说道：“老头，你看见了吗？你儿子就在那儿呢。你眼力不好，但我可看得清楚，那傻小子现在跪在那边已经哭成个泪人了。你就安心地走吧。”

说罢，一颗眼泪轻轻地溅落在竹筏上。

芒鞋翁看见了那滴眼泪，手指微微动了动。这一刻，唐烈峰有没有为他哭，已经不重要了，因为他知道，有人已经把这世上最珍贵的眼泪给了他，他无憾了。他的嘴角浮起一丝笑意，缓缓闭上了眼睛。

·第十一章·

白 头 雪

夜里，媠婳把芒鞋翁的尸体暂时葬在江边的一片竹林里，便飞回了山谷。

但她暂时没再变回人形，依旧保持着白鸦的本体，落地时，颤巍巍几步，扑在唐烈峰的脚边。

此刻士兵们大都已经睡着了，唐烈峰离开人群，找了一块干净的岩石靠着，正闭目打坐静心。媠婳一回来，他见她还是保持本体，不禁担心："媠婳，你还好吗？"

白鸦张嘴说话，发出女子软糯虚弱的声音："这两日我要暂且保持住本体，精力也能恢复得快一些。"她又把芒鞋翁死时的情况和他安葬的地方告诉了唐烈峰，安慰他道，"他走得很安详，他说此生无憾了。"

唐烈峰都记在心里，嘴上没有多说什么，只点了点头。

这时，媠婳在地上走了两步，跳脚嚷道："喂，姓唐的，地上这么冷，你就不能怜香惜玉一点儿吗？”

唐烈峰便抱起媞婳，放到自己肩膀上。媞婳趴下来，脑袋蹭了蹭：“我要睡了，你当心别把我摔下来。”

“嗯。”

她又梦呓般道：“姓唐的，我现在是在养精蓄锐，你别担心，等我们回江东，哥舒意真敢动我们，姑奶奶我一样不是好惹的！不过，你可要记得你答应过我，下船就跟我走，别出尔反尔，要不然，我一定会比她先出手杀了你，再把你砍成十八块带回焚鼓山，埋到地里当花肥……”

“哎，你长得这么好看，养出来的花儿肯定也好看，当是焚鼓山最好看的花了……”

媞婳说着说着便睡着了，这时，夜空中低悬的云丝被风吹散，黑夜的黑更为浓郁了。星河若隐若现，像撒开一片被震碎的银色铠甲。其中，有一颗非常光亮，虽然不是启明星，却仿如启明星，低垂在东方，那是故土的方向。

唐烈峰望着那颗星星，回想起来，自己还从来没有走过这样一条如此短暂却又如此漫长的路，分明只是一江之隔，却是千船不载，万桥难渡。也不知道后天会怎么样呢？后天，白渊军的船只一旦起航，势必会引来荒越军的注意，他们一定会闻风而至，阻止他们渡江。届时，一场恶战不可避免，恐怕又是尸横遍野，血流成河。这里的四百多人，最后能有几人回到故土，与自己的父母妻儿团聚呢？

想着想着，他也闭上眼睛，靠着身后的石壁睡着了。只是睡得很浅，做了一夜征战杀伐的梦。

两天时间很快就过去了。

白渊族有八艘战船趁夜起航，正渡江而来的消息刚传到荒越军营，初云正好也有消息送回来。她已经破除了姽婳的障眼法，找到了逃兵藏匿的山谷，发现他们正在离开山谷，朝江边移动。

天凝料到唐烈峰等人应该是要去江边，跟前来接应他们的船只会合了，于是立刻带上一支军队，赶去支援初云和布将军。

天凝离营后不久，厉朝欢和姜游得知情况，也急忙赶去。

天凝没有去山谷，直接去了江边。

她到江边的时候，天色已亮。江边的石滩上，黑压压全是人头，敌我双方已经混战在一起了。

敌方冲在最前头的两艘大船此刻正在靠岸，而白渊族的士兵们也正陆续上船。大概在江心附近的位置，依稀还能望见有几艘战船，因为隔太远，看不真切，但应该是排成阵队，作为掩护和接应之用。

而荒越军这边，也有作战的船只得到命令，正在从下游赶来。

天凝一声令下，带着她的队伍冲入战场。

唐烈峰望着身穿红色战袍的女子，那一道红影时而疾如闪电，时而轻如云雾，大有惊鸿的灵巧，也有游龙的凌厉，竟美得目眩神迷。他旋即拉过身边一匹战马，跃上马背，穿过人阵和刀剑，迎头而去。

两人的距离越来越近，他袖间柳叶飞出，刹那化为锋利暗器，不留一丝余地。他又想起她曾说的，各为其主，生死无尤，他唇边涌出一声叹息，瞬即被江畔寒风卷走散落。

她双腿在马镫上一踩，飞起躲过他的暗器，紫原剑拔出，剑气如虹，直逼得他身体向后一仰，翻下马背。

她也如轻盈的仙鹤一般，跳下马来，落在他面前。

四目相对，杀气毕现。

同一时间，半空之中还有一只白鸦和一只白蚁打得难解难分。

从混战一开始就被初云不断攻击的姽婳为了保存实力，处处避让，她只想拖延时间，拖到大船载人离开，她也可以溜之大吉。

初云虽然有越女心法在身，但是，她始终悟性不高，没能运用自如，对付现在的白鸦姽婳也颇为勉强。

天凝赶到以后，姽婳便想去帮唐烈峰的忙，但初云看出她的意图，更加奋力地阻止她。

姽婳被初云纠缠得越来越生气，恨不得一口咬死这烦人的白蚁精。她终于忍不住放开来打，身体猛地飞高，尖爪张开，向着初云的头部抓去。初云被迫翻了个筋斗避开，姽婳趁机越过她，飞向唐烈峰。

初云气得磨动触角："可恶！白鸦姽婳，你给我站住！"

姽婳发出一声冷笑。

就在这时候，唐烈峰招式出尽，露出破绽，紫原剑得以逼近，险些刺伤他。他堪堪躲过，再想反击，却只看眼前剑光一闪，脖颈处传来一阵微凉，天凝已经用剑搭上他颈侧，他身体一僵，不敢再动。

姽婳来迟一步，停在半空，俯视二人。"唐烈峰！"

附近的白渊族将士看见这一幕，都惊了魂，纷纷大喊："唐将军！……"

唐烈峰下令道："继续登船！"

天凝扫了一眼两艘大船："你们走不了了。"

唐烈峰早就知道这一仗不容乐观，他也已经有了盘算，便问道："如果我留下来，他们是不是就可以走？"

天凝冷冷地看着他："一个都别想走！"

唐烈峰忽然脖子一动，让紫原剑刃在自己的颈侧划开一道血痕，鲜血像红色的烛泪一般顺着皮肤滑落。

他道："放他们回对岸，我活。否则，我死。"

僵持间，厉朝欢和姜游也赶到了。他们见大局已经被天凝控制住，都松了一口气。

厉朝欢不敢太靠近天凝，只能暂时和姜游待在江边高地，静观其变。

唐烈峰催问天凝："怎么样？考虑好了吗，大将军？"

天凝再看了一眼大船，缓缓道："好，我答应你。"

他说："那就叫你的人停手。"

天凝示意布将军，布将军发出袖箭，箭破云空，发出响声，荒越族将士得到指令，开始后退。

唐烈峰是背对大船的，他看不见他的人上船的情形，只能听声音猜测，打斗声小了，想来他们更多的人已经登上大船了。须臾，头顶却飘来婉婳的笑声："喂，姓唐的，他们不领你的情哎！"

唐烈峰回头一看，本来应该趁此机会赶紧上船的白渊族将士们此刻都犹疑了，撤退的动作越来越慢，还有一些本来已经上了船的人，竟然跳了下来，也不知道是哪个带头大喊一声："唐将军不走，我也不走！"其他的人也纷纷跟着喊，不走，杀啊，转瞬之间，大家又蜂拥而上。

荒越族的将士们见状，顿时火起。给你们生路你们却不要，那就让你们血溅当场，白骨还乡！

石滩上再度陷入血影刀光。

见此情形，唐烈峰心中也不知是失望还是激动，正盘算，忽然发现对面持剑的人嘴角微微一抽，眉心一道褶痕转瞬即逝。她在敛气？是内息紊乱所致？机不可失，他立刻右手运劲，暗暗将真气聚到掌心。

此时，婉婳也发现了天凝刚才细微的反应，看出她内息不稳，她不禁大喜，猛地俯冲下来："唐烈峰，她的弱点在气海穴！"话音未落，唐烈峰指尖已有真气弹出，逼迫天凝侧身闪避，移开了宝剑。

婟婳正好站上剑尖，身体一旋，翼下散出一团黑气。

天凝顿觉右臂发麻，拿不稳剑，紫原剑被婟婳丢开数丈远。唐烈峰步步进逼，她突然失了利。

这几天她身体尚未完全恢复，越是出全力和人对战，就越稳不住自己的内息。刚才她是觉得胸腹有痛感，所以才被唐烈峰和婟婳看出了破绽。唐烈峰连出三掌，最后一掌正打在她气海穴上，她立时五内翻腾，内劲被化开一半。

远处，姜游看天凝受伤，立刻冲下马来，以轻功掠过人群，过来帮她。

初云也从半空飞落，化成人形，绕到天凝身边："大将军，我保护你！"

婟婳发出一阵狂笑："小白蚁，你刚才还没被我打够是不是？"话音未落，一道剑气擦过身侧，带落了她翅膀上的几片羽毛。她扭头一看，见是姜游，骂道："可恶！姑奶奶今天就打得你们这些人满地找……"又是一句话没说完，远处飘来一个冷静肃杀的声音，"白鸦婟婳——"

糟了！婟婳反应过来，这是厉朝欢在用扶摇令呼唤她。他如果现在就命令她投降，她敢不从，就会遭受惩罚！

不！不可以！如果我不能再帮姓唐的，这墨玉江东他恐怕就回不去了，他是不会投降也不会想成为华天凝的俘虏的，怎么办？倘若我在扶摇令出之前，再给华天凝一次痛击，或许……他就还有机会……

婟婳来不及细想，念头刚起，她便将翅膀一合，身体旋转，发出红光，宛如一团火球，又似剑风，猛地冲向天凝。

那只是一瞬间的事情。

一瞬间，白影红光，与天凝的身体狠狠一撞。

天凝身体向后一倒，被唐烈峰接住，拉到身前，两指扼住她咽喉。婉孋也站上她的肩膀，利爪嵌入皮肉。她急忙大声道：“厉朝欢，你敢对我用扶摇令，我就在你话还没说完之前杀了她！咱们比比看，是谁快啊？”

突如其来的变故让厉朝欢不知所措。这一刻，他果然犹豫了。即便他不怕婉孋违抗扶摇令，拉他陪葬，可是，他却怕她会伤害自己最珍视的人。

隔着憧憧的人影，他望着自己最珍视的那个人，此刻，她就在他目之所及的地方，身陷险境，然而他却束手无策。他既然束手无策，却又要为了她而回来，那他回来的意义到底在哪里？

……

如果，从今以后每当她遇险，他都不能靠近她，不能保护她，那他还有什么资格拥有她呢？

刹那间，厉朝欢仿佛觉得江畔的寒风里夹杂了千根针、万支箭，千针万箭破空齐发，对他穿心而过。

他僵硬地站着，双手握拳，强忍着自己内心的嘶吼，身体不停地发抖。

婉孋听厉朝欢果然不出声了，便得意地对唐烈峰道：“带她上船。”

唐烈峰点了天凝上半身的穴道，她只有双腿能动，他推了推她，命令道：“走！”

天凝受制于人，不得不从。

有了这个最重要的人质，白渊族的将士们很快就分别登上了两艘大船。就在荒越族的战船也赶到的时候，大船离了岸，开始向对岸行驶。

荒越族几艘战船同时掉转了方向，追着大船。

初云也变回白蚁，飞着跟了上去。但又怕惹怒媂婳，伤害天凝，所以不敢靠船太近。

唐烈峰挟持着天凝站在船尾，看江岸渐远，岸边人影也愈加模糊，他紧张的心情稍微缓解了一点儿。

只要再跟江心的战船会合，有他们掩护，这两艘大船上的人基本就安全了。

过了一会儿，天凝轻叹一声："你们明知道现在白渊军营对你们而言就是龙潭虎穴，回去值得吗？"

媂婳傲慢道："嘁，那有什么，反正姓唐的想回去，我就跟他回去。而且我们现在有你这个人质在手，说不定还能跟哥舒意谈个条件，叫她放我们一马呢！"

天凝反驳："现在哥舒意最忌惮的是扶摇令，我相信，任何人都影响不了她想毁掉扶摇令的决心。"

媂婳冷笑："嘁，你还是别白费唇舌了，华天凝，我们人都在船上了，这江啊，我们是过定了！我不如实话告诉你，我们……"

"无须多言！"唐烈峰看媂婳似乎想说出他们打算靠岸后逃走一事，他忍不住出声打断她，然后又对天凝说道，"除非你现在还有能力打败我，成王败寇，我便任你处置。否则，你再说什么都是枉然。"

媂婳领悟到唐烈峰打断她的用意，便接了他的话道："没错！对姓唐的来说，尽了全力还输给你，那就算他没本事，认了，但他至少问心无愧。可是如果要他为了苟活而投靠自己的敌人，他这辈子恐怕就真应了樱姬那句话，生有何欢，死又何憾了吧？"

唐烈峰没想到在自己眼中向来乖张邪狂的媂婳竟然会说出这样一番大义凛然的话来，他不禁欣慰地看了她一眼。

媂婳见厉朝欢没有跟船追来，而此刻后面只远远地坠着一个小白蚁初云，不足为患，她便松开了天凝：“姓唐的，你先看着她，我去去就回。”说完便飞进了船舱。

唐烈峰和天凝静静地站在船尾。

过了许久，天空中有簌簌的白絮飘落。

下雪了。

雪花落在天凝的头上，盖着她的发丝。唐烈峰恍惚一想，白雪满头，宛如皓首，他竟生出了一种时光过尽，地老天荒的错觉。

他专注地看着她。

又过了很久，媂婳一直没回来，唐烈峰听到船头的方向传来欢呼声，他知道，从距离来看，他们已经到江心了，会合了接应的船队。其中有三艘战船迎向荒越族的追兵，开始用火油箭攻击他们。

荒越的船只受到干扰，行进速度越来越慢，跟大船的距离也越拉越远。

凭唐烈峰和天凝的经验，他们都知道，这一仗白渊军布阵严密，准备充分，荒越军想在水上取胜是不可能了。

唐烈峰唇畔露出一丝笑意，平静道：“成为阶下囚非我所愿，而投靠敌人，当你们的座上宾，更非我所愿，这些都是看不见未来的生活。如果可以选择，我宁可回到你说的这个龙潭虎穴，兵来将挡，放手一搏。”

他眼眸轻垂，又道：“华天凝，其实今日我只是想确保我的人能平安撤出第九荒，不承想还会抓到你做人质。”

她听出他言辞间似乎还有几分惋惜之意，心软地看了他一眼，道：“这就是我说的，各为其主、生死无尤吧？”其实，这一刻她若是能抽身来看，大概就会发现，自己眼底眉梢藏着最多的也是惋惜，而不是仇恨。他和芒鞋翁设计将厉朝欢打入永生结界时，她好像恨透了他，可是现在，就连她自己都没有意识到，她对他的恨意其实并不如她想象的那么深。“唐烈峰……”

“华天凝……”他打断她，问道，“你还记得你在青部山庄问过我的那个问题吗？假如我们两族之间不再对立，你我是否可以成为朋友。我现在可以回答你了……我的答案是，不会。我跟你，永远都不可能是朋友。”

“你……”她忽然觉得心里发堵，其实她明明知道会是这样的答案，可是没想到，听他亲口说出来，竟然这么刺耳难受。

“我……”

“唐烈峰！……”

这时候，婉婳突然在船舱里大喊一声，声音急切慌乱。

唐烈峰回头一看，只见婉婳飞出船舱，边飞边喊：“快走！他们要炸了这艘船！”

唐烈峰闻言，脸色一变，却已经来不及再多问一句，便猛听得耳畔“砰”的一声巨响，伴随着船身剧震之后，刹那间，又是连着几声巨响，火光冲天，烈焰如箭，混着无数的粉末碎片炸开来，统统刺向他。

他感觉像是受到了一股巨大的推力，被推出了船舷外，他本能地将身边的人一揽，抱进怀里，用身体护着她，两个人一同掉进了江里。

一个浪头打来，他们就被冲散了。

天凝上身的穴道仍被封着，在这样的情况下她根本没法挣扎。又一个浪头打过来，她瞬间就被江水吞没了。她感觉恍恍惚惚，身体犹如被灌入了黑暗与冰冷，仿佛很轻但又仿佛很沉，一边漂浮一边下坠。

突然之间，一只还带着点余温的手拉住了她。

她登时回想起在青部山庄，也曾有过这样一只手，将她从死亡的边缘拉了回来。她惊恐地瞪大眼睛，顺着这只手看向手的主人。

在水下，唐烈峰的眉眼间恍如萦绕着晃动的烟波，看不太真切，但即便模糊，也不妨碍她从中找到了他的沉着和坚毅，她心里忽然觉得踏实。紧接着就被他再一次往怀里一带，他抱着她冲出了水面。

劫后余生，她贪婪地深吸一口气。

四目相对的一瞬间，他们都看见对方的眼里晶莹闪烁的，也不知是水光还是泪光，心情复杂不已。

唐烈峰有点儿走神，但旋即周围士兵们的落水声和哭救声便将他拉回了现实。

媲婳还焦急地盘旋在上空："姓唐的，你没事吧？"

唐烈峰道："我没事。"

原来，刚才媲婳进船舱休息，却发现哥舒意在这两艘前来营救的大船上都装了炸药，唐烈峰坐哪艘船，她的人就会炸掉哪艘船，就算炸不死他，也要耗尽他的精力，等他上岸以后没有力气再反抗。

现在的哥舒意已经完全疯狂了，是扶摇令让她感受到了绝望，而这疯狂便是从绝望里滋生的，这一刻媲婳和唐烈峰都清晰地意识到，哥舒意不是或许会牺牲他们，而是肯定会牺牲他们了。

但是，既然另外一艘大船上也有炸药，唐烈峰自然不能再上船，连累那艘船上的人了。

就在这时，媲婳又激动起来，大喊道："姓唐的，你看看你左边那艘战船，他们在干什么？"

唐烈峰一看，那是现在离他最近的一艘战船，战船上的人正在将一种叫作流车的作战工具对准他。

那流车一旦点燃，车头便会喷射出火流球，火流球在很短的时间内就会爆炸，是一种短距离作战的武器。看来哥舒意还有第二手准备，打算用火流球对他穷追猛打。

唐烈峰望向四周，周围还有不少落水挣扎的士兵，他怕连累他们，便抱着天凝往人少的地方游去。

天凝一直保持沉默。她也不是不想逃过眼前这一劫，但是她知道，凭她对唐烈峰的了解，不管她说什么，结果都跟刚才在船上一样，并不会影响他的决定。他是个意志非常坚定，甚至有点儿固执的人。

此刻，这个固执的人便带着她，尽最大的努力游向人少的地方。

而战船上的流车也因为他的游动调整着车头的方向。他已经游得够快了，但又怎么能快得过流车呢？

他一边游，一边抬头向天空张望着什么。

突然，他停了下来。

天凝正纳闷，他的目光已经落进她的一汪秋水中。“华天凝，你知道我跟你为什么永远不可能成为朋友吗？”

她与他四目相对，一脸错愕。

他嘴角一勾，露出凄然却也坦然的笑容，道：“因为，我爱你——”

话一说完，他便在她肩上运劲一推，用掌风送她身体飞起，正朝着半空中那只小白蚁的来向。

初云见状，急忙施展法术，飞身去接，将天凝稳稳地托住以后，带她朝最近的一艘荒越战船逃去。

天凝只听“轰”的一声，唐烈峰所在之处，江水炸开，水花浪头裹卷着他，他的身影浮浮沉沉，像一根稻草。

紧接着又有很多的火流球飞向他，有一些被婝媔挡开了，但也有一些落水爆炸了。火药燃烧时的烟雾，江上的水雾，还有茫茫的飞雪，这一切都阻挡了天凝的视线。但她还是目不转睛地望着他，看他变成一个小小的黑点，直至不见。

忽然间，江水好像静止了，江风也变得无声了，偌大天地，万物归隐。但唯有刚才他推开她的时候，眼中的深情与决绝，忽然清晰地显现出来。脑海之中不停翻涌的，全是相识以来的点点滴滴。

她心中有一种无法用语言表达的感觉，这种感觉，就像是她每日酿酒扫尘，观花望远，平静但执着地期盼着一位故人的到访，十载三秋，她从垂髫少女等到白发苍苍，故人终于来了。他们相见甚欢，叙旧对饮，酒过三巡，她酩酊大醉，酒醒后却发现，原来有关故人的一切都只不过是她的黄粱一梦。

可是这到底是一种什么感觉呢？

她真的说不上来。

但她可以肯定的是，她不想他有事。他一定要活着，他必须活着。他活着，对她而言，另外一个非常重要的人才能活着！

她感到眼中一阵刺痛，闭上眼睛。

一回到荒越族的战船上，天凝便立刻开始指挥作战。无论如何她都不能就这样放弃，一定要救唐烈峰和婝媔。

初云见天凝忧心如焚，不等她同意，便又飞向刚才唐烈峰落水的地方。

此刻那一带已经被火流球的烟雾完全笼罩，爆炸声依然不断响起，船只不便靠拢，但是初云可以。为了城主，她就算再不情愿，也得去帮助婝媔和唐烈峰。

而对天凝而言，能做的她都已经做了，剩下的就只有等待了。

等待是一种陷在滚烫油锅里的煎熬。时间每过去一点儿，就在心上插一把尖刀。

天快黑的时候，初云终于回来了。带回来的消息暂时让天凝松了一口气，唐烈峰和婉婳暂时逃过一劫，现在，他们已经上了岸，并且正在往白渊军营的反方向逃走。

初云汇报完情况，本来打算继续追踪他们的情况，但是无奈体力消耗太多，刚飞起来就眼前发黑，“啪嗒”一下掉在了船舷上。她只得暂时留在船上打坐调息，希望能尽快恢复状态。

天黑时分，白渊族派出的船只除了被炸毁的那艘以外，其余全都靠岸了。

那艘没有被炸掉的大船，从船上下来的人都不知道唐将军到底是生是死，因为下午江上的场面太混乱了。下船以后，很多人都停留在江边不肯回营。有的士兵还开始拾柴，然后在石滩上点燃了一个又一个火堆。他们希望火光能指引唐将军，希望他能循着火光回到岸上。

还有的士兵向着黑沉沉的江面一遍又一遍地大声呼喊着，叫他不要害怕，只要他回来，他们就会誓死保护他。

那些声音激昂地回荡在江畔，就连前去接应的将士们听见了，都不禁动容，面对着江水低下头。

而这个时候，唐烈峰正疾步穿行在一片离江不远的野地里。婉婳就趴在他肩膀上，刚才她拼了命地保护他，把他从江水里拖回岸上，消耗了不少的体力，现在正虚弱着。

隐隐约约地，她好像听见了江边士兵们的呼喊，她轻声问：“姓唐的，你听到什么声音了吗？”

唐烈峰的听力当然不如婉婳那么灵敏，他问：“什么声音？”

媲媪说：“我也听不清楚，所以才问你嘛。”

他觉得媲媪说话有气无力，不禁担心：“你现在感觉怎么样？”

媲媪道：“我可是白鸦媲媪，你就别担心我了，让我多休息一会儿。你加紧赶路，我们要尽快找到一匹马，不能再靠步行。”

“嗯。如果我没有记错，前面就有一个村子，我们到了村子里应该就能借到马了。”

“那就最好了。”

“媲媪。”

“嗯？”

唐烈峰扭头看了看自己肩上这只小小的白鸦，露出怜惜的神色：“如果我们最终还是逃不掉，就由你来杀了我吧。”

媲媪突然笑了，道：“喂，没想到你对我还有点儿良心嘛！你是不是都忘了，我可是满身邪气、满手血腥的白鸦媲媪，你希望我活着？”

唐烈峰道：“其实，我现在更希望扶摇令能够扭转这场畸形的战争。”

媲媪有点儿生气：“你这人怎么老煞风景？你就不能说点好听的哄哄我？不能说你就是为我好吗？”

唐烈峰道：“那你要答应我，以后收起你的戾气做人，不要再视人命如草芥了。虽然邪恶是你的天性，可你并不是没有选择的。”

媲媪道：“嘁，我要是不答应呢？”

唐烈峰似笑非笑道：“其实我在船上就已经跟华天凝说了，叫她回去告诉厉朝欢，以后会专门用扶摇令约束你，潜心向善。”

媲媪一听，脑袋“噌”地抬了起来，但立刻又耷拉下去了。他说的是真也好假也好，她觉得都不重要了。她软绵绵道："哎，有时候我真恨不得把你这张脸抓个稀烂啊。"

唐烈峰轻声道："随意。"

婉婳又说："喂，姓唐的，假如我们都活着离开第八荒，我们就去飞花镇吧。你可是答应过我，除夕要陪我喝酒的。"

"飞花镇？"

"嗯！我们就到飞花楼里去，喝个三天三夜！"

"飞花楼有什么好？"

"呸，你这辈子是不是就只知道华天凝了？别的女人的好你看不到？我看你啊，恐怕要孤独终老咯……"

他们边走边聊，气氛轻松了不少。他道："你要是再多说半句给我招晦气的话，我们就不去飞花楼了。"

她还是嘴上不饶人："哼，那你就孤独终老吧……不过我可就不会了，我婉婳将来也要像那些男人一样，娶三妻四妾……哎不对，是三夫四君！谁对我好，我就宠谁，谁敢跟你一样，拿张臭脸对着我，我就把他卖到飞花楼去。哈哈，好玩！想想就好玩……"

……

婉婳正说着，突然，前方路上出现一辆马车。

那马车是早已停在路中间的，随着马儿的划蹄嘶鸣，道路两侧刹那涌出人影，火光也亮了起来。

道路尽头，有一队人马飘至近前，唐烈峰和婉婳一看，带队的不是别人，正是女皇哥舒意。

顷刻之间，他们便被重重包围了。

这一刻，荒野之中阴风四起，夹杂着森森杀气。

唐烈峰知道逃亡之路不会这么顺利，哥舒意一定还会有下一个陷阱等着他。所以，见到她，他丝毫都不感到意外。

对哥舒意而言，唐烈峰曾经立下的赫赫战功已经不重要了，哪怕他是自己麾下最有能力的大将，也不重要了。因为她深知，如果扶摇令不除，就算有十个唐烈峰，也无法助她挽回败局。

所以，唐烈峰必须死！

哥舒意一声令下，在场所有人便开始围攻唐烈峰。这其中也不乏曾经在战场上受过唐将军救命之恩的人。

人情和忠义，此刻两难全，交手时，唐烈峰偶尔还会听到有人对他说："唐将军，对不住了！"

他不禁想起了自己这一路是如何在难以两全的境地里走过来的，他突然大为唏嘘。

他不怪他们，一丝一毫的怨怪都没有。

他微微一笑。

火光与刀光之中，很多人都看见了他的笑容。

那个在战场上从来不会露出笑容的唐将军，此刻竟然笑了，他的笑容朗如明月，澈如清风，可是，却充满悲凉。

有人忽然不敢再看他。

唐烈峰被围攻时，媿嫲一直稳稳地站在他肩上，不肯离开半步。哥舒意知道媿嫲这样守着唐烈峰的用意是什么，她再看她带来的人马频频被唐烈峰打伤，他们能困得住他，却伤不了他，她必须亲自动手了。她从马背上一跃而起，踩着身前黑压压的人头，飘到唐烈峰身边。

出招就直逼他肩上的白鸦媿嫲。

媿嫲不再袖手旁观，迎头而上。

两招过完，哥舒意欣喜地发现，白鸦媿嫲比她预想的容易对付多了。

而唐烈峰也发现，此刻的媿嫲竟然不是哥舒意的对手。如果不是她在故意隐藏实力，那就是她真的受了很严重的伤。

婉婳的伤是在对岸和天凝交手的时候受的。那时她周身散发红光，与天凝冲撞，那是白鸦婉婳的撒手锏，叫作赤焰流云。婉婳本来以为她使出赤焰流云，在那样的情况下，就算不能杀了天凝，至少也能让她功力丧失大半。然而，她以为自己可以伤她十分，结果却只伤了她五分。而另外的五分，竟然都反弹到了婉婳自己身上。天凝也并没有意识到，婉婳对自己使出赤焰流云，是多么孤注一掷。她算是稀里糊涂险些去了鬼门关，侥幸捡回了一条命。而救她一命的，正是她体内的越女心法。

婉婳被越女心法的反噬之力所伤，在船上的时候她就察觉到了自己身体的异状，所以她才会放开天凝，回船舱里调息。船被炸了以后，她又为了救唐烈峰，消耗了太多体力。只是她始终不想告诉唐烈峰自己伤得有多重。

因为她是骄傲的白鸦婉婳。

她白鸦婉婳从不认输，就算重伤在身又如何？只要是尚未到来的，再大的困难也只是困难，而不是绝境。她早已铁了心，只要哥舒意敢来，她就敢再像对付华天凝那样，用赤焰流云给她当头一棒！

于是，转眼之间，半空之中，白鸦再度被红光包围，宛如烈焰灼身。她张嘴向天空发出一声长鸣，直冲哥舒意，对准她心口，狠狠一撞。双方各自弹开，哥舒意撞上那辆马车，刹那马车爆开，碎木四溅，伤了不少周边无辜的士兵。婉婳则掉进草丛里，滚了几圈，撞上一块岩石，口吐鲜血。

少顷，哥舒意还能稳住自己体内气息，踉跄站起，可是，婉婳却觉得双爪无力，挣扎几次都站不起来。

哥舒意邪魅一笑：“畜生，我杀不了唐烈峰，杀了你也是一样！”

说罢，她足底生风，移形换影动作之快，已到了媗婳身后。

唐烈峰知道媗婳有危险了，奋力扑向她，却被人从后面追来一把钩戟，插入后背，瞬时皮开肉绽，鲜血横流。他一脚踢开身后偷袭之人，再看媗婳，她已经被哥舒意抓住，哥舒意正试图直接用内力将她捏得粉身碎骨。

就在这时，媗婳突然尖嘴一张，咬住哥舒意的虎口，哥舒意吃痛，但还是没松手。又一瞬间，媗婳嘴里飞出一颗红丹，以迅雷不及掩耳之势，攀上哥舒意抓着她的那只手，随即渗入了她的皮肤。

哥舒意脸色一变，喝问道：“畜生，这是什么？”

媗婳发出干涩的笑声：“呵呵，哥舒意，这是你姑奶奶的元珠！”

元珠进入哥舒意的身体，刹那便搅得她五内天翻地覆。她耐不住那阵剧痛，嘶声惨叫起来。

“你这妖畜！你没了元珠，所有的修行也都要毁于一旦了！”

媗婳大笑：“可是……杀了你我更痛快！我高兴啊！”

“你！……啊！……”哥舒意越来越痛苦，心中已然发了狂。她丢开媗婳，顺手再夺过身旁士兵手里的一把长剑，追去一剑！

媗婳的身体在半空翻转几圈，奋力地扑向唐烈峰，唐烈峰飞身去接她，却眼看着身后长剑迅如闪电，穿过了她的身体，她身体一僵，仰天嘶吼，声音凄厉，仿佛就连周围的草木都被惊吓，纷纷颤抖起来。

下一瞬间，落入唐烈峰手中的，除了媗婳那小小的身体以外，还有猩红的浓血。

鲜血染红了他的双手。

媗婳奄奄一息。

猛然间，唐烈峰从惊恐中清醒过来：“万年黑木！媗婳，取我体内的黑木灵气！”

白鸦的腹部剧烈起伏着，身体又散出红光。这一次，红光较为温和，宛如一张半透明的网，将她和唐烈峰包裹起来。一时之间，白渊族的士兵们无法再近他们的身，刀剑也刺不破这张网。

婋婳苦笑道：“难得你竟主动要求我拿你的黑木灵气，姓唐的，我也算没有白白认识你一场。”

“动手啊！”他催她。

她道：“没用了……现在……万年黑木灵气不过是杯水车薪，救不了我了。”

“婋婳……”

“不过，你也别担心，死的……只会是我一个，你不会有事的！因为……有一件事，我一直不肯说……要解除白鸦婋婳和主人之间的关系，还有一个方法……那就是……我舍弃我的元珠……这样……不管是你，还是厉朝欢，任何与我有主仆关系的人，我们的关系都了断了……

“姓唐的，我其实没有想过杀了你……来保全我自己……但我很想……很想为你杀掉哥舒意。

“你不会怪我把你们的一族之首杀了，把局面弄得一团糟吧？我白鸦婋婳不过是一只山野妖精，我心中，从来没有什么家国道义、黎民苍生。我只知道，哥舒意对你不好，我就想杀了她……

“我还以为，舍弃元珠……最多……没了这一身修为，但至少……我还能每天站在你肩上，你去哪里，我就跟着去哪里……我到底还是低估了哥舒意！……姓唐的，我以后不能跟你去飞花楼喝酒了……

“我……我能做的也只有这么多了，剩下的路，你自己走……你……你最好活着，不要枉费了我一番心意……”婋婳的声音越来越弱，而萦绕在她和唐烈峰周围的红光也越来越暗淡。

唐烈峰心中似有千言万语，可是，他一句话都说不出来。

他感受着从嫓婳的身体里不断涌出的血冰冷而刺骨，浸痛了他的掌心。他仿佛看到掌心里的白鸦又变回了昔日那个婀娜娇俏的少女，苍白地倚在他怀里。他眼中血丝渐起，杀气盈满全身。

嫓婳的眼睛缓缓闭上，脑袋在唐烈峰的掌心里艰难地蹭了蹭，不舍地摩挲着他温热的掌心。“真可惜我现在已经没有能力再化出人形，让你记住我最美的样子了。姓唐的……其实白天在船上，我骗了你。我白鸦嫓婳从来都不想有什么三夫四君，我最想要……能一直陪在我身边的人，就是那个……每天都对我摆臭脸，从来没有把我放在心上的人……姓唐的，我想，我可能爱上你了……”

最后一句话，宛如细雪云丝，被风一吹就飘散在这冷清的黑夜里。

刹那，红光消失，嫓婳的身体在唐烈峰的掌心里化成了一团白雾，穿过他的指间，消失无痕。

唐烈峰缓缓地站了起来，依然满手猩红。

周围的人盯着他那双手，还有他黑沉沉的背影，像是突然被震慑住，心里无比惶恐。

就在这时，有几个围绕在哥舒意身边的将士忽然丢掉了手里的兵器，扑通跪在地上：“女皇——”

几乎和嫓婳同时，哥舒意也没了气息。

·第十二章·

故人约

一个月后。

白渊族的议和书送到了荒越军营。这意味着这场战争终于彻底结束了。

一个月来，白渊军没有再兴过兵，因为他们的女皇驾崩，举族上下一片混乱，他们已经自顾不暇，军心也散了。早就有传言说他们打算议和，荒越族等了一个月，终于等来了这封议和书。

随后，天凝便宣布了军队将不日班师回城的消息，整个荒越军营一片沸腾。大家都很兴奋，终于不用再打仗了。

有一天夜里，很多士兵都聚集在训练场，饮酒高歌，好不热闹痛快。

场地中央有一堆熊熊燃烧的篝火，火架上还架着烤肉。

烤肉已经金黄油亮，香气四溢，大家正准备动手分了它，忽然之间，天空飞来一群大雁，在军营上方盘旋。

士兵们暗道不好，赶紧举起火把，对着天空，模糊地看了看那些大雁。有人甚至拿起了武器，随时准备应战。

厉朝欢本来在帐内休息，这时也来到了训练场。他一来，大雁中领头的那一只竟说了人话，声音雌雄不辨：“城主大人，我等是焚鼓山中的流月飞雁，此番前来，是想为荒越族效力。听闻白渊军已经投降，但若城主大人一声令下，我等立刻就能为大人铲除那帮余孽，要他们白渊族永为荒越族的奴隶！”

这一个月以来，从朝鬼族的使者，到现在这批流月飞雁，荒越军营前前后后已经来过不下十种妖魔精怪了。他们全都是慕扶摇令而来，想来讨好厉朝欢。

那朝鬼族的使者先来替他们的族长探探口风，说靠吃活物为生的朝鬼族愿意辅佐荒越族一统七海十荒，助厉朝欢当上天下霸主。厉朝欢拒绝了他们以后，又有一个叫混天的魔王单枪匹马来投靠他。混天魔来的时候，路过飞花镇，为了准备见面礼，他还强抢了镇上居民的金银财宝，残杀了不少手无寸铁之人。厉朝欢因此大怒，立刻给混天魔下了扶摇令，要他从此戒杀。混天魔一听，要他不杀生，那和遭惩罚有什么区别？他当即便在军营里大开杀戒，最后被厉朝欢释放幻影金龙击毙。

所以，这一个月虽然没有战事，但荒越军营里依旧很不太平，士兵们都担心，哪天会再来一个混天魔，又起祸端。

故而流月飞雁一来，大家都有点儿紧张。还好，流月飞雁只是天生势利，但性格软弱，厉朝欢三言两语便骂走了它们。它们临走还不忘再拍个马屁，说流月飞雁一族的大门永远为城主大人敞开。

其实，无论族群也好，个人也好，他们的真正目的都是想拉拢荒越族，想教唆厉朝欢靠扶摇令统治人间，再把这人间正邪逆转，以邪为正，以正为邪，继而整个人间都会变成邪魔外道的天下。

赶走了流月飞雁以后，训练场恢复了热闹祥和。士兵们开始分烤肉。

厉朝欢只拿了一坛酒，静静地带回自己的营帐，刚倒满一碗，便听到帐外传来脚步声。

他立刻把酒坛一放，沉声道："天凝，你不要再往前走了。"

天凝脚步一顿，轻声说："我的内伤已经都好了。"

这段时间，有姜游为她调养，再加上厉朝欢顾着她，处处避忌，她的身体已经没有任何不适了。

他语重心长道："好了也不可以这么放肆。"

她不想他自责，便没有再靠近，缓缓道："等一切准备妥当，最多还有五日，军队就可以动身回荒越城了。"

厉朝欢盯着碗里的酒，酒里面清晰地倒映出他眉间一道褶痕。

他不禁想起前些时日，有一天，他想托姜游替他传话，告诉天凝，他打算等白渊族议和之后，就找一处僻静的地方，远离人群独自生活，走之前他会把城主的印鉴留给她，让她接任城主之位。

他问姜游："你觉得她会答应吗？"

姜游反问："她不答应，你就不走吗？"

厉朝欢无言以对。

姜游缓缓道："她会答应的。"

厉朝欢也知道，天凝是一个顾全大局的人。现在，隔三岔五就有妖魔前来谄媚示好，士兵们已经不胜其烦，他日如果自己回到荒越城，恐怕感到不胜其烦的就是荒越城的百姓了。尤其是像混天魔那样的情况，如果发生在荒越城，普通老百姓连一点儿反抗之力都没有，后果就更加不堪设想。

"如果我和她之间总有一个人要担起这一族之首的重责，现在也只能是她了。"厉朝欢说完一声长叹。

姜游又道："其实她还问过我，能不能废掉她体内的越女心法。"

厉朝欢一听，心痛不已："她怎么这么傻？"

"但是现在，她的越女心法已经练到了第十重，只剩最后两重尚未攻破，这个时候，心法在她体内已经根深蒂固，几乎与她的精气魂魄相融，若要废掉，她轻则武功尽失，重则全身瘫痪。"

"那她怎么说？"

"还能怎么说？"姜游微微一笑，也不知是赞赏还是心疼，"我们喜欢的姑娘可是这七海十荒里最负盛名的胭脂女将！她说，华天凝若不再是华天凝，她就算和你在一起，却又不能守护你、守护荒越族，她的人生便不完整了。她自己都不完整，又如何能给你一个完整的人生？"

厉朝欢百感交集："姜游啊，我怎么没有早一点儿爱上她？"

姜游拍了拍他的肩膀，以示安慰。"你不打算改变主意了吗？"

他点头："嗯！"

姜游问："那你想几时动身？"

他说："听闻白渊族已经准备议和，等议和书送到，事成定局，我便离开。"

……

那日和姜游的对话言犹在耳，厉朝欢也知道，姜游已经把他的话带到了，想来这段时间天凝早已有了心理准备，可是，现在要他再亲口说一遍，他还是觉得难以启齿。

天凝听帐内的人忽然沉默了，她便决定先开口，主动问他道："你离开之后打算去哪里？"

厉朝欢被她这一问，端着酒碗的手不禁猛一用力，捏住碗边。

“十荒之中，以第五荒离鬼门最近，妖魔最多，较少有寻常人居住，我打算去那里。”

天凝道：“等你安顿下来，把落脚的地方告诉我，至少让我知道你在哪里。”

厉朝欢点头：“好。”

他又说：“我还会昭告天下，任何妖魔都不可以骚扰荒越城，与我族为敌，否则就是与扶摇令为敌，你可以放心。”

天凝也点点头：“好。”

厉朝欢将碗里的酒喝光，用衣袖擦了擦嘴，道：“那我明日一早便启程了。”

天凝依旧保持着平静的语气，说：“嗯，明日一早，我和小帅叔送你。”

天凝回到自己的营帐内，初云已经给她铺好了床。她梳洗一番，便上床就寝。

初云得知厉朝欢明天就要动身离开，她也赶紧睡了，打算明天早点起床，和天凝一起去送别。

天凝闭着眼睛，却始终睡不着，过了不知多久，她听见帐外有窸窣的脚步声。从节奏和力度来看，并不是巡逻士兵的脚步声。

初云也被这阵脚步声惊醒了，刚翻身坐起，想出去查看，却被天凝用一个手势制止了。

她们继续装睡。

过了一会儿，脚步声远去，天凝和初云才起身。天凝带着初云往辕门的方向赶去。

月正中天，薄薄的清辉映着辕门外两人一马。

是城主和大叔哎！初云吃了一惊，刚想喊他们，天凝又制止了她。

天凝拉着初云在辕门旁边的一个草垛背后躲了起来。

她知道，刚才在营帐外的人就是厉朝欢。

一帐之隔，她听见的是他的脚步声，他听见的是她的呼吸声，那就算是他们之间的道别仪式了。

相见不如不见，他只想静悄悄地离开。

他是怕自己承受不起这段生离，更怕她也承受不起。

既然他是这样的想法，那她便配合他。事到如今，她唯一还能为他做的，就是让他在打马离开的那一刻，走得轻松一点儿。

过了一会儿，厉朝欢和姜游道完别，翻身上马，临走前忍不住回头看了看辕门，最后目光便落在辕门旁的草垛上。

他眉头一皱，急挥下手里的马鞭，马儿得到指令，立刻撒开四蹄跑了起来。

耳畔是料峭的冷风，他没有再回头。

天凝看着厉朝欢一袭青衫远去，很快就和茫茫的黑夜融为一体，她才慢慢地从草垛后面走出来。

已经什么也看不到了，可她还是向着他离开的方向，站了好久。

姜游和初云陪伴在侧，默不作声。

五日后，军队开始分批回城。

天凝和姜游是最后一批离开墨玉江的，他们动身的时候，青山半绿，江水微暖，已经是早春了。

待他们回到荒越城，恰逢城外槐花开得正艳。天凝对槐花过敏，因此还生了一场不大不小的病。

她病好之后，便昭告全族，城主之位由她继任，不日将举行登位大典。

荒越族的百姓对这位女将军一向信赖尊崇，自然都没有异议。

大臣们还纷纷进言，希望荒越族也像十荒里其他民族那样，建立更为完备的皇权体系，据说百姓当中也有很多此类的声音。

天凝权衡利弊，与众大臣商议之后，决定接受大家的意见。

是年六月，天凝以荒越族女皇的身份在夜龙台举办登基大典。此后，第九荒的边界就成了荒越国的国界，而荒越城便是一国之都。

有国才有家，百姓们额手称庆，为他们荒越一族终于也有了自己的国家而感到兴奋。

登基大典那天，厉朝欢悄悄地回到了荒越城。

他乔装易容，和很多百姓一起，站在夜龙台外的临渊阁上观看登基大典。

远远地，他望见自己心爱的女子龙袍加身，一步一步登上城中制高点，眼中不禁泛起泪光。

天凝总是隐隐觉得他会来，所以她一登上夜龙台，一转身面对台下的官员和百姓，目光就开始在人群中扫视。

虽然看不见他，却又觉得，看谁都像他。她的眼中也泛起了泪光。

大典结束以后，姜游私下找到天凝，给了她一支短笛。

天凝打量着短笛，不明所以。“这是……”

姜游解释道：“这是人群散了以后，我在临渊阁上捡到的。临渊阁是眺望夜龙台的绝佳之所。你再看这笛子，它是用夜光竹做的。”

“夜光竹？”

“夜光竹和夜明珠一样，会在光线暗的地方发光。普天之下，据我所知，只有第五荒才有夜光竹。”

天凝轻抚笛身：“看来他真的回来了。”

姜游叹息道：“我想是的。”

他也一直挂念着，所以一得空就去了临渊阁，总觉得厉朝欢也许会在那里，但还是去迟了一步。

笛子是厉朝欢平日里无聊做消遣的，观看大典的时候被人挤掉了，等他发现，再回头去找，正好看见姜游从临渊阁上下来，手里拿着他的短笛。他没有现身，只是偷偷望着姜游的背影，直到他被人群淹没，才在心中默默地对他道了一声：“替我好好照顾她。”

天凝拿起短笛，放在唇边吹了吹。

她并不会吹笛，吹出来的声音很轻，很涩，恍恍然，像一个将息未息的黄粱梦，被风一吹就破了，散了。

同一时间，自从女皇驾崩以后就内乱不止的白渊族局势也渐趋平稳。三个月之后，白渊族新帝登基。

十月，新帝派使节送来了一封亲笔书函，说此前因为族中动乱，议和一事只做一纸承诺太过草率，白渊族有诚意和荒越族签订更具体的条约细则，希望双方以后不再兴战，维持更长久的和平。

天凝读完信，觉得非常欣慰，但心情却又掺着些许复杂。她的目光一再地从信纸末尾的署名扫过。

那署名是两个字：故人。

她当然知道这位故人是谁。这几个月来，白渊族那边发生的事情，初云都为她打探得一清二楚了。

哥舒意死的那晚，在前去截杀唐烈峰的将士当中，阶衔最高的是一个叫禾寰的将军。禾将军受过唐烈峰的恩，对唐烈峰也一直非常敬重，若不是皇命难违，他也不会提刀来拦截自己的救命恩人。

眼看着女皇一驾崩，禾寰便立刻倒戈，转而保护唐烈峰，而且力图游说唐将军留下来主持大局。

当时，白渊军中，大将军都凛自从堕江以后，一直下落不明，而从骑将军成弗又已经战死，如果唐烈峰离开，军事大权便会落在与他同阶的忠威将军呼延汀的手里。呼延汀为人阴险狡诈，向来是四位大将之中最不得人心的一个，大多数人都不愿意看到由他独揽大权。再加上禾寰很早就有了厌战之心，也是主和派的成员之一，他看出唐烈峰虽然表面冷漠，其实内心仁善，便觉得若是可以拉拢他，或许停战议和就更有望了。

于是，禾寰竭力维护唐烈峰，等唐烈峰自己的亲信部队也赶到以后，他们还合力压制住了在场所有哥舒意的余党。随后他们一起折返军营，将呼延汀也控制住了。呼延汀知道自己不是唐烈峰的对手，唯有假意拥护他，还跟禾寰一起进言，要唐烈峰暂时接替都凛，以大将军的身份主持军务。

唐烈峰不会忘记，多年以前，有一个初出茅庐的乡野少年，他投效军队，还在女皇面前口出狂言，说自己一定会成为白渊族的大将军，而现在，命运之轮推着他，他真的如愿以偿了。但是，他没有丝毫的喜悦痛快，反而比以前更爱皱眉头了。他不想看着军队无首，成为一盘散沙；也不想看其他人在这个混乱的时刻为了争功夺位，把局势变得更混乱。权衡再三，他决定顺势而为，做这个大将军。

而这时，军队已经相当疲惫了，不论粮草物资，还是人心人力，都已经很难再支撑这场仗继续打下去。唐烈峰便决定撤兵，军队返回白渊城，对荒越族停战。

这样的决定，对于已经饱受战争之苦的将士们而言，赞成的占多数，但也有不少反对的声音。所以，从墨玉江回白渊城的一路上，唐烈峰几次遭人行刺，其中还包括受呼延汀教唆而来的刺客。

回到白渊城以后，朝廷官员之中，主战派与主和派之间的矛盾并没有因为战争的停止而消除。在这个群龙无首的时刻，他们之间的较量，就连普通的老百姓都看得出来，分明有了更深层次的意味。

国中政局动荡不堪，民间甚至传言，说国之将亡，荒越族会趁此时攻打过来，彻底消灭白渊族这个大隐患。

人心惶惶之际，朝廷里最位高权重的大国师空相企图夺走唐烈峰手中的兵权，自己登位称帝。

唐烈峰深知，眼下大部分兵权都由他掌握着，他斡旋在两股势力之间，有助于平衡掣肘战和双方，才使动荡的局势不至于完全失控，所以他断然不可以在这个时候把兵权交给任何人。

而他不肯交出兵权，激怒了空相，空相因此打算暗中除掉他，扶呼延汀取他而代之。

然而，正是由于空相和呼延汀的步步进逼，唐烈峰原想自保、稳定局势，却一步一步地走上了诛佞臣、平动乱这条路，不知不觉间，竟朝着那金殿上的龙椅走了过去。

是年九月，他在白渊城登基为帝。应主和派的要求，他派出使节前往荒越城，向荒越族的女帝表达结好之意。只是在信尾的落款处，除了盖上帝王的玉玺，他终究还是忍不住又提笔，写下了“故人”二字。

故人相别久，空对落花瘦。

不久，使节从荒越国回来，也带来了荒越族女皇的亲笔回函。

天凝同意了这次的会晤，并且照唐烈峰信中所言，由她来决定会晤的时间和地点，她便把时间定在来年正月，而地点就在墨玉江中最大的一座岛屿——流霜岛上。

自古以来，由于第八荒和第九荒都对墨玉江的归属问题各执一词，导致十荒的人渐渐地都有了一个不成文的认知，那就是墨玉江是独立于这两荒之外的一个存在。它位于这两荒的交界处，但既不属于第八荒，也不属于第九荒。因此，会晤的地点选在这里，对两族来说都算公平。

唐烈峰看完天凝的亲笔回函，便叫宫人拿来一个锦匣，小心翼翼地把回函叠好，放入了锦匣里。

宫人退出御书房以后，他一个人静静地坐着。四周明亮的灯火照得他的形单影只，无所遁形。他想，来年的正月，正是地白风寒、江上飞雪的日子。看来，在雪中与她告别，又要在雪中和她相见了。

他轻轻地叹了一口气。

天凝，但愿荒越和白渊之间能够就此摒除宿怨，和平相处，两族百姓都再不必受战乱之苦。

而至于你我之间……

若还能在飞雪的日子见到你，霜雪满头，宛如白首，或许就已经是你我之间最好的结局了吧。

他低头看着自己的右手，这只曾经两次在生死关头都不肯放弃她的手，此刻掌心里好像浮起了荧荧的微光。微光之中，他仿佛看见了她，站在夜深人静的城楼之上，和他一样，也是清清冷冷，独立寒风。他以一个孤独的人的身份，心疼着另一个孤独的人，他忍不住想握紧她，拳头一攥，她的幻影便消失了。

敬请期待《胭脂将》系列大结局——流霜岛危机

2018年秋季 敲定上市